DAS GRAB AN DER SCHUSSEN

Helmut Jäger, Jahrgang 1951, ist gelernter Buchhändler und lebt nach Stationen in Oberbayern heute mit seiner Familie im Landkreis Ravensburg, zwischen Donautal und Bodensee. Aus seiner Leidenschaft für Kriminalromane – vorzugsweise skandinavische – entstand der Wunsch, einen eigenen zu schreiben.

Alle Personen dieses Romans sind frei erfunden. Ähnlichkeiten mit lebenden Personen sind rein zufällig und keinesfalls beabsichtigt. Alle Orte der Handlung entsprechen der Realität, lediglich eine Holzbaufirma und ein Sägewerk werden Ortskundige an der im Roman beschriebenen Stelle nicht finden. Und noch eine Anmerkung: Oberschwaben ist eine lebenswerte und friedliche Region. Das Auftreten einer rechtsradikalen »Bürgerwehr« in diesem Roman ist reine Fiktion. Eine solche gab und gibt es bisher nicht, und der Autor ist sich sicher, dass es auch so bleiben wird.

HELMUT JÄGER

DAS GRAB AN DER SCHUSSEN

Oberschwaben Krimi

emons:

LChoice
Hier bestellen

Lust auf mehr? Laden Sie sich die »LChoice«-App runter, scannen Sie den QR-Code und bestellen Sie weitere Bücher direkt in Ihrer Buchhandlung.

Bibliografische Information der Deutschen Nationalbibliothek
Die Deutsche Nationalbibliothek verzeichnet diese Publikation in der Deutschen Nationalbibliografie; detaillierte bibliografische Daten sind im Internet über http://dnb.d-nb.de abrufbar.

MIX
Papier aus verantwortungsvollen Quellen
FSC® C083411
FSC www.fsc.org

Umschlagmotiv: picture alliance/Thomas Warnack/dpa
Umschlaggestaltung: Nina Schäfer, nach einem Konzept von Leonardo Magrelli und Nina Schäfer
Umsetzung: Tobias Doetsch
Gestaltung Innenteil: César Satz & Grafik GmbH, Köln
Lektorat: Susann Säuberlich, Neubiberg
Druck und Bindung: CPI – Clausen & Bosse, Leck
Printed in Germany 2019
ISBN 978-3-7408-0640-8
Oberschwaben Krimi
Originalausgabe

»Die Bläue meiner Augen ist erloschen in dieser Nacht …«

Erste Zeile aus dem Gedicht »Nachts«
von Georg Trakl (1887–1914)

Prolog

Vorsichtig nahm er das Buch aus dem Regal.

»Georg Trakl, Die Dichtungen«.

Wie oft er in den vergangenen zwanzig Jahren darin geblättert und gelesen hatte, wusste er nicht mehr. Neben einem Halskettchen mit goldenem Kreuzanhänger war es alles, was ihm zur Erinnerung an seine Mutter geblieben war. Vor knapp zwanzig Jahren, als er volljährig geworden war, hatte ihm seine Tante, die auch seine Pflegemutter gewesen war, beides als einziges Vermächtnis und Gedenken an seine leibliche Mutter ausgehändigt. Verpackt in einem kleinen Schuhkarton, der mit den Jahren schon etwas vergilbt, aber sichtlich bis dahin noch nicht geöffnet worden war.

Für ihn hatte es nie eine andere Mutter als seine Tante gegeben. Die Erinnerungen, die sich ein dreijähriges Kind bewahren kann, hatten sich mit den Jahren verflüchtigt. Zu seiner damals fast fünfzehn Jahre alten Stiefschwester konnte er kaum eine Beziehung aufbauen, sie verließ bereits drei Jahre später das Haus und ging zum Studieren nach Freiburg. Im Jahr darauf war auch der Onkel unerwartet verstorben. Sein noch junges Leben war vom Verlust von Bezugspersonen geprägt gewesen.

Das Buch, das er in der Hand hielt, war eingebunden, wie es früher bei Schulbüchern üblich gewesen war: dunkelblaues, leicht glänzendes Papier mit dezentem Rautenmuster, an den umgeschlagenen Innenseiten mit Klebestreifen befestigt, die er in den vergangenen zwanzig Jahren regelmäßig erneuert hatte.

Als Schüler hatte er keinen besonderen Bezug zur Literatur gehabt – und zu Gedichten schon gar nicht. Er war damals ein nüchterner Junge gewesen, der früh erwachsen geworden war.

Als er das Buch zum ersten Mal aufgeschlagen hatte, hatte

er zwischen den Seiten vierundneunzig und fünfundneunzig ein unbeschriebenes Blatt Papier gefunden. Er hatte es seitdem an dieser Stelle liegen lassen. Abgegriffen und mehrfach eingerissen, markierte es die beiden Seiten des Gedichtbandes. Traurige, schwermütige Poesie, die sich in Kopf und Gemüt eingebrannt hatte und die ihn an seine Mutter denken ließ, die er gar nicht kannte. Sie war einfach zu früh gestorben, als dass er noch irgendeine Erinnerung an sie haben konnte.

Gut sechzig Jahre alt wäre sie mittlerweile gewesen. Sie musste die Gedichte von Trakl geliebt haben, sonst hätte sie ihm das Buch nicht vermacht. Sie lebte für ihn und mit ihm noch zwischen diesen Gedichten.

Der Wunsch, mehr über sie zu erfahren, war immer mehr zum Bedürfnis und in letzter Zeit beinahe zur Obsession geworden. Damit ging er abends schlafen, und damit wachte er am Morgen auf. Seine Tante und Pflegemutter konnte er nicht mehr fragen, sie war schon lange gestorben.

Er hatte kein Bild von seiner leiblichen Mutter, nichts, nur diesen Gedichtband. Darin zu blättern bereitete ihm zunehmend Unbehagen. Die Gedichte hatten Besitz von ihm ergriffen. Er suchte in ihnen seine Mutter, fand darin aber nur Schwermut, Dunkelheit und Tod. Dennoch kam er nicht los davon.

Behutsam strich er mit der linken Hand über den Buchrücken. Am Rückenfalz hatte der Einband schon seit geraumer Zeit einen langen Riss, den er endlich reparieren sollte. Den Umschlag einfach wegzureißen oder zu erneuern wäre nie in Frage gekommen.

Er hob ihn etwas an, um zu prüfen, ob sich die gerissenen Stellen nahtlos aneinanderfügen ließen. Da entdeckte er ein kleines Eckchen Papier. Vorsichtig bekam er es mit Daumen und Zeigefinger zu fassen und zog es hervor.

Ebenso wie das Blatt im Buch war es einmal gefaltet und kariert, vermutlich aus einem Schulrechenheft herausgetrennt.

Es war beidseitig mit geradliniger, eleganter Schreibschrift beschrieben.

Das Schreiben musste schon seit fast vierzig Jahren zwischen Einband und Buchrückseite gelegen haben. Die Schriftfarbe und das Blatt selbst zeigten außer dem scharfen Falz kaum Alterungsspuren.

23. April 1983
Mein lieber kleiner Sohn,

ich weiß nicht, ob du diesen Brief jemals finden wirst. Ich weiß auch nicht, ob ich überhaupt will, dass du ihn findest. Sollte es doch so kommen, dann bist du schon erwachsen. Ich werde Isi und Max bitten, dich zu sich zu nehmen. Dann kannst du in einer richtigen Familie aufwachsen, du wirst sogar eine ältere Schwester haben. Ich werde hinterlassen, dass du dieses Buch an deinem achtzehnten Geburtstag bekommen sollst, das ist mir wichtig. Du bist noch so klein. Ich wünsche mir für dich, dass du so leben kannst, als hätte es mich nicht gegeben. Ich hätte dir nie ein schönes Familienleben bieten können. Ich hoffe auch, du wirst vergessen, wie oft ich dich allein bei Isi und Max lassen musste, wenn ich wegmusste. Ich werde nicht erfahren, ob du jemals danach fragen wirst, wer deine wirklichen Eltern waren. Ich habe unsägliche Angst davor, dass du mich eines Tages fragen wirst, warum du keinen Papa hast. Ich würde es dir auch nicht sagen können, weil ich es nicht weiß! Ich würde dich nie belügen können, und ich würde es aber auch nicht ertragen, dir die Umstände erzählen zu müssen, warum es dich gibt. Ich kann es dir nicht einmal schreiben. Ich habe geschwiegen, geschwiegen, ich bin schuld daran, weil ich nicht darüber reden kann, jetzt nicht und in Zukunft nicht. Ich habe die Erinnerung verloren. Ich habe ihre Gesichter verbrannt, zerschlagen, gelöscht, vergessen. Mit meiner kranken Seele und meinem kranken Körper würde ich nie eine Mutter sein können, die dich unbeschwert und lebenstüchtig macht. Du wirst es bei Isi, Max und Sibylle gut haben.

Die letzten Sätze brannten sich augenblicklich in sein Gedächtnis ein. Er hatte es geahnt, nein, er hatte es immer gewusst: Mit seiner Mutter hatte etwas nicht gestimmt. Kein junger, lebensfroher Mensch konnte Gefallen an den Werken eines schwermütigen Dichters finden, der an Drogen oder möglicherweise sogar durch Selbstmord gestorben war. Alle hatten ihm die Wahrheit vorenthalten, seine Tante, der Onkel und die Cousine. Sie hatten ihn in dem Glauben gelassen, seine Mutter sei früh an einer schweren Krankheit gestorben. Das war sie nicht, es musste etwas Schlimmes mit ihr passiert sein.

Waren sie sogar darin verwickelt? Er würde es herausfinden.

Er faltete das Blatt zusammen, schob es vorsichtig zurück an seinen Platz zwischen Buchdeckel und Einband und reparierte die gerissene Stelle mit einem Stück Klebefilm.

1

Otto Forselius krümmte sich im Polstersessel. Die Schlinge aus Kabelbindern um seinen Hals ließ ihm nur so viel Luft, dass er gerade noch leise röchelnd atmen konnte. Jeder Ansatz eines Hilfeschreis erstarb in endlosem Würgen.

In seinem Hals hämmerte der Puls, und das Blut in seinem Kopf schien zu kochen, wie kurz vor dem Siedepunkt. Es fühlte sich an, als würde jede weitere Bewegung seinen Kopf in Stücke reißen.

Er spürte eine Bewegung auf der anderen Seite des Tisches. Unter äußerster Anstrengung hob er seine geschwollenen Augenlider so weit, wie er konnte.

Sein Gegenüber hatte sich aus dem Sofa erhoben und lief eine gefühlte Ewigkeit im Zimmer auf und ab, dabei vernahm Forselius ein permanentes, leises Murmeln. Er zählte seine Schritte. Jeder Schritt eine Zahl, exakt wie ein Sekundenzeiger. Was hatte der Mann vor mit ihm? Er hätte ihn schon längst töten können, für Forselius wäre es eine Erlösung gewesen. Warum ließ er ihn so erbärmlich leiden?

Die Todesangst fraß sich durch den geschundenen Körper. Dann verschwand er aus seinem Blickfeld, die Schritte und das Murmeln hörten plötzlich auf, und Forselius spürte einen leichten Luftzug. War er auf die Toilette oder in die Küche gegangen? Oder wollte er sich auf der Veranda die Füße vertreten?

Zwischen der unsäglichen Angst und den unerträglichen Schmerzen machte sich in Otto Forselius urplötzlich ein letzter Rest von Lebenswillen bemerkbar. Er reagierte wie ferngesteuert, er hatte nichts mehr zu verlieren – zu gewinnen sowieso nichts mehr.

Der Mann, von dem er bisher nur die Augen hinter der zugezogenen Kapuze gesehen und die Stimme gehört hatte, hatte ihm irgendwann die Fesseln an den Handgelenken gelöst, die Schlinge um den Hals aber nicht. Forselius rutschte vom Sessel auf die Knie und hangelte sich mit seinen von den Fesseln geschundenen Händen an der Sofatischkante entlang zu seinem Notebook, an dem der andere gerade noch gesessen hatte. Er konnte seine Augen nicht mehr richtig öffnen, um auf den Bildschirm zu sehen, und musste seinen Kopf deshalb in den Nacken beugen, was ihm beinahe völlig die Luft raubte und einen weiteren Würgeanfall auslöste.

Schemenhaft erkannte er, dass sein Mailprogramm geöffnet war. Er ertastete die Maus rechts vom Notebook – und plötzlich war er klar wie seit Stunden nicht mehr. »geho@horger-holzbau.com«, stand in der Adresszeile, das Textfeld war noch leer.

Sofort wurde Forselius bewusst, dass der andere beabsichtigte, eine Nachricht an die Adresse zu senden, die er förmlich aus ihm herausgeprügelt hatte. Mit zitternden Fingern schaffte er es gerade noch, die Mailadresse seines Bruders in die zweite Empfängerzeile zu setzen, da vernahm er Schritte. Er klickte auf »Senden«.

Otto Forselius konnte aus seiner Studienzeit noch leidlich gut Deutsch. Der Tod sprach, nein, er schrie auf Deutsch: »Scheiße, was hast du da gemacht? Scheiße! Scheiße!«

Der andere packte Forselius mit der linken Hand am Hemdkragen und zog mit der rechten so lange am Kabelbinder an seinem Hals, bis er nach einigen spastischen Zuckungen leblos auf den Holzboden sank. Er holte aus der Küche ein Papiertuch und wischte die Spucke ab, die Forselius im Todeskampf auf der Notebooktastatur und auf dem Tisch hinterlassen hatte. Er konnte sich keinen ungezügelten Zorn leisten, ein klarer Kopf war gefragt.

Forselius Tod war geplant gewesen, aber über die Konsequenzen der fehlgeleiteten Mail musste er sich auf der Rückreise Gedanken machen. Ein weiterer Fehler durfte ihm nicht noch einmal unterlaufen.

Die Liste war abgearbeitet: Autoschlüssel, Kreditkarten, Bankkarten, Reisepass, Handy, Ladegerät, Notebook mit Ladegerät, sämtliche PINs, Passwörter und Zugangsdaten für Bankkonto, Handy, Notebook, E-Mail- und Facebook-Account.

Er faltete das Blatt mit den notierten PINs und Passwörtern und schob es zusammen mit den Bankkarten in einen wiederverschließbaren Plastikbeutel. Dann öffnete er den Reißverschluss seines weißen Einwegoveralls, steckte den Beutel in die Brusttasche seiner Fleecejacke, die er darunter trug, vergewisserte sich, dass das Notebook ausgeschaltet war, und packte es in seinen kleinen Rucksack. Danach ging er in die Schlafstube und blickte sich um.

Das massive Bett aus Kiefernholz war ungemacht. Er schüttelte Decke und Kopfkissen, strich beides glatt und warf die Tagesdecke darüber, die auf der anderen Hälfte lag. Das Wasserglas auf dem Nachtkästchen ließ er stehen.

Im Zimmer gab es keinen Kleiderschrank, aber eine Schiebetür, die den Zugang zu einer kleinen, begehbaren Ankleide bot. Er knipste den Lichtschalter an, die auf dem Boden liegende Schmutzwäsche ignorierte er.

In einem Regalfach neben der Kleiderstange fand er einen kleinen schwarzen Hartschalenkoffer, den nahm er mit. Den Rucksack mit dem Notebook hatte er schon geschultert.

Zur Sicherheit schritt er noch einmal die Wohnstube ab und überprüfte, ob es genauso aussah wie vor knapp zwei Stunden, als er das Blockhaus am Päijännesee im Südwesten Finnlands betreten hatte, um das zu tun, was er lange vorbereitet hatte. Dann öffnete er die Tür nach draußen.

Alles war ruhig, der See schimmerte spiegelglatt durch die hochgewachsenen Kiefern und Birken, deren Blätter ein leiser Windhauch sanft bewegte. Er blockierte die Tür mit dem Rucksack, um sie am Zufallen zu hindern, und zog den Toten nach draußen.

Anschließend rückte er Tisch, Sessel und Teppich wieder

zurecht und trat mit dem kleinen Koffer in der Hand auf die Veranda hinaus. Nach einem letzten Kontrollblick zurück in die Wohnstube ließ er die Tür hinter sich ins Schloss fallen, sperrte ab und legte den Zweitschlüssel in eine Balkenritze unter der Veranda. Dort, wo Forselius ihn immer deponierte, das wusste er nun auch. Koffer und Rucksack ließ er auf der Veranda stehen.

Der Zeitpunkt schien günstig zu sein. Für den bald anbrechenden neuen Tag war Regen angekündigt. Wenn er Glück hatte, würde sich die dunkle Wolkenwand, die bereits im Westen erkennbar war, über den Horizont schieben und der skandinavischen Frühsommernacht ihre Helligkeit nehmen.

Schon vor Tagen hatte er das Gelände, das Blockhaus und das Nebengebäude sondiert. Er ging den schmalen Pfad zwischen fast kniehohen Blaubeersträuchern zum Holz- und Geräteschuppen, der zwischen zwei hohen Kiefern stand, holte die Schubkarre heraus und schob sie zum Haus. Die Radnabe quietschte hörbar, aber nicht laut genug, als dass er sich Gedanken darüber hätte machen müssen.

Um zu den nächstgelegenen beiden Sommerhäusern in der Nachbarbucht zu kommen, musste man eine andere Zufahrt vom Hauptweg durch den Wald benutzen oder mit dem Boot um die mit Kiefern und Birken bewachsene Landzunge herumrudern. Von dort war er gekommen.

Es gab keinen Sichtkontakt. Es war Anfang der Woche und die Häuser waren vor den Sommerferien, die in Finnland erst an Mittsommer begannen, nur an den Wochenenden bewohnt. Auch das hatte er überprüft, bevor er das Boot vom Steg eines der Häuser entwendet hatte, weil Forselius sein Boot nicht am Steg gehabt hatte – was ihn überrascht hatte, das war nicht geplant gewesen.

Vor der Holztreppe zur Veranda stellte er die Karre ab. Er ging in die Hocke, fasste den toten, strangulierten Körper unter den Oberarmen und in den Kniekehlen und hievte ihn in die

Schubkarre, sodass er in der Wanne lag, Kopf und Unterschenkel aber nach außen hingen. Mehr Platz gab es nicht.

Er rollte die Karre den von Wurzelwerk und Granitfelsen gesäumten Pfad zum Bootssteg hinunter. Bevor er den Körper auf den Steg kippte, vergewisserte er sich im Schutz des Ufergebüsches noch einmal, ob auch wirklich niemand auf dem See unterwegs war. Aber das hätte er gehört, alle Anwohner fuhren ihre Boote mit Außenborder. Geräusche wären weit über den See zu hören gewesen, wie das Gezeter einer Möwenkolonie draußen auf einer kleinen Felseninsel zeigte.

Er stieg in das dicht am Steg festgemachte Boot und zog den toten Körper langsam hinein. Dann kletterte er auf den Steg, schob die Karre nach oben und stellte sie in den Schuppen zurück. Von der Veranda aus ließ er seinen Blick ein letztes Mal über den See schweifen. Es war kurz nach Mitternacht, alles war still, die Möwen waren nicht mehr zu hören. Die Natur hatte ihre biologische Uhr auf Nachtruhe gestellt, auch wenn es um diese Jahreszeit bereits kaum dunkel wurde. Die Wolkenwand war nicht vorangekommen.

Dann schnappte er sich den kleinen Koffer und den Rucksack und ging hinunter zum See. Am Steg angekommen, ließ er sich ins Boot gleiten und legte Rucksack und Koffer ab. Aus einer schwarzen Sporttasche, die er im Boot gelassen hatte, holte er eine Bleiweste hervor. Er war gut vorbereitet. Nachdem er die Gummihandschuhe, die Einwegfüßlinge und den Overall ausgezogen hatte, stopfte er alles zusammen mit dem kleinen Rucksack in die Tasche und zog den Reißverschluss zu. Anschließend legte er dem Toten die Bleiweste um und löste die Kette vom Steg.

Mit der rechten Hand stieß er das Boot ab und setzte sich in die Mitte, den gekrümmten Körper des Toten zwischen den Beinen. Langsam, Meter für Meter, glitt es vom Ufer weg. Nun ergriff er die Ruder, steckte sie in die Beschläge und ruderte mit langsamen, lautlosen Schlägen in Richtung Südwesten zur nächsten Bucht, in der es keine Sommerhäuser mehr gab.

Als das Blockhaus allmählich aus seinem Blickfeld verschwunden war, holte er die Ruder ein, griff hinter sich nach der Sporttasche und holte daraus ein kurzes Metallrohr hervor. Daran befestigte er eine Schnur, beides hatte er auf der Fahrt hierher in einem Baumarkt gekauft.

Langsam kam das Boot zum Stillstand. Er ließ das Rohr ins Wasser gleiten und lotete die Tiefe aus. Sobald die Schnur die Spannung verloren hatte und das Rohr demnach auf dem Grund lag, knüpfte er einen Markierungsknoten und holte es ein. Vom Knoten weg zog er die Schnur Meter für Meter durch beide Hände. Er schätzte die Tiefe auf gut fünfzehn Meter – das musste reichen.

Forselius hatte in den vergangenen Stunden geleugnet, geschrien, gefleht, gewinselt. Er hatte es ignoriert und ihn keines Blickes gewürdigt, ihm nicht in die Augen geschaut, er war es nicht wert gewesen. Nur über ihn hinweg, an ihm vorbei oder durch ihn hindurch hatte er gesehen. Mit der Fußspitze stieß er gegen den Kopf, der langsam zur Seite kippte. Nun sah er ihm zum ersten Mal direkt in die Augen. Er blickte in erstarrtes Weiß, die Pupillen waren fast gänzlich hinter den Lidern verschwunden. Konnte es sein, dass Forselius grinste und ihn noch im Tod verhöhnte? Oder fletschte er einfach nur die Zähne? Es waren Verachtung und Selbstgefälligkeit, die er zu sehen glaubte. Noch im Tod zeigte ihm dieser Mann sein wahres Gesicht.

Er griff dem Toten unter die Achseln, zog ihn langsam und vorsichtig auf die Bootskante, darauf bedacht, dass das Boot nicht krängte und voll Wasser lief. Stück für Stück schob er so den Körper über Bord und ließ ihn ins Wasser gleiten, spurlos verschwinden, für immer. Das Metallrohr mit der Schnur versenkte er ebenso.

Danach wusch er seine Hände im See, als wolle er sich von der Berührung mit dem Toten reinwaschen. An seiner Jacke rieb er sie anschließend trocken, nahm die Ruder auf und steuerte auf das dicht bewaldete, unbewohnte Ufer zu, wo Weidengestrüpp zwischen zwei Schilfgürteln bis ins Wasser wucherte. An einem großen, flachen Felsen legte er an, schulterte den Rucksack, warf die Reisetasche ans Ufer und klemmte sich den Koffer unter den rechten Arm. Während er sich schließlich mit der linken Hand an einem Busch festhielt, stieg er vorsichtig aus dem Boot und gab ihm mit dem Fuß einen Stoß. Ohne sich noch einmal umzudrehen, verschwand er zwischen dem Weidengestrüpp im Wald.

Eine leichte, ablandige Brise war aufgekommen. Das Boot, das vorn an beiden Seitenplanken den Namen »Kissa« trug, schaukelte sanft im Rhythmus der Wellen und trieb langsam auf den See hinaus. Die Ruder hingen über Bord und klopften mit leisen, dumpfen Schlägen an den Rumpf.

Auf der anderen Seite des Sees legte sich ein orangeroter Streifen hinter die Wipfel der hochgewachsenen Kiefern und Fichten. Es war nicht mehr lange bis Mittsommer am Päijännesee in Mittelfinnland. Der Tag wollte nicht gehen und die Nacht nicht kommen.

2

Jorma Peltonen, Mathematiklehrer aus Jyväskylä, stand auf dem Steg vor seinem Sommerhaus und ließ den Blick über die Bucht schweifen. Er war mit seiner Familie aus der nahen Stadt gekommen, um das Wochenende im Blockhaus am Päijännesee zu verbringen. Er war in diesem Jahr erst einmal da gewesen, das war Ende April, um nach dem Rechten zu sehen und das Boot auszuwintern. Mittlerweile war es Ende Mai, in gut drei Wochen würde das Mittsommernachtsfest stattfinden. Wie jedes Jahr hatten sie Freunde zur Feier eingeladen, da gab es im und um das Haus herum noch einiges zu tun.

Es war eine Stunde vor Mitternacht, die Kinder lagen bereits in ihrer Kammer in den Stockbetten, und Liisa, seine Frau, bereitete ein kleines Nachtmahl für sie beide vor.

Obwohl er große Lust dazu verspürte, war keine Zeit für einen Saunagang. Er genoss nur noch kurz die schönsten Augenblicke, die der See an einem späten Frühsommerabend reichlich bot. Die Schnaken waren glücklicherweise noch nicht aktiv, der Winter war lang und kalt gewesen und das Frühjahr trocken. Der See hatte einen niedrigeren Wasserstand als in den Jahren davor.

Die vergangenen zwei Tage hatte es geregnet, nun war über Mittsommer hinaus schönes Wetter angekündigt worden. Im Nordwesten hatte sich die Sonne am Horizont auf ihre kurze Nachtruhe eingerichtet. Sie schickte ihre letzten Strahlen in die Bucht und färbte den Wald rotgolden, darin leuchteten die Birken wie Säulen aus weißem Marmor.

Das Wasser war ruhig, spiegelglatt und dunkel. Man konnte am Ende des Steges nicht mehr auf den Grund sehen. Ein paar Seerosen wuchsen vor der Badeleiter der Wasseroberfläche entgegen. Er würde sie entfernen müssen, sie würden beim Schwimmen stören.

Hier und da raschelte und platschte es im Schilf, ein Hecht war auf spätem Raubzug. Weit draußen auf einer kleinen Felseninsel mitten im See stritt eine Möwenkolonie um die besten Brutplätze. Ihr zänkisches Geschrei hallte über den See.

Es war kühler, als er dachte, und es war Zeit zum Essen. Das große Fenster in der Wohnstube bot einen ebenso schönen Blick auf den See.

Schnell wollte er noch am Wasserthermometer, das an einem Pfahl befestigt war, die Temperatur kontrollieren. Da bemerkte er es: Das Boot war weg.

***

Jorma Peltonen hatte sich das Wochenende anders vorgestellt. Er war nach dem Frühstück nach Jyväskylä zurückgefahren und saß nun im Polizeirevier in der Urhonkatu. Kommissar Koivuranta hatte protokolliert, dass Peltonens Boot vom Steg des Sommerhauses in der Ristinselkäbucht am Päijännesee abhandengekommen war. Ebenso stand im Protokoll, dass Jorma Peltonen glaubhaft versicherte, das Boot nach seinem letzten Besuch im Sommerhaus am 17. April, als er den Außenborder nach einem langen Winter startklar gemacht und eine kleine Runde auf dem See gedreht hatte, an Land gezogen und mit einer Kette und einem Vorhängeschloss am Aufgang zum Steg angekettet zu haben. Nicht ohne danach den teuren Außenbordmotor abzumontieren und mit nach Hause zu nehmen. Das machte er schon seit Jahren so, wenn sie über einen längeren Zeitraum nicht ins Sommerhaus kamen.

Einbrüche in Sommerhäuser und gestohlene Bootsmotoren gehörten zur Routine finnischer Polizeiwachen von Helsinki bis Lappland. Beide, Kommissar Koivuranta und Jorma Peltonen, fanden es allerdings ungewöhnlich, dass ein Boot ohne Motor abhandengekommen war. So, wie es offensichtlich gesichert gewesen war, konnte es sich nicht selbst losgerissen haben und aus der Bucht auf den offenen See abgetrieben worden sein. Die Kette musste folglich mit einem Bolzenschneider geknackt und das Boot mit einem Trailer abtransportiert worden sein.

Ein ungewöhnlicher Aufwand für ein Boot, von dessen Sorte es auf den finnischen Seen Tausende gab, davon mit Sicherheit viele, die mit geringerem Aufwand zu stehlen gewesen waren als Peltonens Boot weit ab von der Landstraße in der Ristinselkäbucht. Zumal er an beiden Seiten am Kiel auch noch den Kosenamen seiner kleinen Tochter aufgemalt hatte.

Da Jorma Peltonen in den Augen des Kommissars eine absolut integre Person war, wollte er an einen Versicherungsbetrug gar nicht denken.

Koivuranta empfahl Jorma Peltonen, in den größeren Ortschaften rund um den Ristinselkä, in Muurame und Säynätsalo sowie in den Dorfkaufläden der kleinen Kirchdörfer, wo viele Seeanwohner einkaufen gingen, eine Verlustanzeige aufzuhängen. Vielleicht war das Boot doch irgendwo angetrieben oder aufgefunden worden.

3

Die Promenadencafés waren an diesem späten Junivormittag schon gut besucht. Es kündigte sich ein traumhaft sonniges Wochenende an, das Lust auf einen langen und schönen Sommer machte.

Genau von diesem Gefühl ließ sich Carl Sopran treiben, als er die Uferpromenade in Friedrichshafen am Bodensee entlangschlenderte. Vorbei an einem griechischen Restaurant, wo in der Küche vermutlich bereits die ersten Souvlaki-Spieße und Lammkoteletts auf dem Grill lagen. Es duftete verlockend bis nach draußen.

Sopran steuerte auf einen leeren Tisch in einem Eiscafé zu, rückte sich einen der drei Korbstühle so zurecht, dass er freien Blick auf den See hatte, aber auch das Publikum auf der Promenade beobachten konnte. Dann holte er sein Handy aus seinem Leinensakko, legte es auf den Tisch, hängte das Sakko über die Stuhllehne und setzte sich.

Kaum hatte er sich niedergelassen, die Beine ausgestreckt und seine Sinne auf Entspannung programmiert, trafen ihn die ersten Akkorde einer Polka wie ein Keulenschlag. Den Akkordeonspieler, der sich ein paar Meter weiter auf der Promenadenmauer niedergelassen hatte, hatte er nicht bemerkt. Das war das Letzte, was er ertragen konnte. Also, was tun? Aufstehen und ein neues Café suchen?

Der Straßenmusikant drückte und zerrte an seinem Instrument und blickte erwartungsvoll in die Runde. Es war eingetreten, was Sopran befürchtet hatte: Links und rechts sah er wippende Füße und im Takt nickende Köpfe.

Er spürte es förmlich körperlich, wie seine Stimmungslage von Entspannung auf Aggression umschwenkte. Er war sich sicher, auch wenn er ein paar Häuser weiterzog, den Kerl würde er nicht los, die Seepromenade war heute seine Bühne und der Hut am Vormittag vermutlich noch leer.

Nachdem er sich bei der Polka so heftig ins Zeug gelegt hatte, ließ der Musikant es bei einem elegischen Stück, das sich irgendwie russisch anhörte, ruhiger angehen.

Sopran wechselte einen Blick mit einem jungen Mann, der drei Tische weiter vor seinem Laptop saß und auch reichlich genervt wirkte. Da schoss Sopran ein Gedanke durch den Kopf – er würde sie beide erlösen.

Er wartete, bis der Musikant das Stück beendet hatte, stand auf und trat auf ihn zu.

Er könnte aus Rumänien kommen, dachte er, als er sich ihm genähert hatte. Alter nicht bestimmbar, irgendwo zwischen fünfzig und siebzig, Stoppelbart, Basketballmütze mit adidas-Logo, schwarzes T-Shirt, Baumwoll-Trainingshose und die Füße in Sandalen ohne Socken, aber nicht ungepflegt.

Es tut mir ja leid, aber ich halte das einfach nicht aus, rechtfertigte sich Sopran vor sich selbst. Er konnte es nicht ertragen, wenn er mit Musik terrorisiert wurde, die er nicht hören wollte.

In der Brusttasche seines Hemdes hatte er einen Zehn-Euro-Schein stecken, den hielt er dem Musikanten hin. »Den bekommen Sie, wenn Sie ein paar hundert Meter weitergehen.«

Der Musikant fixierte ihn, nicht erstaunt, nicht gekränkt, eher gleichgültig. Er nahm den Schein, steckte ihn in seine Hosentasche, packte seine Harmonika in den Koffer, hievte den Koffer auf den Gepäckträger eines alten, klapprigen Fahrrades, befestigte ihn mit einem Spanngurt und schob sein Rad die Promenade entlang, bis er sich zwischen den Spaziergängern verlor.

Sopran ging an seinen Tisch zurück und setzte sich mit Blick auf den See. Er nahm das Handy, das noch dort lag, schaltete es aus und ließ es in die rechte Sakkotasche gleiten. Er war hierhergekommen, um seine Ruhe zu haben, zu entspannen und dennoch unter Leuten zu sein. Das war aber nun vorbei, er war aufgewühlt, und seine Gedanken fuhren Geisterbahn.

Sopran sah sich auf dem Boden liegen. Der Vermummte hatte ihm die Handschellen von den am Rücken gefesselten Händen genommen, die Kopfhörer abgesetzt, den MP3-Player abgenommen und eine Plastikflasche vor ihm abgestellt. »Sparkling Water« konnte er mit Mühe auf dem Etikett entziffern, nur ein schmaler Lichtstrahl durchschnitt den Verschlag wie ein Laser. Er kam durch einen kleinen Spalt zwischen den Brettern, mit denen das Fenster ohne Glas von außen vernagelt sein musste.

Sein steifer Rücken schmerzte vom stundenlangen Liegen auf einer dünnen Matratze, wo er mit jeder Körperbewegung den harten Boden spürte. Er richtete sich auf, tastete im Knien nach der Flasche. Der Lichtstrahl zielte auf seine Hände, die so sehr zitterten, dass er die Flasche kaum öffnen konnte. Der Verschluss fiel ihm aus der linken Hand, er hörte ihn auf den Boden fallen und davonrollen.

Mit beiden Händen versuchte er, die Flasche zur Nase zu führen, um zu riechen, was sie ihm zum Trinken vorgesetzt hatten. Es war Wasser, aber es roch fahl und abgestanden.

»Hallo … möchten Sie etwas bestellen?«

Sopran zuckte zusammen, hob ruckartig den Kopf und blickte einer jungen Frau direkt in ihre blauen Augen, die sich nicht mit den dunklen Lidschatten, dem exakt aufgetragenen schwarzen Lippenstift und den tiefschwarz gefärbten Haaren, die streng zu einem Knoten mit schwarzem Band nach hinten gekämmt waren, vertrugen.

Sopran nahm seine Sonnenbrille ab, rieb sich die Augen, massierte sich den Nacken und setzte sie wieder auf. Die junge Frau warf ihm einen ratlosen oder auch abfälligen Blick zu, ging zum Nebentisch, räumte zwei Kaffeetassen ab und verschwand damit im Café.

Die Sonne schien ihm seitlich ins Gesicht, er wechselte auf den anderen Stuhl, der ihm Schatten unter dem Sonnenschirm bot. Er verspürte Durst und griff zur Getränkekarte, die auf dem Tisch lag, die junge Schwarzhaarige musste sie ihm hingelegt haben.

Obwohl er wusste, was er wollte, blätterte er in der Karte vor und zurück, um sich abzulenken. Nach und nach bekam er Ordnung in das Chaos, das sich in seinem Kopf breitgemacht hatte. Er war hier, hier war er zu Hause. Hier versuchte er, sesshaft zu werden, und es war nicht der schlechteste Platz auf dieser Welt.

Da war sie wieder. Er sah auf einen wippenden rechten Fuß in schwarzen Strümpfen und halbhohen schwarzen Stiefeletten. Er blickte nach oben, ihre Blicke trafen sich, sie sah ihn fragend an.

»Ein Mineralwasser mit Zitrone, aber die Zitrone auf den Rand gesteckt, bitte.«

Vermutlich dachte die Bedienung: Sonst noch was? Zumindest ließ ihr Gesichtsausdruck darauf schließen. Sie wandte sich ab und nahm am Nebentisch eine weitere Bestellung auf.

Er sah auf den See hinaus. Eine stattliche Yacht hatte gerade den Hafen des Württembergischen Yachtclubs verlassen und tuckerte an der Promenade vorbei. Die Crew machte keine Anstalten, die Segel zu setzen, es war auch sinnlos, es war Flaute, das wusste er auch als Nichtsegler. Es war frühsommerliches Badewetter, kein Segelwetter.

Von Süden, aus dem Schweizer Romanshorn kommend, näherte sich die Autofähre dem Stadthafen. Die andere Seite des Sees kannte er noch gar nicht. Aber auch sonst hatte er noch nicht viel vom Bodensee gesehen, seit er vor zwei Jahren mit Marietta aus München in die Gemeinde bei Ravensburg gezogen war. Es kam ihm wie eine Episode vor, die ein Ende suchte, es aber nicht fand.

Marietta hatte sich auf ihn eingelassen, obwohl ihr klar gewesen sein musste, dass es eine schwierige Beziehung werden würde. Schließlich hatte ihre befreundete Kollegin ihn fast ein halbes Jahr therapiert, als sie ihn im Dezember 2014 aus Afghanistan zurück nach München geflogen und zuerst in die Innere Abteilung des Krankenhauses gebracht hatten, in dem Marietta arbeitete. Dort wurde seine Nierenquetschung behandelt, die sie ihm während seiner zweiwöchigen Gefangenschaft zugefügt hatten.

Dort hatte er auch Dr. Marietta Grünbaum kennengelernt. Danach war er in eine psychiatrische Klinik gekommen, zur Beobachtung, wie es zuerst geheißen hatte. Es wurden vier Wochen. Man diagnostizierte eine posttraumatische Belastungsstörung. Anschließend konsultierte er auf Anraten von Marietta noch bis Mai 2015 einmal wöchentlich ambulant die befreundete Psychotherapeutin. Mit deren Hilfe hatte er gelernt, das Ganze wie die Folgen eines Berufsunfalls zu sehen. Wie ein Zimmermann, der vom Dach gefallen war, sich die Knochen gebrochen hatte und lernen musste zu akzeptieren, dass er seinen Beruf nicht mehr ausüben konnte und umschulen musste.

Bereits ein Jahr später war Marietta eine lukrative Stelle an der Oberschwabenklinik in Ravensburg mit einem Lehrauftrag an der Universität Ulm angeboten worden. Sopran ging mit, er hätte nicht gewusst, wo er sonst hinsollte.

Nun wohnten und lebten sie hier. Vielleicht musste es so kommen, damit er zum ersten Mal seit fünfzehn Jahren für einen längeren Zeitraum sesshaft wurde.

Carl Sopran war ein guter investigativer Journalist gewesen, ein verdammt guter sogar, aber ein Einzelgänger mit exzellenten Kontakten weltweit, ein Spürhund mit Stift, Kamera und Notebook. Seine Kontakte und Quellen waren legendär, je nach Bedarf offiziell, inoffiziell oder auch konspirativ, wie es die jeweilige Recherche erforderte.

Er hatte sich seit mehr als zehn Jahren an keine Redaktion mehr gebunden. Seine Recherchen und Reportagen waren begehrt. Er konnte sich aussuchen, für wen er im Auftrag recherchierte oder wen er mit eigenen Reportagen belieferte: die großen Magazine, die überregionale deutsche und auch internationale Tagespresse. Bei allen stand er immer ganz oben auf der Liste, wenn es galt, für heikle Recherchen und Reportagen nicht auf eigenes Personal zurückgreifen zu müssen.

Er hätte auch einen passablen Geheimdienstagenten abgegeben. Und tatsächlich hatten diverse Geheimdienste nicht nur einmal versucht, ihn anzuwerben oder Informationen abzuschöpfen. Er hatte immer widerstanden. Dieses eine Mal hätte ihn seine Konsequenz beinahe Kopf und Kragen gekostet.

Das Mineralwasser stand auf dem Tisch, natürlich schwamm die Zitronenscheibe obenauf. Er fingerte sie aus dem Glas, nahm sie in den Mund, sog sie aus und ließ sie in den Aschenbecher fallen. Anschließend nahm er das Glas, trank es mit großen Schlucken halb leer und stellte es ab.

Bei einem kurzen Blick auf seine Armbanduhr stellte er fest, dass er erst seit knapp zehn Minuten hier saß. Es kam ihm länger vor, und er hatte auch plötzlich keine Lust mehr, er hatte ihn sich anders vorgestellt, seinen vormittäglichen Ausflug an den See. Wie, wusste er auch nicht so recht, so aber auf keinen Fall.

Er trank das Glas leer, grub drei Euro zwischen einem Papiertaschentuch und der Parkkarte aus seiner Hosentasche, legte die Münzen auf den Tisch. Mit dem Sakko über der Schulter verließ er das Café Richtung Parkgarage.

Wenige Minuten später steuerte er Mariettas schwarzes Golf-Cabrio aus dem untersten Parkdeck, stoppte nach der Schranke noch einmal, ließ das automatische Verdeck nach hinten klappen und reihte sich in den Verkehr stadtauswärts Richtung Norden ein.

Marietta musste schon in Frankfurt sein, sie hatte den ersten Flug ab Friedrichshafen mit Lufthansa genommen, am Vormittag ging ihr Flug nach Chicago, zu einem Ärztekongress. Er war mit der Bahn von Ravensburg zum Flughafen gefahren und hatte dort ihren Golf abgeholt, die Parkkarte für die Ausfahrt hatte sie wie abgesprochen am Ticketschalter hinterlegt.

Auf Höhe des Bodensee-Airports schwebte gerade eine Maschine zur Landung ein.

Wieder mal abheben wäre auch nicht schlecht, dachte Sopran. Zum Beispiel nach L.A. und den Highway 1 hoch bis San Francisco. Schon ewig hatte er auf keiner Harley mehr gesessen. Aber Marietta hatte für Motorräder nichts übrig und für die USA eigentlich auch nicht. Pikanterweise war sie gerade auf dem Weg dorthin.

Unterwegs hielt er noch kurz an einem Obststand an der Straße und holte sich eine kleine Schale Kirschen. Er stellte sie neben sich auf den Beifahrersitz und naschte während des Fahrens davon, die Kerne spuckte er gekonnt übers heruntergekurbelte Seitenfenster hinweg.

Als er wenige Minuten später den Blinker setzte, um die Schnellstraße an der Ausfahrt Ravensburg-Nord zu verlassen, war die Schale beinahe leer gegessen.

Kurze Zeit später parkte er den Golf unter dem Carport der Doppelhaushälfte, die er mit Marietta zusammen gemietet hatte. Es gefiel ihm hier. Es war gar nicht so provinziell, wie er gedacht hatte. Die Stadt war nah und hatte Flair, viele nette Kneipen und Restaurants. Und der Sommer kam ja erst.

Er schloss die Haustür auf, holte die Post aus dem Briefkasten und hängte sein Sakko an die Garderobe. In der Küche öffnete er die Briefe. Der erste beinhaltete die Stromabrechnung, im zweiten wurde ihm vorgeschlagen, seine Krankenversicherung zu optimieren, und der dritte Brief kam endlich vom Verlag. Er hatte ein Buch, das zum Thema »Afghanistan und seine dauerhafte Befriedung« erscheinen sollte, lektoriert. Den Autor kannte er gut, er war als langjähriger Korrespondent der ARD in Asien und Nahost tätig.

Verlag und Autor seien mit seiner Arbeit sehr zufrieden, schrieb man. Sein Honorar werde ihm in Kürze überwiesen.

Er legte die Briefe auf den Küchentisch, auf dem noch das Frühstücksgeschirr stand, und ging hoch in den ersten Stock, um sein Notebook aus dem Arbeitszimmer zu holen. Wieder in der Küche angekommen, belegte er eine Scheibe Brot mit Käse und Salami, klemmte sich eine Flasche Mineralwasser aus dem Kühlschrank unter den Arm, griff sich das Notebook und setzte sich damit auf die Terrasse.

Es war früher Nachmittag, und die Sonne stand hoch am Himmel, aber die ausgerollte Markise spendete Schatten. Er lehnte sich im Korbsessel zurück, legte die Füße auf den Tisch, eine Angewohnheit, die Marietta gar nicht mochte, und biss vom Brot ab. Das Mineralwasser trank er in langen Zügen aus der Flasche.

Einerseits genoss er dieses unaufgeregte Leben, andererseits war es Zeit, Fahrt aufzunehmen. In all den Jahren, in denen er weltweit für seine Recherchen und Reportagen unterwegs gewesen war, hatte er ordentlich verdient und einiges von diesem Geld auch sinnvoll angelegt. Er musste Marietta nicht auf der Tasche liegen, noch nicht. Aber seine Finanzressourcen waren auch nicht unerschöpflich, außerdem hatte er wieder Lust, »draußen« zu arbeiten. Ein Buch zu lektorieren oder hier und da einen Artikel für eine Tageszeitung zu schreiben, alles schön und gut, aber es wurde ihm allmählich doch langweilig. Mariettas Meinung dazu kannte er, sie hatte ihm noch ein Jahr Ruhe verordnet.

Er blickte auf das angebissene Brot in seiner Hand. Vielleicht sollte er für eine dieser Esszeitschriften schreiben, da kam man auch herum und hatte immer etwas Ordentliches auf dem Teller und im Glas sowieso.

Er nahm noch einen Schluck aus der Wasserflasche. Eine Woche durch das Piemont reisen – Marietta würde es gefallen, aber für ihn wäre es zu unspektakulär. Wenn, dann schon die harte Tour. Nach Schottland zum Beispiel. In den Destillen von Talisker, Lagavulin und Oban rauchige Single Malts verkosten und dann mal Haggis probieren. Charlie McLeod, ein Reporterraubein aus Glasgow, mit dem er Ende der Neunziger die Routen osteuropäischer Autoschieber quer durch Europa recherchiert hatte, hatte immer davon geschwärmt. Wenn er sich richtig erinnerte, war Haggis so etwas Ähnliches wie gefüllter Schafsmagen.

Er nahm die Füße vom Tisch, zog das Notebook heran, klappte es auf und setzte sich so zurecht, dass der Bildschirm nicht spiegelte. Während Windows langsam hochfuhr, aß er das restliche Brot, das ohne Teller auf dem Tisch lag, und trank die Wasserflasche leer.

Er öffnete die Mailbox und den Posteingangsordner. Acht neue Mails waren eingegangen. Zuerst löschte er drei, die als Spam gekennzeichnet waren, sowie eine weitere Werbemail. Die nächste war vom selben Verlag, von dem er den Brief bekommen hatte. Die Buchhaltung wollte die Honorarabrechnung fertig machen und fragte, ob noch Spesen abzurechnen seien. Da gab es vermutlich interne Abstimmungsprobleme.

Dann fiel sein Blick auf eine Mail, deren Absender und Betreff ihn irritierten und neugierig machten: »asianajotoimisto-hk-oy«. In der Betreffzeile stand auf Deutsch: »Bitte Kontaktaufnahme«.

Den Absender konnte Sopran sprachlich nicht einordnen. Er ließ die Mail vorsichtshalber noch geschlossen, öffnete parallel den Internetbrowser und gab »asianajotoimisto-hk-oy« in die Suchzeile ein.

Mehrere Treffer wurden ihm angeboten, auch einer auf Englisch: Attorneys at Law Hellman & Koskinen Ltd, Aleksanterinkatu 62, Helsinki.

Er öffnete die Website. Eine Anwaltskanzlei aus Finnland. Was wollten die von ihm?

Gespannt wagte er es, die Mail zu öffnen, die ebenfalls in deutscher Sprache verfasst war:

Sehr geehrter Herr Sopran,

wir schreiben Ihnen im Auftrag eines Mandanten, der uns gebeten hat, in einer privaten Angelegenheit mit Ihnen Kontakt aufzunehmen. Alles Weitere möchten wir gern persönlich mit Ihnen besprechen. Bitte schicken Sie uns eine kurze Antwortmail, unter welcher Telefonnummer wir Sie wann am besten erreichen können. Wir werden uns dann erlauben, Sie anzurufen.

Mit freundlichen Grüßen
Christina Möller-Hellman
Hellman & Koskinen Oy

Auf der Website der Kanzlei klickte er sich durch die Menüleiste. Die Inhalte präsentierten sich auf Finnisch, Englisch und Deutsch. Drei Anwälte stellten sich auf der Startseite vor, von allen dreien gab es Fotos.

Christina Möller-Hellman war offensichtlich Deutsche und Anwältin für internationales Familien- und Erbrecht. Gustav Hellman, vermutlich ihr Ehemann, wurde als Fachanwalt für Wirtschafts- und Handelsrecht und Teuvo Koskinen für Wettbewerbs- und Vertragsrecht vorgestellt.

Christina Möller-Hellman schätzte er auf Mitte vierzig. Sie hatte dunkle, nach hinten gesteckte Haare, eine modern geschwungene Designerbrille gab ihrem ovalen Gesicht Kontur. Sie hatte sich am Schreibtisch ablichten lassen.

Gustav Hellman stand vor einem Bücherregal und hatte ein aufgeschlagenes Buch, vermutlich einen Gesetzestext, in der Hand. Sein Körperbau war kompakt, aber er war nicht korpulent. Irgendwie wirkte Hellman gemütlich. Sein Alter war schwer zu schätzen, die wenigen Haare, die er vermutlich noch hatte, waren zu einem Kahlkopf geschoren. Er lächelte verschmitzt aus seinem runden Gesicht.

Von ihr würde ich mich vertreten lassen, und mit ihm würde ich lieber ein Bier trinken, dachte Sopran.

Der Dritte im Bunde, Teuvo Koskinen, war der Typ Juniorpartner. Die blonden, halblangen Haare hatte er deutlich mit Gel nach hinten gekämmt, seinem schmallippigen, breiten Mund hatte er beim Fotografieren offensichtlich kein Lächeln abnötigen können.

Warum hatte eine Anwaltskanzlei in Finnland den Auftrag, mit ihm Kontakt aufzunehmen? Und wer steckte dahinter? Er hatte noch nie etwas mit Finnland zu tun gehabt, es war ihm völlig schleierhaft, was das zu bedeuten hatte.

Langsam, aber stetig beschlich ihn ein Gefühl, das er nur zu gut kannte. Sie hatte ihn wieder, diese Unruhe, die ihn immer in Beschlag nahm, wenn er vor einer neuen Recherche stand. Er spürte es körperlich, wie sie in ihm hochkroch, vom Magen bis in den Kopf, wo sie ein regelrechtes Gedankengewitter erzeugte.

Überraschende E-Mail.

Rechtsanwaltskanzlei.

Finnland.

Noch unbekannter Auftraggeber.

Marietta ist nicht da.

Ich muss raus.

Ich bin noch nicht so weit.

Herrgott, ich will aber.

Vielleicht ist es etwas ganz Banales, völlig harmlos.

Nein, da ist etwas, da kommt etwas, ich spüre es, ich rieche es.

Was Sopran roch, war das Pils, das er unbewusst und automatisch aus dem Kühlschrank geholt und geöffnet hatte. Die Aufregung hatte ihn in die Küche getrieben.

Nach ein paar langen Zügen aus der Flasche ging er mit ihr in der Hand zurück auf die Terrasse. Sein Blick schweifte über die Dächer der Hangsiedlung unter ihm. Hinter den Hügeln auf der anderen Talseite waren schemenhaft die Berge des Bregenzer Waldes und weiter im Osten die Allgäuer Alpen auszumachen. Aber dafür hatte er keinen Sinn mehr. Wie ein Blitz war die E-Mail in die Beschaulichkeit seiner Rekonvaleszenz gefahren.

Er trank den Rest der Flasche in einem Zug aus und setzte sich an den Terrassentisch, die Neugier trieb ihn zurück an sein Notebook. Der Bildschirm hatte in den Ruhemodus geschaltet, er berührte die Maus, und die Website der Kanzlei erschien wieder. Er öffnete in einem weiteren Fenster noch einmal die Mail. Es hatte sich nichts geändert, er wurde nach wie vor gebeten, Kontakt mit Hellman & Koskinen in Helsinki aufzunehmen.

Unentschlossen starrte er auf den Bildschirm. Was löste er aus, wenn er antwortete? Vorläufig noch gar nichts. Er konnte sich ja anhören, was die Herrschaften von ihm wollten.

Er tippte eine kurze Nachricht, dass er jederzeit erreichbar sei, hinterließ seine Telefonnummern vom Handy und Festnetz und schickte die Antwort ab. Es war Donnerstagnachmittag, mit einem Anruf aus Finnland war noch vor dem Wochenende zu rechnen, das ahnte er.

Der Kühlschrank hatte ihn schon vorhin, als er nach Hause gekommen war, mit relativer Leere begrüßt, und das Pils, das er getrunken hatte, war das letzte gewesen. Es war Zeit, zum Einkaufen zu fahren.

***

Sopran zog im Supermarkt gerade ein Sixpack Pils aus dem Regal, als sein Handy klingelte. Er stellte das Bier in den Einkaufswagen und holte das Telefon aus der Gesäßtasche. Das Display zeigte eine Nummer mit einer langen, unbekannten Vorwahl an. Das war der Anruf, es war Donnerstagnachmittag, kurz vor fünf.

»Sopran«, meldete er sich.

»Guten Tag, Herr Sopran, Christina Hellman am Apparat, ich vermute, Sie haben meinen Anruf schon erwartet.« Sie sprach akzentfreies Hochdeutsch. Ihre Stimme war durchaus angenehm. »Ich hoffe, wir haben Sie mit unserer Mail nicht allzu sehr beunruhigt. Können wir in Ruhe telefonieren? Ich habe Sie unter der anderen Nummer zu Hause nicht erreicht.«

»Das ist gerade schlecht«, antwortete Sopran, »ich bin beim Einkaufen. Spätestens in einer Stunde bin ich aber zu Hause, dann geht es besser.«

Christina Hellman versprach, in einer Stunde wieder anzurufen, und verabschiedete sich mit einem fast erwartungsvoll klingenden »Also, bis dann!«. So, als würden sie sich schon lange kennen.

Als er das Handy gerade in die Tasche stecken wollte, bemerkte er, dass die Mailboxanzeige leuchtete. Das konnte nur ein Anruf von Marietta sein.

Und so war es. Er hörte ihre Nachricht kurz ab, ging online und tippte eine kurze WhatsApp-Antwort: »Hallo, Schatz, habe deinen Anruf verpasst, melde dich, wenn du angekommen bist. Gruß und Kuss, Carl«.

Dann ergänzte er noch die Zeitanzeige auf seinem Handy mit der Ortszeit von Chicago, dort war es kurz nach zehn Uhr vormittags, sieben Stunden zurück. Wenn Marietta mittags landete, war es zu Hause ungefähr acht Uhr abends.

Er stand vor dem Regal mit den verschiedenen Spätzlesorten. Da gab es normale Spätzle, Knöpfle, Schupfnudeln und eine enorme Auswahl von Maultaschen mit den verschiedensten Füllungen.

Willkommen im kulinarischen Oberschwaben, dache er. Auch das gab es in Zukunft noch zu erkunden.

Sopran schob den Einkaufswagen im Eiltempo durch den Supermarkt. Von der Wursttheke holte er sich noch schnell ein Stück Salami Veronese mit Knoblauch, die gab es nur hier, ebenso offenen Grana Padano und Oliven. Tomaten und Rotwein hatte er noch zu Hause. Das musste für das Abendessen reichen, zum Einkaufen für das Wochenende hatte er morgen noch Zeit genug.

Er ging an eine Kasse und legte seine Einkäufe auf das Band. Beim Bezahlen stellte er fest, dass er noch Brot brauchte. In der Bäckerei am Ausgang erstand er ein kleines Ciabatta-Brot und eilte danach hinaus zum Parkplatz.

***

Eine halbe Stunde nachdem Sopran den Anruf im Supermarkt erhalten hatte, stellte er den Golf in seinem Carport ab. Er trug die Einkäufe in die Küche, das Sixpack und den Käse brachte er in den Kühlschrank, die Salami und das Brot ließ er auf der Anrichte liegen. Dort hing auch sein Notebook zum Aufladen des Akkus an der Steckdose. Er zog den Stecker, entfernte das Ladekabel und legte es auf den Küchentisch.

Mit dem Notebook ging er ins Wohnzimmer, öffnete die Terrassentür und stellte den PC auf dem Esstisch ab. Während Windows hochfuhr, holte er aus seinem Arbeitszimmer im Obergeschoss ein leeres Blatt Papier aus dem Drucker sowie aus der linken Schreibtischschublade sein altes Diktiergerät für den Fall, dass der Anruf auf das Handy kam und er das integrierte Diktiergerät nicht nutzen konnte. Zuletzt griff er nach einem Kugelschreiber.

Zurück im Wohnzimmer, nahm er das schnurlose Telefon aus der Ladeschale im Bücherregal, legte alles griffbereit auf dem Esstisch ab, holte die Mail aus Finnland wieder auf den Bildschirm, lehnte sich in die geöffnete Terrassentür und wartete auf den Anruf.

Es war kurz nach sieben, als das Festnetztelefon klingelte. Sopran eilte zum Esstisch, schaltete das Diktiergerät ein, nahm das Gespräch an und stellte das Telefon auf laut.

»Hallo, Herr Sopran, Christina Hellman, hier bin ich wieder.

Ist es passend? Ich hoffe, wir haben Sie mit unserer Mail nicht beunruhigt.«

Genau das hatte sie schon vorhin beim ersten Anruf gesagt.

»Mich kann man nicht beunruhigen«, erwiderte Sopran selbstsicher.

»Oh, ja, ich dachte nur, dass Sie sich vielleicht Gedanken darüber gemacht haben, was wir von Ihnen wollen«, sagte Christina Hellman zögernd. »Darf ich Ihnen das erklären? Es ist etwas kompliziert.«

Sopran spürte, wie sich sein Rücken spannte. Er nahm den Kugelschreiber in die Hand und begann unbewusst, kleine Fragezeichen auf das Papier zu malen.

»Hallo, Herr Sopran, sind Sie noch da?«

»Ja, ja, sagen Sie mir, was Sie von mir wollen. Aber zunächst hätte ich gern gewusst, wie Sie auf mich gekommen sind.« Das interessierte ihn am meisten.

Christina Hellman fragte ihn, ob er sich noch an Kari Luukkonen erinnere.

Und ob er das tat. Er wusste noch gut, wie er sich Kari vorgestellt hatte, als sie sich an einem eiskalten Januarabend 2005 an einer Moskauer Hotelbar kennengelernt hatten.

»Sopran, wie der Tenor, nur tiefer«, hatte er in Anspielung an seine tiefe, sonore Stimme gesagt.

Kari hatte darüber schallend lachen müssen. Gemeinsam ölten sie daraufhin ihre beiden Stimmen kräftig mit Bier und Wodka.

Sopran spulte blitzschnell in Gedanken die Jahre zurück. Sieben, acht Jahre mindestens waren vergangen, seit er und Kari sich zum letzten Mal gesehen hatten. Sopran recherchierte damals in Südamerika. Europäische, vor allem skandinavische Konzerne aus der Holz- und Papierindustrie hatten dort begonnen, ganze Landstriche mit mehreren zehntausend Hektar zu erwerben, um schnellwüchsige Eukalyptusmonokulturen anzubauen. Auch gigantische Zellstofffabriken waren geplant gewesen, um den Rohstoff für den weltweit enormen Bedarf an Papier gleich vor Ort zu produzieren. Die wirtschaftlichen Interessen der Konzerne, Großgrundbesitzer und lokalen Behörden auf der einen prallten auf die Proteste von Naturschützern auf der anderen Seite.

Sopran hatte darüber eine seiner besten Reportagen veröffentlicht. Vor allem seine Bilder von den durch die Kahlschläge bedrohten Ureinwohnern hatten beeindruckt. Kari Luukkonen, vormals Wirtschaftsredakteur bei der größten finnischen Tageszeitung, war damals schon im Ruhestand, konnte ihn aber mit exzellentem Hintergrundmaterial über die skandinavischen Papierkonzerne versorgen. Hatte die Anfrage der finnischen Kanzlei etwas mit dieser Reportage zu tun?

»Ja, ich erinnere mich noch sehr gut an Kari. Er muss inzwischen weit über siebzig Jahre alt sein«, sagte Sopran, während er das Diktiergerät etwas näher zum auf dem Tisch liegenden Telefonhörer schob. »Geht es um den Artikel von damals? Sonst würde mich doch keine finnische Anwaltskanzlei kontaktieren …«

»Nein, nein, Herr Sopran, keine Sorge«, entgegnete Christina Hellman. »Übrigens, Herr Luukkonen ist genau vierundsiebzig Jahre alt und nicht mehr so fit wie früher. Er hatte schon vor drei Jahren einen Herzinfarkt, kurz nachdem seine Frau verstorben war. Er wohnt in einem Seniorenheim in Espoo.«

»Oh, das tut mir leid«, erwiderte Sopran betroffen.

Es war sonst nicht seine Art, Kollegen, die ihm geholfen hatten oder mit denen er erfolgreich zusammengearbeitet hatte, aus den Augen zu verlieren. Bei Kari war ihm das passiert. Nun suchte dieser nach vielen Jahren Kontakt zu ihm. Was war geschehen?

»Sie können beruhigt sein«, sagte Christina Hellman, »Herr Luukkonen ist zwar körperlich nicht mehr so belastbar, aber geistig voll auf der Höhe. Er ist sogar hin und wieder publizistisch aktiv. Kürzlich hat er noch einen Vortrag bei der deutsch-finnischen Handelskammer in Helsinki gehalten. Dort habe ich ihn zum ersten Mal getroffen. Mein Mann kennt ihn schon seit vielen Jahren. Wir benötigen Ihre Mithilfe in einer anderen Angelegenheit, die nichts mit Herrn Luukkonen zu tun hat, außer dass er Sie unserem Mandanten empfohlen hat. Er ist Verwaltungsrat in einem großen finnischen Unternehmen und kennt Herrn Luukkonen schon sehr lange. Er sucht eine verlässliche und vertrauenswürdige Person. Sie passen genau in das Profil. So sieht es zumindest Herr Luukkonen. Unser Mandant benötigt Hilfe bei einem familiären Problem – sein älterer Bruder ist seit vier Wochen auf unerklärliche Weise verschwunden, und eine Spur könnte nach Deutschland führen.«

An dieser Stelle machte sie eine kurze Pause, als wolle sie auf eine Reaktion Soprans warten. Als nichts dergleichen geschah, fuhr sie ruhig und sachlich fort: »Natürlich haben mein Mann und ich ausführlich mit Herrn Luukkonen gesprochen, bevor wir uns zusammen mit unserem Mandanten entschlossen, mit Ihnen Kontakt aufzunehmen. Ich schildere Ihnen gern die Einzelheiten, dann können Sie sich in aller Ruhe ein Urteil bilden. Bitte lassen Sie sich Zeit für Ihre Entscheidung. Ist das in Ordnung für Sie?«

Sopran spürte, wie sich ein alter Reflex wieder bemerkbar machte: die sprichwörtliche journalistische Neugier, die bei ihm schon immer mit einer latenten Abenteuerlust gepaart war. Das hier schien zwar nicht die Dimension seiner bisherigen Recherchen zu haben, aber interessant genug klang es, um seinen mittlerweile sehr unspektakulären Alltag etwas aufzupeppen. Er sollte es sich anhören. »Ja, das ist in Ordnung. Erzählen Sie.«

»Lassen Sie uns noch mal auf Herrn Luukkonen zurückkommen. Natürlich wissen wir, dass Sie kein Detektiv sind, allerdings hat er Sie unserem Mandanten als die aus seiner Sicht einzige in Frage kommende Person für diese komplizierte Angelegenheit empfohlen. Betrachten Sie das als Kompliment.

Auch wenn Sie schon seit sieben Jahren keinen Kontakt mehr hatten, würde Herr Luukkonen sich sehr freuen, wenn Sie sich gelegentlich sehen könnten, um ein Gläschen Chianti mit ihm zu trinken. Ich soll Sie herzlich von ihm grüßen.«

Sopran war sprachlos. Kari hatte ihn nicht vergessen und schätzte ihn anscheinend immer noch sehr. Aber warum hatte er sich nicht selbst bei ihm gemeldet? Sopran wäre sogar mit einem ganzen Kleintransporter voller Chianti nach Helsinki gefahren, um ein Wiedersehen zu feiern. Aber eine Einladung auf diese Weise? Was hatte er sich dabei gedacht?

»Bitte verstehen Sie«, erklärte Christina Hellman, »dass ich Ihnen am Telefon nur die nötigsten Informationen geben kann. Der Bruder unseres Mandanten ist nach unserer Ansicht unter mysteriösen Umständen verschwunden. Das hat mittlerweile erhebliche Auswirkungen finanzieller und wirtschaftlicher Art, sowohl für seine Familie als auch für das Unternehmen. Auch politisch ist die Angelegenheit nicht ohne Bedeutung. Es handelt sich um Otto Forselius, einen weltweit operierenden Holzhändler, einen der großen ›Timber Broker‹ Skandinaviens, und somit um eine exponierte Unternehmerpersönlichkeit in einer der wichtigsten Branchen unseres Landes. Dass ein solcher Vorfall natürlich auch Spekulationen jeglicher Art zur Folge hat, können Sie sich vorstellen. Die polizeilichen Ermittlungen scheinen festgefahren zu sein. Die deutsche Spur ist aus Sicht der Polizei nicht relevant. Umso mehr ist vor allem der Familie daran gelegen, diesem Fall neue Impulse zu geben.«

»Ich vermute, jetzt komme ich ins Spiel«, sagte Sopran in Christina Hellmans Redepause hinein.

»Ja, die Polizeiarbeit soll damit keinesfalls in Frage gestellt werden, aber durch Hilfe von außen erhoffen wir uns neue Denkansätze und Ideen. Man will seitens der Familie nichts unversucht lassen, Otto Forselius zu finden oder die Umstände seines Verschwindens aufzuklären.«

Also doch Detektiv spielen, dachte Sopran. Recherchieren?

Konnte er. Verdeckt ermitteln? Kein Problem. Ergebnisse liefern? Hatte er immer gemacht. Auch beim letzten Mal, allerdings mit persönlichen Kollateralschäden. Warum sollte er sich nicht mal als Privatermittler versuchen? Das war ein reizvoller Gedanke.

»Sie werden im Internet sicher eine ganze Reihe von Informationen über Herrn Forselius und sein Verschwinden finden. Die Spur, die zu Ihnen nach Deutschland führt, ziemlich genau in Ihre Nähe übrigens, könnte aus unserer Sicht noch etwas genauer verfolgt werden, auch wenn sie noch so vage ist. Es wäre uns ein Anliegen, dass Sie das übernehmen. Wir würden uns wünschen, dass Sie so schnell wie möglich zu uns nach Helsinki kommen.«

Mit einem Ruck riss Sopran die rechte Hand hoch, sie war neben dem Telefon auf den Tisch gesunken. »Tut mir leid, aber das geht nicht, ich kann hier nicht so kurzfristig weg. Wir müssen eine andere Lösung finden.«

Er hatte eine Vereinbarung mit Marietta. Alles, was eine Wiederaufnahme seiner Arbeit betraf, würden sie gemeinsam besprechen und entscheiden, wenn es so weit war. Aber wie sollte er das machen? Sie saß in einem Flieger nach Chicago.

Im Bruchteil einer Sekunde hatte er einen Plan im Kopf. Christina Hellman musste hierher zu ihm kommen, so schnell wie möglich. Zuerst sollte er Klarheit über diesen Fall haben, obwohl er insgeheim bereits entschieden hatte, den Auftrag anzunehmen. Es reizte ihn ungemein, nach diesem verschwundenen Mann zu suchen. Auch wenn es keine journalistische Recherche war, oder vielleicht gerade deshalb, hörte sich das richtig spannend an. Dumm nur, dass das alles gerade an dem Tag passierte, als Marietta abgereist war. Wenn ein Treffen mit Christina Hellman zustande käme und danach alle Fakten und Hintergründe auf dem Tisch lägen, hätte er anschließend immer noch genug Zeit, Kontakt mit Marietta aufzunehmen. Sie war noch mehr als eine Woche unterwegs. Im Anschluss an den

Kongress wollte sie mit einer befreundeten Kollegin Richtung Kanada und zu den Niagarafällen reisen.

»Ich mache Ihnen einen Vorschlag«, hörte er sich sagen, »nein, ich muss Sie sogar bitten, es als Bedingung anzusehen, wenn ich mich der Sache annehmen soll. Wenn Sie auf ein persönliches Treffen bestehen, kommen Sie hierher, am besten gleich morgen. Es gibt sicher mehrmals am Tag Flüge von Helsinki nach München. Ich kann Sie vom Flughafen abholen, in zwei Stunden sind wir in Ravensburg. Ich schätze, Sie werden für Ihr Briefing nicht mehrere Tage benötigen. Einverstanden?«

Zu seiner Überraschung hatte sie keinen Einwand, sie fragte nicht einmal nach dem Grund, warum er nicht nach Finnland kommen wollte oder konnte. Sie sagte einfach nur: »Gut, ich kümmere mich darum. Bitte finden Sie ein Hotel für mich in Ihrer Nähe. Wenn es mit einem Flug klappt, melde ich mich noch heute. Ansonsten versuchen Sie, morgen so früh wie möglich erreichbar zu sein. Lassen Sie uns keine Zeit verlieren. Alle für Sie nötigen Informationen bringe ich auf einem USB-Stick mit. Vielen Dank, Herr Sopran, wir hören voneinander.«

Das Display des Telefons zeigte noch kurz die finnische Telefonnummer an und schaltete dann in den Stand-by-Modus. Sopran stellte das Mobilteil in die Ladeschale und setzte sich zurück auf den Stuhl, so, dass er die Füße auf den Tisch legen und nachdenken konnte.

Plötzlich musste er innerlich über sich selbst lachen. Er hatte die lässige Denkerhaltung amerikanischer Detektive aus den Schwarz-Weiß-Filmen der vierziger Jahre des vorigen Jahrhunderts eingenommen. Spontan fiel ihm Humphrey Bogart als Philip Marlowe in der legendären Verfilmung von Raymond Chandlers Roman »Tote schlafen fest« ein. Er versuchte, sich an die Story zu erinnern, aber wie es meistens bei Romanverfilmungen war, blieben auf Dauer nur die Gesichter der Hauptdarsteller in der Erinnerung hängen, vor allem, wenn es sich um Legenden wie Lauren Bacall und Humphrey Bogart handelte.

Nur mit Humphrey Bogart als Philip Marlowe konnte er sich beim besten Willen nicht vergleichen. Zumindest nicht äußerlich, dazu musste er sich nicht im Spiegel betrachten. Aber ein wenig Detektiv spielen und etwas Spannung und Leben in seinen mittlerweile eher ereignislosen Alltag zu bringen, das begann ihn plötzlich zu reizen.

Sopran verließ seine Denkerhaltung und zog das Notebook zu sich heran. Es ließ ihm keine Ruhe, dass er sich an die Story des Films nicht mehr erinnern konnte. Natürlich gab es einen Wikipedia-Eintrag und auch einen Abriss der Handlung dazu. Gleich am ersten Satz blieb er hängen:

»Privatdetektiv Philip Marlowe wird von dem reichen General Sternwood engagiert, weil dieser wegen der Spielschulden seiner jüngeren Tochter Carmen erpresst wird. Zur Sprache kommt dabei auch, dass ein früherer Angestellter Sternwoods namens Sean Regan, mit dem Marlowe befreundet war, spurlos verschwunden ist.«

Er musste nicht weiterlesen, er hatte die Story klar vor Augen: Drogen, Eifersucht, Mord, Erpressung und mittendrin ein niedergeschlagener und gefesselter Detektiv Marlowe.

***

Sopran hörte sie brüllen, immer wieder schrien sie auf ihn ein, ihr Englisch war schlecht, er verstand nur … Informationen … komm schon … wo sind sie … wie viele? Den Stimmen nach mussten es zwei sein, er sah sie nicht, die Binde um Augen und Kopf saß fest wie eine Schraubzwinge. Wieder bekam er einen Tritt in die linke Seite, er spürte kaum mehr einen Schmerz, aber sein Rücken fühlte sich an, als sei er bis zum Platzen geschwollen. Man hielt ihm eine Flasche an den Mund. Sobald er gierig danach schnappte, wurde sie weggezogen. Er röchelte und schmatzte.

Er hatte schon lange kein Zeitgefühl mehr, waren es Stunden oder Tage, seit sie ihn abgefangen hatten, auf dem Rückweg von Lashkar Gah nach Kandahar?

Er wusste, was sie von ihm wollten, aber er wusste nicht, wer sie waren. Und er wusste, dass er ihnen das Wichtigste, das sie wollten, nicht geben konnte. Seine Aufzeichnungen und Fotos auf einem USB-Stick hatte er einem afghanischen Vertrauensmann übergeben. Alles andere hatten sie ihm abgenommen: Fotoausrüstung, Handy, Papiere, alles. Aber weil hier immer und überall mit allem zu rechnen war, hatte er vor der Abfahrt aus Lashkar Gah Vorkehrungen getroffen. Alle Kontakte von seinem Handy hatte er gelöscht, und sein Tablet hatte er komplett »plattgemacht«, da war nichts mehr drauf. Der USB-Stick müsste schon längst bei seinem Kollegen Walid in Kabul angekommen und dort in sicheren Händen sein.

Nun versuchten sie, aus seinem Gedächtnis herauszuprügeln, was sie auf seinen Geräten nicht fanden. Er vegetierte nur noch zwischen den Phasen von Tritten, Schmerzen, Gebrüll und Ruhe, auf einer stinkenden Matratze mit dem beißenden Geruch der eigenen Pisse und mit unsäglichen Schmerzen in Rücken, Bauch und Kopf.

Ein Knall wie ein Bombeneinschlag erfasste Sopran durch die offene Terrassentür. Er fuhr hoch, hielt sich die Ohren zu, spürte den kalten Schweiß auf der Stirn und starrte sekundenlang auf den Schatten an der Gartengrenze.

Langsam löste sich die Anspannung, und dann herrschte Stille, diese wunderbare, heilsame Stille. Er begann wieder klar zu denken. Der Knall war das zufallende Garagentor des Nachbarn gewesen, und der Schatten nichts anderes als eines der Windspiele, die Marietta dekorativ im Garten verteilt hatte.

Er hatte mittlerweile gelernt, gut damit umzugehen, dass er in gewissen Situationen sehr lärmempfindlich war. Je entspannter er war, umso besser konnte er das steuern. Aber heute hatte es ihn schon zum zweiten Mal erwischt, das beunruhigte ihn, das durfte sich nicht häufen.

Es waren keine guten Signale, die sein Innerstes gerade aussandte. Wenn er den bevorstehenden Job machen wollte, musste er sich in den Griff bekommen, sonst würde es in einem Desaster enden, das wusste er. Die Entspannungsübungen musste er ab sofort wieder aufnehmen und sie regelmäßig machen, auch wenn er sie reichlich blöd fand.

Es war Viertel vor acht und Zeit, etwas zu essen.

4

Sopran saß in seinem bequemen Korbstuhl auf der Terrasse und schob sich abwechselnd ein Stück Salami, ein Stück Käse und eine Olive, hinterher einen Brocken Ciabatta und ab und zu eine Kirschtomate in den Mund. Verdaulicher machte er diese einfache mediterrane Speisenfolge mit einem regelmäßigen Schluck rubinrotem Rosso di Montepulciano.

Er hielt das Weinglas in den Abendhimmel und verfolgte hoch oben ein paar silberne Pfeile, die ihre Kondensstreifen hinter sich herzogen.

»Forselius, wo bist du? Bräunst du gerade deinen Wohlstandsbauch, gebettet auf schwarz gebunkerten Dollarnoten, auf den Cayman Inseln? Vergnügst du dich in einem Puff in Manila? Oder hast du dir auf der Jagd in den finnischen Wäldern aus Versehen selbst den Gnadenschuss gegeben? Keine Sorge, mein Freund, ich finde dich …«

Vielleicht wäre es sinnvoller gewesen, seinen eigenen Selbstfindungsprozess fortzuführen, aber Sopran war immer schon besser darin gewesen, andere zu suchen und zu finden. Es war nicht sein Ding, in sich hineinzuhorchen, um sich neu zu entdecken oder sein eigenes Ich zu suchen. Vermutlich käme nichts dabei heraus. Schlimmstenfalls kämen sogar Dinge zutage, die er nie von sich hatte wissen wollen. Und was dann? Alles zuschütten und so tun, als sei nichts gewesen? In den beiden vergangenen Jahren hatte man beinahe zu tief in ihm gegraben. Was in der Mülldeponie darunter lag, sollte bleiben, wo es war.

Auf der Terrasse nebenan hörte er, wie sich die Nachbarn leise unterhielten, aber das störte ihn nicht. Die Entfernung war zu groß, um Gesprächsinhalte verstehen zu können. Er genoss die Ruhe und den Blick hinab ins Schussental, wo die tief stehende Abendsonne, die allmählich hinter ihrem Haus unterging, aus einem Fenster auf der anderen Talseite feuerrot zurückblendete. Mit ihren letzten Strahlen setzte sie noch die Basilika, die über Weingarten thronte, in Szene. Das tat gut und führte seine Gedanken in angenehmere Bahnen.

Als sich sein Handy drinnen auf dem Esszimmertisch zweimal hintereinander mit einem leisen »Pling« meldete, war es Zeit, den Realitäten ins Auge zu blicken. Es war zwar schon Abend, aber der Tag noch nicht zu Ende.

Er ging ins Haus und holte das Handy vom Tisch. Die Uhr auf dem Display zeigte an, dass es zwanzig nach acht und in Chicago nach ein Uhr mittags war.

Eine WhatsApp-Nachricht von Christina Hellman war angekommen und eine weitere von Marietta, die er zuerst öffnete.

»Hallo, Carl, haben gerade die Einreiseformalitäten hinter uns und warten auf die Koffer. Falls du später noch wach bist, wenn wir im Hotel sind, können wir ja skypen, ich versuch's einfach mal. Bis dann. Marietta.«

Er kannte ihren Standpunkt zum Wiedereinstieg in seine frühere Arbeit. Mariettas einzige Bedingung war, dass es kein Projekt war, das ihn, auch nicht annähernd, der geringsten Gefahr aussetzte. Das hier schien etwas anderes zu sein, nach Gefahr für Leib und Leben hörte sich dieser Auftrag nicht an.

Dennoch hatte Sopran schon vor Stunden beschlossen, wie früher an die Sache heranzugehen, wenn er sich für ein Projekt entschieden hatte: Erstens, es musste ihn reizen. Zweitens, je weniger er am Anfang wusste, umso größer war die Herausforderung. Und dann drittens loslegen und Gas geben.

Auch in diesem Fall musste vorab aber noch das Finanzielle geklärt werden. Zum Nulltarif war er nicht zu haben.

Er öffnete die WhatsApp-Nachricht von Christina Hellman. Sie hatte für morgen einen Lufthansaflug nach München bekommen, Ankunft um vierzehn Uhr zwanzig.

Sopran vermutete, dass sie Ansprüche bezüglich des Hotels

hatte, und klickte sich im Internet durch diverse Buchungsportals. Er fand drei in Frage kommende Hotels und entschied sich für eines im nahe gelegenen Weingarten.

Er wählte die angegebene Nummer und hatte Glück, die Rezeption war noch besetzt. Er reservierte für zwei Nächte ein Doppelzimmer zur Einzelnutzung.

Anschließend informierte er Christina Hellman per WhatsApp und versprach ihr, sie pünktlich am Gate im Terminal zwei abzuholen.

Er klemmte sich das Notebook unter den Arm und ging nach draußen. Er füllte sein fast geleertes Weinglas bis zur Hälfte, ließ sich in den Sessel fallen und fuhr sich mit beiden Händen durch die Haare.

Mit im Nacken verschränkten Armen genoss er den Ausblick. Die Dämmerung hatte eingesetzt. Die Basilika wurde nun nicht mehr von der untergehenden Sonne bestrahlt, sondern von künstlichem Flutlicht. Das Städtchen dort unten wusste offensichtlich, womit es sich schmücken konnte.

Von irgendwoher zog der Geruch von Gegrilltem den Hang herauf. Für viele der untrügliche Duft des Sommers, für andere eine erhebliche Geruchsbelästigung. Sopran war es egal, er hatte schon häufig viel Schlimmeres gerochen. Zum Beispiel den Gestank brennender Müllhalden außerhalb indischer Großstädte oder die stinkenden, moskitoverseuchten Kloaken der Favelas von Rio.

Doch auch hierzulande gab es einen Geruch, mit dem er schon öfter unangenehm Bekanntschaft gemacht hatte: den penetranten Gestank von Gülle, der sich im Schlafzimmer festsetzte, wenn er die Fenster nicht rechtzeitig schloss, oder der in der Wäsche hing, wenn er sie nicht schnell genug von der Leine bekam, bevor die Geruchschwaden zu beinahe allen möglichen Jahres- und Tageszeiten über Felder und Häuser zogen. Romantiker nannten es Landluft, Realisten bezeichneten es als Auswüchse extensiver Landwirtschaft. War er in vielen Ländern auf anderen

Kontinenten der allgegenwärtige Geruch von Armut, Not und vor allem Korruption – war er hier der unangenehme Geruch, den Wohlstand, Überfluss und Subventionswahnsinn verbreiteten. Sopran wusste, er war selbst ein minikleines Zähnchen in diesem irrsinnigen Konsumrad, das sich ständig drehen musste und solche Begleiterscheinungen hervorrief.

Er fuhr sein Notebook hoch und begann mit der Suche nach Informationen über Otto Forselius. Er wollte die Zeit bis zu Mariettas Anruf nutzen.

Es gab mehr Treffer, als er erwartet hatte, teils in finnischer, teils in englischer und auch in schwedischer Sprache. Ihn interessierte am meisten, was die finnischen Zeitungen zu diesem Fall zu berichten hatten. Drei relevante Zeitungen fand er, die größte finnische Tageszeitung »Helsingin Sanomat« und zwei Boulevardblätter. Als er Erstere in Verbindung mit dem Namen Otto Forselius in die Suchmaske eingab, erschien eine ganze Reihe von Einträgen. Er klickte auf einen vom 25. Mai und aktivierte das Übersetzungsprogramm.

Es handelte sich offensichtlich um den aktuellsten Bericht. Die Schlagzeile lautete: »Der Unternehmer Otto Forselius seit zwei Tagen vermisst!«

Über die Umstände seines plötzlichen Verschwindens lagen der Polizei noch keine zur Veröffentlichung verwertbaren Erkenntnisse vor. Es hieß lediglich, Forselius' Bruder Oscar habe eine Vermisstenanzeige bei der Polizei aufgegeben, weil er seit zwei Tagen keinen Kontakt mehr zu Otto Forselius bekommen habe, der sich zur Vorbereitung auf eine Sitzung des Verwaltungsrates seines Unternehmens in sein Sommerhaus am Päijännesee zurückgezogen hatte.

Die Zeitung hielt sich von Spekulationen fern und schilderte Forselius als integren Unternehmer, dessen Familie altem finnisch-schwedischem Geschäftsadel entstammte. Die Brüder waren Gesellschafter mehrerer finnischer Unternehmen aus der holzverarbeitenden Branche. Forselius' Lebenslauf wies nach dem Abitur in Turku ein Studium der Forstwirtschaft in Helsinki und ein anschließendes Studium in Holztechnik mit zwei Auslandssemestern auf. Schon in jungen Jahren gründete er sein Unternehmen, das heute zu den großen Holzhandelsfirmen Europas gehörte.

Sopran sah sich unter demselben Datum auch die Einträge der beiden Boulevardblätter an. Hier waren die Aufmacher deutlich reißerischer und spekulativer. In einer der Abendzeitungen wurde Otto Forselius als zurückgezogen und unterschwellig als etwas sonderbar dargestellt. Er habe öffentliche Termine nur wahrgenommen, wenn es unbedingt vonnöten gewesen sei, und sei in der High Society der finnischen Hauptstadt so gut wie nie gesehen worden. Auch der in diesen Kreisen sehr geschätzten Imagepflege in Gesellschaftsmagazinen habe er sich kategorisch verweigert.

Die Erkenntnisse des Autors mündeten am Schluss in die unausweichliche Frage: Führte ein Mann wie Forselius, Mitglied einer angesehenen Familiendynastie und erfolgreicher Unternehmer, eventuell ein zweites Leben, von dem niemand etwas wusste?

Sopran klickte den Artikel weg, holte tief Luft und prustete in die Dunkelheit. Das Terrassenlicht war noch nicht eingeschaltet, lediglich der Bildschirm verteilte sein kaltes blaues Licht über den Tisch.

Er griff doch noch einmal zur Maus und holte sich die Website von Forselius' Unternehmen auf den Bildschirm, um morgen nicht den Eindruck zu erwecken, als habe er sich nur oberflächlich vorbereitet. Die Seite war auch in Englisch, Französisch, Spanisch, Portugiesisch, Deutsch und sogar Chinesisch abrufbar.

Das Unternehmen handelte mit Roh- und Schnittholz und exportierte finnisches Nadelholz vor allem nach China und Japan. Importiert wurde Tropenholz aus Südamerika, Malaysia, Myanmar, Indonesien, Kamerun, Nigeria, aber auch Laub- und

Nadelholz aus Österreich, der Schweiz und Deutschland. Auf einer Weltkarte konnte man Fähnchen mit den Links zu Büros und Repräsentanzen unter anderem in Moskau, Singapur, Shanghai, Tokio, São Paulo und Kamerun anklicken.

Die Firmenphilosophie, das Unternehmensorganigramm und die Vorstellung der Verwaltungsratsmitglieder interessierten Sopran heute nicht mehr. Er hatte genug gesehen und gelesen. Wie der internationale Holzhandel funktionierte, wusste er seit seiner Recherche in Südamerika 2009 noch sehr gut. Sollte sich der Fall tatsächlich in diese Richtung entwickeln, hatte sich Christina Hellman den richtigen Mann ausgesucht.

Er schob das Notebook von sich. Die Kirchturmuhr drüben im Ort schlug zweimal. Ein Blick auf die Armbanduhr im Schein der Bildschirmbeleuchtung sagte Sopran, dass es bereits halb elf war. Er schloss die Terrassentür und ließ sich auf die Wohnzimmercouch fallen.

Im direkten Blickfeld sprangen ihm auf der Anrichte der wilde Haufen seiner Single-Malt-Whiskys ins Auge, als das eigenwillige Skype-Signal die Stille unterbrach. Marietta lachte ihn formatfüllend an. »Hallo, mein Lieber, hier bin ich. Total fertig, das kann ich dir sagen!«

So schlimm konnte es nicht sein, sie legte los wie ein Maschinengewehr und ließ ihm nicht einmal Zeit, sie seinerseits zu begrüßen. Die Gruppe sei toll, alles nette Kollegen und lustig. Die Einreiseformalitäten hätten sehr lange gedauert, die Klimaanlage im Shuttlebus zum Hotel habe nicht richtig funktioniert, und sie seien alle verschwitzt im Hotel angekommen. In Chicago habe es gerade aktuell fünfunddreißig Grad Celsius.

Endlich kam auch er zu Wort. »Einfach klasse, unfrisiert, mit einem gepflegten Jetlag im Gesicht und einem Piccolo aus der Hotelminibar intus siehst du umwerfend aus!«

Sie wollte sich noch ein paar Stunden hinlegen, am Abend war die kleine Gruppe zum Essen verabredet. Zum Schluss hauchte sie noch einen Schmatz auf ihr iPad, dass sein Bildschirm kurzfristig milchig trüb wurde, danach trennten sie die Verbindung.

Er holte sich einen der kleinen schlanken Whiskykelche aus der Vitrine und schenkte sich einen fünfzehnjährigen Macallan Fine Oak ein. Ab morgen würde er mit der Suche nach Forselius beginnen. Er würde ihn finden. Das erwartete Kari Luukkonen von ihm. Nicht mehr und nicht weniger.

5

Georg Horger lehnte am geöffneten Fenster seines Büros und blickte hinüber auf die drei Musterhäuser. Die Strahler, die sie bei Dunkelheit beleuchteten, um das Interesse der Vorbeifahrenden auf der nahe liegenden Bundesstraße zu wecken, würden sich in einer knappen halben Stunde automatisch abschalten. In der dunklen Jahreszeit war das effektiver, im Sommer, wenn die Tage länger waren, machte die Beleuchtung kaum Sinn.

Im Hof auf der Zufahrt zur Fertigungshalle und zum Sägewerk stand ein Vierzigtonner, der am Nachmittag noch mit den Rohbauteilen für ein Holzhaus beladen worden war, die am frühen Montagmorgen in die Nähe von Heilbronn gebracht werden sollten.

Seine Beunruhigung war größer, als er sich eingestehen wollte. Er zündete sich einen Zigarillo an und blies den Rauch aus dem offenen Fenster. Vor drei Stunden hatte ihn diese deutsche Anwältin aus Finnland schon angerufen, und er stand seitdem ratlos in seinem Büro.

Es war um diese unselige E-Mail von Forselius gegangen, mit der er nichts anfangen konnte. Das würde sich auch nicht ändern, wenn sie morgen sogar persönlich kommen und noch dazu irgendeinen Typen mitbringen würde – sie sollten ihm seine Ruhe lassen.

Horger zog an seinem Zigarillo und ärgerte sich, dass er sich am Telefon von dieser Frau hatte überrumpeln lassen. Er hatte den Polizisten, die vor drei Wochen bei ihm gewesen waren, doch schon alles gesagt, und das war herzlich wenig, weil es nichts zu sagen gab. Ein paar Tage später hatte auch diese Frau noch angerufen, sich als Anwältin der Familie Forselius vorgestellt und ihm annähernd die gleichen Fragen gestellt.

Was konnte *er* dafür, dass ihm Forselius, mit dem er schon

lange nichts mehr zu tun hatte und auch nichts mehr zu tun haben wollte, seit der ihn vor sechs Jahren so sehr enttäuscht hatte, aus heiterem Himmel eine so dämliche Mail schickte, in der nicht einmal etwas drinstand. Es konnte doch einfach nicht sein, dass das mit der alten Geschichte zu tun hatte – nach sechs Jahren.

Er wusste vom geschäftlichen Erfolg, den sein ehemaliger Studienfreund mit seiner Holzhandelsfirma in Finnland hatte, in der Holzbranche blieb nichts verborgen. Horger bereute es auch nach so langer Zeit noch, dass er damals Kontakt zu Otto Forselius aufgenommen und ihn um eine Beteiligung an der geplanten Umstrukturierung und am Ausbau seiner Firma gebeten hatte. Er hatte das nur zum Teil mit der Bank machen wollen. Zusammen mit seiner Steuerkanzlei hatten sie ein Konzept ausgearbeitet, das sie Forselius zukommen ließen, der spontan begeistert von dem Vorhaben gewesen war und ihn lange in dem Glauben gelassen hatte, dass er mitmachen würde.

Horger hatte vorgehabt, das Sägewerk zu modernisieren und selbst Holzhäuser zu fertigen. Dazu benötigte er eine Halle, neue Maschinen für Holzhaus-Fertigelemente und auch mehr Personal. Der sich schon damals abzeichnende Bauboom bestärkte ihn, die Erweiterung zu forcieren. Dann kam von einem Tag auf den anderen die Absage, ohne Grund und ohne weitere Erklärung. Forselius wollte plötzlich nicht mehr, er hatte andere Projekte.

Alles war schon angeschoben gewesen, die Bauanträge, die Pläne dazu und die Teilfinanzierung seiner Hausbank, über die er nun das komplette Volumen hatte finanzieren müssen. Er konnte von Glück reden, dass die Gemeinde damals dringend Baugrund suchte, den er verkaufen konnte.

Seitdem hatte er auf seiner großen Wiese neben dem Betrieb ein Neubaugebiet stehen. Die Fertigung exklusiver Holzhäuser entwickelte sich gut, aber seine Söhne würden dennoch Schulden erben, falls er sich entscheiden sollte, sich auf absehbare Zeit aus dem Geschäft zurückzuziehen.

Horger hatte Forselius und diese seltsame Mail bereits vergessen gehabt, aber nun ging das schon wieder von vorn los. Er drückte den Zigarillo im Aschenbecher aus, der draußen auf der Fensterbank stand. Ein Pulk Motorräder, deren Knattern die Stille durchbrach, fuhr an der Hofeinfahrt vorbei Richtung Bundesstraße. Er verfolgte ihre Rücklichter, wie eines nach dem anderen hinter der Hecke verschwand, und schüttelte den Kopf.

Er hatte nicht die geringste Lust auf den Besuch von dieser Anwältin und ihrem Bekannten. Aber er hatte zugesagt und konnte nicht mehr zurück. Er musste die beiden morgen wohl oder übel kommen lassen.

Seit beinahe drei Stunden zerbrach er sich den Kopf, was die Frau tatsächlich von ihm wollte und wer ihr Begleiter sein konnte. Wenn es wirklich nur um die E-Mail ging, gab es nicht mehr zu sagen als bisher. Wenn nicht, was wollte sie dann? Sollte er doch die Polizei anrufen?

Diesen Gedanken trug er schon die ganze Zeit mit sich herum. Er war sich sicher, dass das Gespräch nicht mit der Polizei abgestimmt war. Die Frau war auch nicht zufällig hier, das war geplant.

Georg Horger beschloss, die Dinge auf sich zukommen zu lassen. Sollten die beiden lästig oder unangenehm werden, konnte er, falls nötig, mit einem Anruf bei der Polizei drohen.

Er schloss das Fenster, löschte das Licht, verließ sein Büro und ging nach unten. Er kontrollierte, ob alle PCs im Konstruktionsbüro ausgeschaltet waren, löschte auch hier das Licht und sperrte das kleine Verwaltungsgebäude ab.

Im selben Augenblick erlosch auch die Beleuchtung der Musterhäuser.

6

Um zwei Uhr morgens wachte Sopran auf. Er war auf dem Sofa eingeschlafen. Er knipste die Stehlampe aus und schleppte sich nach oben ins Bad. Bevor er ins Bett kroch, stellte er den Handywecker noch auf halb acht.

Schon vor sieben wurde er von der Morgensonne, die durch das Schlafzimmerfenster direkt auf das Bett schien, geweckt. Er hatte vergessen, die Rollos herunterzulassen.

Es war eine laue Sommernacht gewesen. Nur mit Boxershorts bekleidet, holte er die »Schwäbische Zeitung« aus dem Briefkasten. Während die Kaffeemaschine röchelte und dampfte, blätterte er im Schnelldurchgang durch die Seiten.

Politik und sonstige Nachrichten aus aller Welt waren schnell überflogen, auf den Sportseiten blieb er kurz hängen, aber auch hier gab es kaum Lesenswertes, es war Sommerpause.

Während er den starken Kaffee schlürfte, Appetit auf Frühstück hatte er zu so früher Stunde noch keinen, warf Sopran noch einen Blick in die Lokalseiten der Zeitung – für ihn eine Art Annäherungsübung an seine neue Umgebung.

Es war schon eigenartig: Er, der in den vergangenen beinahe fünfzehn Jahren in der ganzen Welt unterwegs, aber nirgends so richtig zu Hause gewesen war, der für Zeitungen und Magazine aus der ersten Garde gearbeitet hatte, las Nachrichten aus Oberschwaben und dem angrenzenden Allgäu. Nachrichten über fehlende Kinderbetreuungsplätze in seiner Wohngemeinde, über Jubiläen von Musikvereinen, über Probleme mit nicht vorankommenden Straßenbauprojekten und jeden Tag über Volksfeste, die im Sommer überall in der Region stattfanden oder stattfinden würden. Die Schwaben mussten ein feierfreudiges Völkchen sein.

Er sollte zeitig losfahren, um rechtzeitig am Flughafen zu

sein. Es war aber noch reichlich Zeit für eine ausgiebige Dusche und ein richtiges Frühstück, das er anschließend im Bäckereicafé unten im Ort einnehmen wollte.

Dort saß er eine Stunde später bei einer weiteren großen Tasse Kaffee und einer belegten Seele.

Sopran fuhr um halb zwölf los und kam gut voran, der Verkehr auf der Autobahn Richtung München lief reibungslos, er konnte seinen Audi sogar streckenweise mit dem auf hundertfünfzig eingestellten Abstandstempomat ohne größere Unterbrechungen oder Bremsmanöver fahren.

Um zehn vor zwei stellte er seinen Audi im Parkhaus unterhalb vom Terminal zwei ab. Die Ankunftsanzeige am Lift zu den Gates zeigte eine ziemlich pünktliche Landung der Lufthansa-Maschine aus Helsinki um vierzehn Uhr fünfundzwanzig an.

In Sichtweite des Ankunftsgates fand er eine Snackbar mit einem freien Bistrotisch mit zwei Barhockern, holte sich einen Kaffee und ließ sich nieder. Der Kaffee war noch zu heiß, er schob ihn beiseite und studierte die beiden Bildschirme mit den Ankünften und Abflügen vom Terminal.

Nervosität spürte Sopran keine, aber eine gewisse Anspannung, gepaart mit Neugierde, machte sich in ihm bemerkbar.

In die große Anzeigetafel über dem Gate kam Bewegung. »LH 2463 gelandet«, war zu lesen. Bald darauf kamen bereits die ersten Passagiere ohne großes Gepäck durch die Glastür.

Sopran rutschte vom Bistrohocker, prüfte, ob sein rotes Poloshirt ordentlich in der Jeans steckte, und betrachtete seine Füße, die barfuß in hellgrauen Sneakers steckten. Er war empfangsbereit.

Christina Hellmans Bild von der Kanzleiwebsite im Kopf, musterte er die Reisenden, die nun nacheinander durch das Gate kamen. Die einen verloren sich mit eiligen Schritten in den Weiten des Terminals, andere blickten suchend umher, um sich zu orientieren.

Dann kam Christina Hellman, nein, sie kam nicht, sie betrat die Bühne. Sie sah umwerfend aus, attraktiv vom Scheitel bis zur Sohle. Das Foto auf der Website war das blanke Understatement. Ihre Haare waren exakt zu einem kleinen Pferdeschwanz, der bei jeder Kopfbewegung kokett wippte, nach hinten gekämmt. Darüber klemmte eine Sonnenbrille, wohl eher ein Accessoire, denn im Flugzeug war sie sicher nicht vonnöten gewesen. Unter dem Blazer des sommerlich leichten Hosenanzugs in dezenten Fliedertönen blitzte ein schwarzes Shirt. Über den aktuellen Wetterbericht für Süddeutschland musste sie bestens informiert sein.

Christina Hellman blieb mit ihrem silberfarbenen Trolley kurz hinter dem Gate stehen und ließ weitere Reisende passieren. Als sie ihre schwarze Lederumhängetasche öffnete, straffte Carl Sopran seine Schultern, setzte sich schwungvoll in Bewegung und ging auf sie zu. Gerade wollte er sich bemerkbar machen, da schob sich ihm eine chinesische Reisegruppe in den Weg. Als das Gewusel und Geplapper endlich an ihm vorbeigezogen war, hielt Christina Hellman ihr Handy am Ohr. Sie ließ es wieder sinken, als sie ihn entdeckt hatte.

»Herr Sopran?«, rief sie und fixierte ihn mit ihren dezent geschminkten Augen – wo war die Brille vom Foto? Sie trug vermutlich Kontaktlinsen. »Wie schön, Sie zu treffen. Und so ein herrliches Wetter hier bei Ihnen. Warten Sie schon lange?« Sie streckte ihm die rechte Hand hin.

Sopran drückte sie vorsichtig. »Grüß Sie, Frau Hellman, ich freue mich auch, Sie zu sehen. Prima, dass es mit dem Flug so schnell geklappt hat. Nein, ich war rechtzeitig hier und konnte sogar noch in Ruhe einen Kaffee trinken. Möchten Sie auch noch eine Kleinigkeit trinken oder essen, bevor wir losfahren?«

Christina Hellman überlegte kurz. »Eigentlich nicht, nein danke. Im Flugzeug war ich gut versorgt. Ich habe noch einen Platz in der Business Class bekommen, da muss man keine Not leiden«, sagte sie lächelnd. »Wie lange haben wir zu fahren?«

»Zwei Stunden, wenn es keine Verkehrsprobleme gibt.« Sopran deutete auf ihren Rollkoffer. »Darf ich? Wir haben es nicht weit zum Auto.«

Als er sich mit der rechten Hand kurz eine Haarsträhne aus der Stirn strich, vernahm er einen dezenten Parfümhauch, der noch an seiner Hand zu haften schien. Er griff nach dem Koffer und zeigte zum Schild Richtung Parkhaus. »Können wir?«

Christina Hellman steckte ihr iPhone in die Tasche zurück und nickte. »Gern.«

Auf dem Parkdeck angekommen, betätigte Sopran seine Fernbedienung. Der Audi meldete mit einem gelben Blinken seinen Standplatz. Sopran öffnete die Beifahrertür und bat Christina Hellman, einzusteigen. Sie legte noch den Blazer ab, den er ihr abnahm und vorsichtig auf den Rücksitz legte.

Als er ihr beim Einsteigen verstohlen hinterherschaute, wurde ihm bewusst, dass er alles aufbieten musste, was er an Stil und Umgangsformen vorzuweisen hatte.

Sie verließen das Parkhaus und fuhren in Richtung Zentralallee. Die Außentemperaturanzeige im Cockpitdisplay wanderte stetig nach oben und erreichte bald dreißig Grad Celsius – ein idealer Anknüpfungspunkt, um das Gespräch in Gang zu setzen.

»Wie war das Wetter in Finnland bei Ihrer Abreise?«, fragte Sopran. »Wir haben hier schon seit einer Woche dieses traumhafte Wetter. Es war eine gute Entscheidung, hierherzukommen.« Eigentlich hatte er gestern für sie diese Entscheidung getroffen.

»Auch sehr schön, aber nicht ganz so warm. Mittsommer war leider kühl und verregnet, aber wenn der Juli noch schön wird, ist das eine Entschädigung.«

Beim Spurwechsel bemerkte er, wie Christina Hellman ihn von der Seite musterte.

»Wir hatten gestern ja kaum Zeit, uns abzustimmen«, sagte er. »Darf ich fragen, wie Ihre Pläne für die kommenden zwei

Tage aussehen? Ein Zimmer für zwei Nächte habe ich für Sie reserviert.«

Christina Hellman zögert kurz. »Oh, vielen Dank, ist es möglich, noch etwas zu ändern? Mein Flug geht am Sonntagnachmittag zurück und ich würde sehr gern bereits morgen Abend in München sein. Ich habe mich mit einer Studienkollegin verabredet, die in München lebt und die ich seit Ewigkeiten nicht mehr gesehen habe. Haben Sie die Nummer von dem Hotel für heute Abend? Ich würde gern dort anrufen und die Buchung ändern.«

Sopran nannte ihr den Namen.

Christina Hellman suchte im Internet nach der Telefonnummer. Es war kein Problem, die zweite Nacht zu stornieren. Sie bedankte sich und beendete das Gespräch.

»Wir können gleich während der Fahrt schon vieles besprechen«, sagte sie, während sie ihr iPhone in ihre Handtasche im Fußraum gleiten ließ. »Ich hoffe, Sie haben sich den heutigen Abend frei gehalten. Ich möchte Sie und Ihre Partnerin gern zum Essen einladen.«

»Danke, gern. Aber Marietta ist gestern zu einem Kongress in die USA geflogen, ich bin allein, und wir können uns in aller Ruhe auf den Fall konzentrieren.«

»Schade, ich hätte sie sehr gern kennengelernt«, sagte Christina Hellman. Nach einer kurzen Pause fuhr sie fort: »Dann lassen Sie uns gleich mit der Arbeit beginnen. Morgen Vormittag besuchen wir den Inhaber einer Holzbaufirma ganz in Ihrer Nähe, er kennt Herrn Forselius aus früheren Zeiten und verfügt über den einzigen Hinweis seit dessen Verschwinden. Darüber können wir gleich noch reden.«

Sie zog ihre Handtasche hoch und holte eine kleine Dose mit Bonbons hervor. »Möchten Sie? Finnische Lakritzpastillen.« Sie hielt ihm die geöffnete Dose hin.

Sopran nahm sich eine, bedankte sich, kippte sie sich mit der hohlen Hand in den Mund wie eine Tablette und verzog sofort leicht angewidert das Gesicht. Sie schmeckte wirklich grauenhaft.

»Nicht Ihr Geschmack, oder?«, fragte Christina Hellman lachend.

»Darf ich ehrlich sein? Nein.« Sopran hoffte, dass sich das Teil in seinem Mund schnellstens auflöste.

Der Verkehr war dichter geworden. Mit langsamer Geschwindigkeit fuhren sie in den Allacher Tunnel, und das Navi aktivierte den abgedunkelten Nachtmodus.

»Wir können gegen halb sechs im Hotel sein, ich lade Sie dort ab und komme um halb acht wieder«, schlug Sopran vor. »Wir fahren zum Essen in ein Restaurant, das Ihnen gefallen wird.«

Er überlegte noch, wie er das Gespräch endlich auf den ursprünglichen Zweck ihres Treffens lenken konnte, doch Christina Hellman kam ihm zuvor:

»Wir sollten die Zeit nutzen und uns allmählich über den Fall Forselius unterhalten. Ich gebe zu, wir haben bislang wenig Anhaltspunkte, um konkret irgendwo ansetzen zu können. Forselius hat sich buchstäblich ins Nichts aufgelöst, er ist einfach verschwunden, seit nunmehr vier Wochen gibt es kein Lebenszeichen mehr von ihm.«

Sopran konnte aus dem Augenwinkel sehen, wie sie gedankenverloren an den beiden Ringen an ihrer rechten Hand nestelte.

»Wir haben nur eine E-Mail ohne Inhalt, die er vermutlich am Tag seines Verschwindens an den Inhaber einer Holzhausfirma, ausgerechnet in Ihrer Nähe, geschickt hat. Warum Forselius diese Mail in Kopie auch an seinen Bruder gesendet hat, versteht der am allerwenigsten.«

»Was hat Forselius denn mit der Holzhausfirma zu tun? Wo ist da eine Verbindung?«, fragte Sopran.

»Der Inhaber Georg Horger und Otto Forselius kennen sich aus Studienzeiten und hatten vor circa sechs Jahren zum letzten Mal Kontakt. Damals ging es um ein dann doch nicht zustande gekommenes Geschäft. Das hat die deutsche Polizei in Zusammenarbeit mit der finnischen Polizei schon ermittelt. Horger hat der unvollständigen Mail keine Bedeutung geschenkt und nicht weiter darauf reagiert.«

»Ja, hat er sich nicht gewundert? Das sollte ihm doch zumindest seltsam vorgekommen sein.«

»Wir kennen das Befragungsprotokoll der deutschen Polizei nicht, und deshalb ist es schlussendlich sogar gut, dass ich hierhergekommen bin und nicht Sie zu uns nach Finnland. So können wir beide morgen mit Horger reden und uns ein eigenes Bild machen.«

»Warum hätte ich überhaupt nach Finnland kommen sollen?« Diese Frage hatte sich Sopran gestern schon gestellt.

»Um sich auf die Arbeit an diesem Fall einzustimmen. Wir waren der Ansicht, es wäre gut für Ihre Ermittlungen, wenn Sie das Umfeld von Otto Forselius kennenlernten. Schauplatzstudium möchte ich es nennen, denn auch eine Besichtigung des Sommerhauses, nachweislich sein letzter bekannter Aufenthaltsort, wäre vorgesehen gewesen. Dieses Gesamtbild, so hatten wir gedacht, würde Ihnen die anschließende Arbeit hier vor Ort etwas erleichtern. Aber nun machen wir es anders. Kari Luukkonen hat Sie übrigens als genialen Spürhund bezeichnet, und am Sommerhaus von Otto Forselius hätten Sie Witterung aufnehmen können.«

»Soso, hat er das?« Sopran musste grinsen. Das sah er als Herausforderung an. Wenn sie nur diese E-Mail als letztes Lebenszeichen hatten, war das in der Tat sehr dürftig. »Wann hat man begonnen, nach ihm zu suchen?« Das war für Sopran die naheliegendste Frage.

»Ab dem Nachmittag des darauffolgenden Tages. Nachdem sein Bruder mehrmals vergeblich versucht hatte, ihn telefonisch zu erreichen. Er hatte eine Mitarbeiterin gebeten, vorerst diskret nachzuforschen.«

Das klang alles eher nach einer Familiengeschichte, nach Stoff für ein TV-Drama mit Serienpotenzial. Noch war Sopran nicht ganz klar, welche Rolle er in dieser Geschichte spielen sollte.

»Gehen Sie davon aus, dass sich Otto Forselius hier in Deutschland aufhalten könnte?«

Christina Hellman schüttelte wortlos den Kopf.

»Wonach soll ich dann suchen, Frau Hellman? Sie betreiben einen erheblichen Aufwand, fliegen hierher, beauftragen einen journalistischen Spürhund, wie Sie mich bezeichnen, um *wonach* zu suchen, wenn nicht nach diesem Finnen?«

Es dauerte eine Weile, bis Christina Hellman reagierte. »Sie haben recht, aber der Aufwand ist es uns wert. Alles, was ich Ihnen bisher geschildert und was ich Ihnen noch zu erzählen habe, sind Erkenntnisse unserer Kanzlei und Ermittlungsergebnisse der finnischen Polizei. Betrachten Sie das als Background und Briefing für Ihre Arbeit. Die beginnt spätesten morgen Vormittag, wenn wir Georg Horger besuchen. Das habe ich schon organisiert. Wie lange haben wir noch zu fahren?«

»Ein knappe Stunde«, erwiderte Sopran nach einem kurzen Blick auf das Navi. Ihm wurde bewusst, dass ihm noch eine wesentliche Information fehlte. »Von einer Frau war bisher nicht die Rede. War Forselius verheiratet? Oder hatte er eine Partnerin?«

»Er war schon lange geschieden. Der gemeinsame Sohn lebt bei der Mutter in Schweden. Es gibt keinen Kontakt mehr. Über eine feste Partnerin ist uns nichts bekannt. Sollten Sie an eine Affäre denken, halte ich das für unwahrscheinlich, jedenfalls haben die bisherigen polizeilichen Ermittlungen diesbezüglich nichts ergeben.«

»Haben Sie, unmittelbar nachdem der Bruder zu Ihnen gekommen war, die Polizei hinzugezogen?«, wollte Sopran wissen.

»Nein, nicht unmittelbar, aber noch am späten Nachmittag des folgenden Tages. Die Angelegenheit war ja hochsensibel, die Unternehmen der Familie Forselius sind in Finnland nicht unbedeutend. Polizeiliche Ermittlungen über einen vermissten Unternehmer seines Kalibers konnten ja nicht im Verborgenen vollzogen werden. Stellen Sie sich vor, wir hätten vorschnell gehandelt und Otto wäre plötzlich wieder da gewesen. Es wäre eine enorme Blamage für die Familie gewesen, und die Presse hätte sich mit Vergnügen darauf gestürzt. Gerade in einer Zeit, da Entscheidungen in der Geschäftsführung und auch die kolportierten Gerüchte über einen Verkauf an einen chinesischen Investor im Raum standen, mussten wir uns eine Strategie überlegen, die alle Möglichkeiten und Konsequenzen in Betracht zog.«

Sopran versuchte sich die Einzelheiten einzuprägen. Er wollte später noch einmal darauf zurückkommen.

»Wir haben also im Lauf des Dienstagnachmittags beschlossen, die Polizei einzuschalten. Bis dahin gab es kein Lebenszeichen von Otto. Natürlich haben wir ab diesem Augenblick auch Kontakt zu Georg Horger aufgenommen. Ich habe selbst mit ihm telefoniert, aber er konnte mir auch nicht mehr sagen als später der deutschen Polizei, die ihn im Rahmen eines Amtshilfeersuchens der finnischen Kollegen befragte. Morgen werden wir ihn ja treffen. Ich erhoffe mir von einem persönlichen Gespräch mehr als von diesem Telefonat, das nicht sehr ergiebig war.«

Die Stimme im Navi empfahl, bei Leutkirch-West abzufahren.

»Wenn Sie einverstanden sind, schaue ich mir noch ein wenig die Landschaft an und erzähle Ihnen den Rest beim Abendessen«, sagte Christina und lehnte sich zurück.

Sopran war froh darum, so konnte er über das bisher Gehörte nachdenken und seine Gedanken sortieren.

Eine halbe Stunde später hielten sie vor dem Hotel. Er brachte Christinas Koffer zum Eingang und versprach, um halb acht hier zu sein.

Zurück im Auto, atmete er tief durch. Obwohl die Klimaanlage für eine dauerhafte Durchlüftung sorgte, hatte sich Christinas Duft im Wageninneren festgesetzt.

Alles kam ihm plötzlich irreal vor. Gestern war er noch Rekonvaleszent mit unsicherer Perspektive als Journalist. Heute, einen Tag spater, hatte er einen Auftrag so gut wie angenommen, einen verschollenen Finnen aufzuspüren. Das war weiß Gott keine journalistische Recherche. Das war Detektivarbeit, das war ihm gestern Abend schon bewusst geworden.

Da war es wieder, das Kribbeln, das untrügliche Signal, dass es etwas zu tun gab: nachforschen, suchen, Fakten ermitteln, Fäden zusammenführen, Ergebnisse liefern.

Marietta wäre nicht begeistert gewesen. Noch ehe sie fünf Stunden fort gewesen war, hatte er sich über ihre gemeinsame Vereinbarung hinweggesetzt.

Tatsächlich hatte er es gelegentlich als Kontrolle empfunden, wenn Marietta ihm klarzumachen versuchte, was ihm guttat und was nicht. Er benötigte keine Therapie mehr, aber wenn er irgendwann wieder in seinem alten Job arbeiten wollte, und das wollte er unbedingt, brauchte er noch Zeit – das wollte Marietta ihm immer vermitteln.

Aber diesen Job wollte er, nein, er brauchte ihn. Das als Rekonvaleszenz bezeichnete Nichtstun schadete ihm mehr, als dass es ihm half. Er musste raus aus diesem Hamsterrad. Das mit Marietta würde er schon hinbekommen.

Er zuckte zusammen, als Christina plötzlich an der offenen Fahrertür stand. »Sie sind noch da?«

»Ja, ich habe gerade überlegt, ob ich noch eine Besorgung mache, bevor ich nach Hause fahre. Also, bis dann.« Er schloss die Tür und startete den Wagen.

7

Wenige Minuten später stellte er seinen Wagen vor dem Haus ab. Er schloss die Haustür auf, holte zwei Briefe, die an Marietta adressiert waren, aus dem Briefkasten und legte sie auf die Garderobe in der Diele. Sie hatten noch nicht besprochen, welche Post er während ihrer Abwesenheit öffnen sollte.

Sopran blickte auf die Armbanduhr und rechnete zurück. In Chicago war es gerade Mittagszeit. Er beschloss, Marietta eine ausführlichere Nachricht zu schicken, bevor er zum Abendessen mit Christina aufbrach.

Mitsamt den Schuhen warf er sich auf das Sofa, starrte an die Decke und versuchte, aus Christina Hellmans Schilderungen seine Rolle in diesem Fall zu finden. Alles, was er von ihr bisher über diesen Finnen gehört hatte, wies auf einen ganz normalen Geschäftsmann und Unternehmer hin, der ein unaufgeregtes Privatleben führte und dessen Geschäfte sauber und seriös zu sein schienen. Warum sollte einer wie er auf so unverständliche Weise verschwinden, dass er die Polizei in zwei Ländern beschäftigte?

Wenn er richtig verstanden hatte, waren die Ermittlungen ins Stocken geraten. Warum sollte ausgerechnet er, Carl Sopran, sich einschalten und einen Mann suchen, den ein Team von Profis bisher nicht gefunden hatte? Erwartete man von ihm, dass er besser war als die Polizei?

In seinen Recherchen hatte er hin und wieder parallel zur Polizei oder sogar gegen sie ermittelt. Dann aber hatte er es häufig mit autokratischen Staaten, verkrusteten Systemen oder sogar mit einem korrupten Beamtenapparat zu tun gehabt. Das hier war anders gelagert. Sopran konnte sich nicht vorstellen, dass die deutsche Polizei begeistert war, wenn er sich einfach so in die Ermittlungen einmischte. An der Polizei vorbeizuermitteln, konnte er sich noch viel weniger vorstellen. Christina Hellman musste doch einen konkreten Plan haben, sonst hätten sie ihn nicht engagiert.

Wenn er hernach den zweiten Teil von Christina Hellmans Bericht gehört hatte – sie hatte es Briefing genannt –, würde er noch besser einschätzen können, was ihn erwartete und was zu tun war. Wenn sie glaubten, dass er der Richtige für diesen Job war, dann sollten sie die Bestätigung dafür bekommen. Seinen Jagdinstinkt musste er nicht erst aktivieren, der hatte ihn schon seit gestern unbewusst getrieben und machte sich spätestens jetzt auch körperlich bemerkbar. Zum Kribbeln war die ihm bestens bekannte Unruhe gekommen. Einen Spürhund hatte Kari ihn genannt.

Sopran schwang sich vom Sofa – er sollte sich ja noch um ein Lokal für das Abendessen kümmern. Hoch über Ravensburg gab es ein Restaurant, von dem man einen traumhaften Blick hinunter auf die Stadt hatte. Als dort niemand ans Telefon ging, beschloss er, einfach mit Christina nach Ravensburg zu fahren und in Richtung Marienplatz zu bummeln. Da gab es Restaurants genug. Sie würden schon einen Platz finden. Aber zuvor sollte er Marietta noch eine Nachricht schicken, sie wartete sicher darauf.

Er öffnete die Terrassentür, ging hinaus, ließ sich in seinen Korbsessel fallen und hoffte auf eine Inspiration.

In diesem Augenblick warf der Nachbar seinen Benzinrasenmäher an. Ein Elektrorasenmäher hätte es auch getan, er selbst hatte so einen, der machte weniger Lärm, und für ein paar Quadratmeter Garten reichte er vollkommen.

Sopran stand auf und blickte, die Hände in den Hosentaschen, zum Nachbarn hinüber, der gerade am Zaun entlangmähte und zu ihm herübernickte. Sopran nahm seine rechte Hand aus der Hosentasche und grüßte ebenfalls, dann zog er sich ins Haus zurück, griff nach dem Handy und ging damit online.

»Hallo, meine Liebe, bei dir müsste es Mittag sein. Habe gerade beschlossen, ein wenig unter die Leute zu gehen. Fahre gleich nach Ravensburg hinunter, gehe bummeln und etwas essen. LG Carl«.

Das Abendessen mit Christina Hellman wollte er noch abwarten. Danach sollte er sich dringend Gedanken machen, wie er Marietta vermitteln könnte, dass er diesen Job angenommen hatte.

Es war kurz vor sieben, und er hatte noch dieselben Klamotten an. Nach einer schnellen und erfrischenden Dusche holte er ein frisches Leinenhemd aus dem Schrank und schlüpfte in Jeans und Sneakers. Aus dem Büro holte er ein DIN-A4-Blatt aus dem Drucker, faltete es und steckte es zusammen mit einem Kugelschreiber in die Brusttasche. Ein Notizbuch wagte er nicht mitzunehmen, er kannte sich, die Gefahr, dass er es irgendwo liegen ließ, war zu groß.

Er eilte die Treppe hinab ins Erdgeschoss, nahm ein paar Schlucke aus der Wasserflasche, die von gestern noch in der Küche stand, schnappte sich das Handy vom Wohnzimmertisch und verließ mit nassen Haaren das Haus. Würde er mit Mariettas Cabrio fahren, wären sie schneller trocken. Das hatte er aber am Morgen in die Garage gefahren.

Christina Hellman wartete bereits vor dem Hotel. Ihre weiße Jeans leuchtete schon von Weitem und die hellblaue, halblange Bluse flatterte leicht in der warmen Abendbrise. Sopran hatte kaum angehalten, da öffnete sie schon die Beifahrertür und stieg ein. Sie ließ ihn gar nicht erst aussteigen, um ihr die Tür aufzuhalten.

»Sagen Sie, Carl, ich habe vorhin eine große und schöne Kirche gesehen. Könnten wir da bitte kurz hinfahren, ich möchte sie gern ansehen.«

»Sind Sie religiös?«, fragte er spontan.

»Nein, nicht wirklich. Aber die Kirche ist mir einfach aufgefallen, sie sah so imposant und erhaben aus.«

Sopran hatte die Basilika von Weingarten von zu Hause aus fast immer im Blick, aber er war noch nie drin gewesen. Der kurze Abstecher war ihm sogar recht, dann konnte er noch überlegen, in welches Restaurant er sie zum Essen führen sollte. Er bog auf die große Durchfahrtstraße, die von Ravensburg kam, rechts ab.

Unterhalb der Kirche gab es genügend Parkplätze. Sopran und Christina liefen die Treppen zur Basilika hoch. Christina erklomm auch noch die Stufen zum Portal und verschwand im Kircheninneren.

Sopran setzte sich auf die Mauer am Kirchenvorplatz und genoss die Abendsonne. Er fixierte auf der anderen Seite des Tals die Kirche von Berg und versuchte, die Lage seines Hauses ausfindig zu machen, aber die Sonne stand schon weit im Westen und blendete zu sehr.

Er drehte sich zur Basilika um und blickte zu den beiden Türmen hoch. Wann war er zum letzten Mal in einer Kirche gewesen? Warum war er nicht mit hineingegangen? Kirchen waren doch ein Ort der Besinnung und Ruhe. Lieber wäre es ihm gewesen, sie würden schon beim Essen sitzen und über den Fall reden, damit er endlich mit der Arbeit beginnen konnte. Die Klinke am Portal bewegte sich und Christina kam heraus. Sie winkte ihm mit einem Heftchen in der rechten Hand zu.

»Wunderschön, wirklich beeindruckend«, schwärmte sie. »Ich habe mir einen kleinen Kirchenführer mitgebracht, ich will ja wissen, was ich gerade besichtigt habe. So, und jetzt lassen Sie uns essen gehen, es gibt noch viel zu besprechen. Wir haben bis morgen Mittag noch ein straffes Programm.«

Sopran ignorierte den unterschwelligen Befehlston. Er hätte auch nicht darauf reagieren können, denn Christina war schon an der Treppe hinunter zum Parkplatz. Mit ihrer Handykamera machte sie noch schnell ein paar Fotos. Sopran weigerte sich erfolgreich, eines ihrer Motive mit Sonnenuntergang im Hintergrund zu sein.

Auf der kurzen Fahrt nach Ravensburg fiel kein einziges Wort. Sopran widerstand der Versuchung, das Radio laut zu stellen.

Er fand einen Platz im ersten Parkhaus nahe der Innenstadt. Sie liefen über eine Kreuzung und passierten einen Tordurchgang. Gleich dahinter öffnete sich die Kulisse der Altstadt im letzten Licht der Abendsonne.

In einem Lokal gegenüber dem Tor steuerten sie zielstrebig auf einen soeben frei gewordenen Tisch zu. Die Gaststätte war brechend voll. Zu seiner Überraschung stand aber sofort eine Bedienung am Tisch, reichte ihnen eine Speisekarte und begann, Gläser und Geschirr abzuräumen.

Beide bestellten sich einen Zwiebelrostbraten, Christina ein Glas trockenen Spätburgunder vom Bodensee sowie eine kleine Flasche Mineralwasser und Sopran ein helles Hefeweizen.

Sopran zog das Blatt Papier und den Kuli aus der Brusttasche und legte beides vor sich auf den Tisch. »Ihre Entscheidung, die Polizei hinzuzuziehen, ist am Dienstagnachmittag gefallen, oder?«

»Ziemlich genau um siebzehn Uhr«, bestätigte Christina, »weil mein Mann nicht direkt bei der Polizei anrief, sondern zuerst einen befreundeten Kollegen von der Staatsanwaltschaft, den er gerade noch in seinem Büro erreicht hat. Gustav wollte damit sicherstellen, dass der Fall an der richtigen Stelle landet und auch von Anfang an mit der höchstmöglichen Diskretion verfolgt wird. Aber Letzteres ließ sich nur sehr kurzfristig bewirken.«

»Gerade mal zwei Tage«, schob Sopran ein. »Am 25. Mai standen bereits die ersten Berichte in Ihren Zeitungen.« Er war selbst überrascht, dass er seine Internetrecherchen noch so präsent hatte.

Das machte Eindruck. »Gut vorbereitet, Carl. Leider, es war nicht zu verhindern. Die Ermittler mussten ja überall dort, wo auch nur eine kleinste Spur zu vermuten war, Befragungen durchführen. Die Polizei ging sehr akribisch an die Sache heran. Allerdings muss ich auch zugeben, dass der Fall auf einer Ebene angesiedelt war, die von sich aus schon Druck erzeugte.«

Sie machte eine Pause und nippte an ihrem Wein.

»Es gab noch am selben Abend ein Treffen mit zwei Hauptkommissaren. Dass man uns höhere Beamte geschickt hatte, macht deutlich, dass das Einschalten des befreundeten Staatsanwalts Wirkung gezeigt hatte. Die beiden nahmen alles auf, was wir wussten und beitragen konnten. Das war bis zu diesem Zeitpunkt nicht mehr als das, was ich Ihnen bisher erzählt habe.«

Die Rostbraten wurden serviert. Christina bestaunte ihren großzügig gefüllten Teller. »Ich glaube, ich werde satt.« Sie schaute Sopran beinahe hilfesuchend an und begann mit dem Essen.

Er nahm den Kugelschreiber in die Hand, die Polizeiermittlungen interessierten ihn mehr als das Essen auf dem Teller. »Wie lange dauerten die Ermittlungen, bis die Polizei zu der Erkenntnis kam, dass es nicht mehr vorwärtsging?«

»Die Ermittlungen sind ja nicht eingestellt, man hatte anfangs sogar eine konkrete Spur. Die verlor sich aber urplötzlich.«

»Und wohin führte diese Spur?« Sopran klopfte ungeduldig mit dem Kugelschreiber auf den Tisch. Er wollte endlich wissen, wo der Ansatzpunkt für seine Arbeit war.

»Sie endete in Schweden.« Christina schien seine Ungeduld bemerkt zu haben. »Carl, Sie müssen die Ermittlungsergebnisse bis zu diesem Punkt kennen, um sich ein Bild machen zu können. Danach reden wir darüber, wie Sie uns helfen können.«

Sopran legte den Stift beiseite, zog den Teller zu sich und begann nun ebenfalls mit dem Essen.

»Otto hatte sein Handy und sein Notebook bei sich«, fuhr Christina fort. »Ab hier wird es erst so richtig mysteriös. Die Polizei konnte anhand der IP-Adresse seines Notebooks herausfinden, dass es bis kurz nach Mitternacht online und eingeloggt gewesen war. Dann wurde es abgeschaltet und seither nicht mehr benutzt. Das Handy aber blieb immer im Netz, und – halten Sie sich fest – es begann sich nach Mitternacht zu bewegen.« Sie hätte beinahe ihr Wasserglas umgestoßen, als sie dieser Tatsache mit einer Handbewegung Nachdruck verleihen wollte. »Die Polizei konnte es ziemlich genau nachverfolgen. Es fuhr, ich kann es nur so bezeichnen, nach Helsinki, blieb dort an einem Parkplatz nahe dem Zentrum bis zum Nachmittag und bewegte sich dann auf den Fährhafen zu, von dem die Silja Line um siebzehn Uhr nach Stockholm ablegt. Es ist am Mittwochvormittag in Stockholm angekommen. Die weiteren Ermittlungen der schwedischen Polizei ergaben, dass das Handy sich von Stockholm weiter auf der E 4 Richtung Süden bewegte, bis es in der Nähe von Linköping endgültig vom Netz ging.«

Sopran wollte etwas dazu sagen, aber Christina stoppte ihn, indem sie ihre Hand auf seinen Arm legte. »Warten Sie, Carl, es wird noch unheimlicher. Die A 4 Richtung Helsinki ist in regelmäßigen Abständen mit Verkehrskameras ausgestattet. Darauf kann man zwar den Fahrzeugtyp erkennen, aber die Insassen so gut wie nicht. Der Jeep, der als Ottos Wagen identifiziert wurde, war demnach auf der E 4 Richtung Helsinki unterwegs. Er wurde erstmals gegen Viertel vor fünf morgens bei Hartola, das ist eine knappe Autostunde vor Lahti, registriert. Kurz nach Lahti kam das Auto nochmals an einer Kamera vorbei, da war es zwanzig Minuten vor sechs. Die Fahrzeit des Jeeps deckt sich ziemlich genau mit dem Bewegungsmuster des Handys, bis dahin. Dann fuhr das Handy weiter, die Strecke kennen wir ja. Aber der Jeep nicht. Er folgte dem Handy erst eine Stunde später. Die Verkehrskameras belegen das eindeutig. Das heißt: Ottos Wagen und sein Handy waren ab diesem Zeitpunkt getrennt und zeitversetzt unterwegs. Ein letztes Mal wurde der Jeep auf der E 4 um kurz vor acht von einer Kamera erfasst, bei Kerava, eine halbe Autostunde vor

Helsinki, dann war auch er verschwunden. Bis er fünf Tage später auf dem Parkplatz an der Eishalle von Tuusula entdeckt wurde, der Tank war fast leer. Tuusula ist nicht weit entfernt vom Flughafen, aber weder am 22. Mai noch in den Tagen danach hat Otto Forselius Finnland verlassen, weder auf dem Luftweg noch mit einer Fähre Richtung Schweden. Auch die Fährlinien nach Estland, Polen und Deutschland hat die Polizei überprüft. Alle Tickets sind personalisiert, man muss beim Kauf einen Ausweis vorlegen.«

»... und das Handy? Konnte man das nicht genauer orten oder sogar einem Fahrzeug zuordnen?«, fragte Sopran.

»Nein. Natürlich war anzunehmen, dass es sich in einem Fahrzeug befand. Es hat sich in Helsinki ja stundenlang nicht bewegt, und der zu diesem Zeitpunkt ermittelte Standort war ein Parkplatz. Auf die Fähre hätte es aber genauso gut mit einer Person ohne Fahrzeug gelangen können. Wobei es sich nach der Ankunft in Stockholm so bewegte, dass es sich nur in einem Fahrzeug befinden konnte.« Sie nahm einen kleinen Schluck Wein und behielt danach das Glas in der Hand. »Auch an diesem Tag fuhren viele Fahrzeuge auf die Fähre: Personenwagen, Lastwagen, Wohnmobile, so gut wie alles, was Räder hat. Die Kameras am Fähranleger und auf den Parkdecks der Fähre wurden mit der Handybewegung abgeglichen. Aber wo sollte man suchen, es waren zu viele Fahrzeuge innerhalb des Ortungsradius auf dem Weg in die Fähre gewesen, sie kann bis zu vierhundert Autos transportieren.«

Sopran hatte aufmerksam zugehört und sich Notizen gemacht. Er bestellte noch ein zweites Bier, ein alkoholfreies, er musste ja noch fahren.

Das war also nun der Stand der Ermittlungen. Doch je mehr er darüber nachdachte, umso weniger glaubte er, dass die finnische Polizei in diesem Fall nicht mehr weiterkam. Aber warum sollte er es anzweifeln? Er konnte und wollte Christina Hellman nicht unterstellen, dass sie ihm etwas vorenthielt. Sie hatte innerhalb kürzester Zeit entschieden, nach Deutschland zu fliegen, um ihn zu treffen und Georg Horger aufzusuchen. Erwartete sie sich von diesem Treffen Erkenntnisse, über die sie ihn bisher noch nicht informiert hatte?

Nein, das war Spekulation, er sollte es bei den bisher auf dem Tisch liegenden Fakten belassen. Dennoch hoffte er, dass der Termin morgen etwas Handfestes zum Vorschein brachte, womit er seine Ermittlungen endlich in Gang setzen konnte.

Christina hatte inzwischen ihr iPhone hervorgeholt und telefonierte. Sopran hörte, dass sie finnisch sprach.

Das volle Bierglas stand bereits am Tisch, allerdings hatte sich der Schaum schon verabschiedet. Sopran nahm einen kurzen Schluck, lehnte sich zurück, verschränkte die Arme hinter dem Kopf und musterte nacheinander die Gäste an den anderen Tischen. Die meisten hatten schon gegessen und saßen plaudernd vor ihren Getränken.

Während Christina weitertelefonierte, fiel Sopran sein eigenes Handy in der Hosentasche ein. Er hatte sich angewöhnt, es beim Essen mit anderen Leuten leise zu stellen und nicht auf den Tisch zu legen. Er holte es heraus und strich über das Display. Kein Anruf, keine Nachricht. Ein Blick auf die Uhr zeigte ihm, dass es in Chicago gerade vierzehn Uhr einunddreißig war.

Endlich beendete Christina ihr Telefonat. Sie bestellte Sopran schöne Grüße von ihrem Mann und steckte ihr Telefon in die Handtasche zurück.

Er musste noch eine Frage stellen: »Eine Entführung hat man sicher auch in Betracht gezogen, oder?«

»Ja, natürlich, anfangs schon. Aber nachdem nie ein Anruf oder ein Schreiben kam, das darauf hindeutete, war das bald vom Tisch. Die Polizei hat jeden Stein umgedreht. In der Umgebung des Sommerhauses gab es nicht eine einzige Spur, die auf etwas Ungewöhnliches hinwies.«

Einblick in die bisherigen Ermittlungsergebnisse hatte Sopran nun. Die halfen ihm nur bedingt weiter. Entscheidend war, was es ab sofort für ihn zu ermitteln gab. Christina musste sich von dem bevorstehenden Treffen mit Horger etwas erwarten. Warum sonst hätte sie den Termin zusammen mit ihm organisieren sollen?

Er beobachtete, wie sie gedankenverloren ihr Weinglas zwischen den Fingern hin- und herdrehte. »Lassen Sie uns abwarten, was sich morgen ergibt.« Eine banale Bemerkung, aber etwas Besseres fiel ihm nicht ein. »Wollen wir zahlen und uns noch ein bisschen die Beine vertreten?«

Christina zuckte zusammen und hob den Kopf. »Ich muss Ihnen sagen, Carl, die Sache wühlt mich ziemlich auf ... und die wenigen möglichen Erklärungen, die es für Ottos Verschwinden gibt, lassen allesamt nichts Gutes erahnen, so oder so.« Sie stellte das Weinglas abrupt auf den Tisch zurück. »Und deshalb bin ich hier. Sollte noch irgendetwas herauszufinden sein, was es mit der Mail an Horger auf sich hat, dann finden Sie es heraus.«

Sopran wollte gerade seine Geldbörse hervorholen, als Christina ihm ein Zeichen gab, es sein zu lassen. Sie hatte schon ihre Brieftasche in der Hand und eine Visa Card Platinum herausgezogen, steckte sie jedoch umgehend zurück und holte eine Mastercard heraus.

Nachdem sie bezahlt hatte, schlenderten sie in Richtung Marienplatz. Dank des lauen Sommerabends war noch jede Menge los, die Straßenlokale links und rechts des Platzes waren alle voll.

»Wenn Sie mir nicht böse sind, möchte ich sehr gern zurück ins Hotel«, sagte Christina. »Es ist sehr schön hier, aber ich bin hundemüde. Es war ein langer Tag.«

Das war Sopran nur recht.

Den kurzen Weg zum Parkhaus legten sie schweigend zurück. Dass sie noch nicht über den Ablauf des morgigen Tages gesprochen hatten, fiel Sopran erst ein, als sie im Auto Platz genommen hatten. Er steckte den Schlüssel ins Zündschloss, startete den Motor aber noch nicht.

»Wie machen wir es morgen?«, fragte er.

»Wir sind um zehn mit Horger verabredet. Wie lange brauchen wir dorthin?«

»Wo genau müssen wir denn hin?«

Christina holte ihr iPhone aus der Handtasche, wischte auf dem Display hin und her und nannte ihm die Adresse. Sopran schaltete die Zündung ein, um das Navi zu aktivieren, und gab sie per Sprachsteuerung ein. Für die Fahrt vom Parkhaus zu Horgers Firma wurden neun Kilometer und elf Minuten angezeigt. Das waren vom Hotel aus keine zehn Minuten zu fahren.

Christina schlug vor, dass sie sich um halb neun im Hotel zum Frühstück treffen sollten, um noch einiges zu besprechen und anschließend zu Horger zu fahren.

»Und danach? Sie wollten doch am Abend wieder in München sein.«

»Ach, natürlich, das habe ich vorhin im Hotel schon organisiert, die Dame von der Rezeption war so freundlich, mir zu helfen. Von Ulm fährt jede Stunde ein ICE. Wären Sie so nett und würden mich hinbringen?«

»Aber klar.« Sopran drehte den Zündschlüssel weiter und startete den Wagen. Das kam ihm sehr entgegen – nach Ulm war es nur eine knappe Stunde zu fahren. Nach München wäre es deutlich länger gewesen.

Es ging bereits auf halb elf Uhr zu, als er Christina am Hotel aussteigen ließ.

***

Zu Hause angekommen, schlüpfte er in der Diele aus seinen Sneakers und öffnete in der Küche eine Flasche Pils. Anschließend holte er sein Handy aus der Hosentasche, warf sich im Wohnzimmer aufs Sofa und schickte eine kurze Nachricht an Marietta:

»Hallo, Schatz, ich melde mich morgen. Es ist schon spät. Dein Carl«.

Er sollte sich keine Gedanken machen, dass Marietta etwas gegen diesen Job haben könnte. Er war ja nicht im Kongo oder in Nordvietnam unterwegs, sondern suchte nur hier in Oberschwaben nach einem verschwundenen Finnen. Das war unspektakulär, gefahrlos und verschaffte ihm ein bisschen sinnvolle Beschäftigung.

Er stellte die leere Flasche auf den Wohnzimmertisch, ging nach oben, zog sich aus, warf Hemd und Hose über den Badewannenrand und legte seine Armbanduhr auf den Waschtisch. Nach dem Zähneputzen fiel er auf das ungemachte Bett, zum Zudecken war es zu warm.

Auf dem Rücken liegend, starrte er an die Decke. Die irrwitzigsten Bilder tanzten vor seinen Augen: Christina testete nebenan im Badezimmer Mariettas Düfte. Forselius lag tiefgefroren zwischen Rotbarschfilets in einem Kühllastwagen auf dem Weg nach Deutschland. Marietta war auf dem Heimflug.

Es war Zeit, das Licht auszuschalten.

8

Sieben Schritte hin, die Wand.

Der Kopf musste klar sein.

Sieben Schritte zurück, die andere Wand.

Der Kopf musste klar sein.

Drei Schritte zum Tisch.

Es machte keinen Sinn, das silberfarbene Notebook auf dem Tisch zu öffnen. Er wusste noch nicht, was genau zu tun war, um es so zu nutzen, wie er es brauchte. Dazu benötigte er Hilfe.

Der Tisch hatte eine Schublade, wie Tische sie früher hatten. So einen hatten sie auch gehabt, einen mit Schublade, in der das Besteck gewesen war. In dieser Schublade lag das Buch. Es stand nicht mehr im Regal wie zu Hause. Der Riss im Umschlag war geklebt, der Brief konnte nicht mehr herausfallen.

Vier Schritte vom Tisch zum Bett, darauf lag die geöffnete Tasche. Er kannte den Inhalt. Er zählte an den Fingern den Inhalt der Tasche ab.

Der Kopf musste klar sein.

Wieder zum Tisch. Wie viele Schritte waren es? Vier.

Er öffnete die Schublade, nahm das Buch heraus und schlug die Seite hundertachtzehn auf. Die erste Strophe hatte er gelb markiert.

Jägerruf und Blutgebell;
Hinter Kreuz und braunem Hügel
Blindet sacht der Weiherspiegel,
Schreit der Habicht hart und hell.

Er schlug das Buch wieder zu und legte es zurück in die Dunkelheit der Schublade. Dann ging er zum Bett – vier Schritte, zog den Reißverschluss der Tasche zu und schob sie unter das Bett.

Der Kopf war klar.

Dann nahm er die Jacke vom Kleiderhaken neben der Tür und zog sie an. Er mochte sie nicht, sie roch nicht gut, aber er musste sie tragen. Danach verschloss er die Tür des kleinen Zimmers und verließ das Haus.

Es war schon fast dunkel, aber noch sehr warm. Zu warm, um die Jacke zu tragen.

9

Es ist schwül, unsäglich schwül, die Luft zwischen den Häusern der Rua dos Andradas steht, auch nicht der kleinste Windhauch vertreibt die blaugrauen Schwaden. Überfüllte Busse, knatternde Motorräder, Lieferwagen fahren rauf und runter, hinterlassen noch mehr Gestank – unaufhörlich, den ganzen Tag.

Der Krämer schiebt die Zigarre über den Tisch und lässt die zwei Fünfzig-Centavos-Münzen in die geöffnete Ladenkasse fallen, es klimpert darin, dann schiebt er sie mit Schwung zu.

»Pass auf dich auf, o meu amigo.« Gabriel zeigt mit dem rechten Zeigefinger hinaus auf die Straße hinter sich.

Der weiße Plastikstuhl draußen vor dem Laden ist nicht besetzt, es ist seiner. Der immer übervolle Müllcontainer daneben stinkt bestialisch, der Duft der »Regalia Fina« wird dies ändern, sobald er sie angezündet hat. Ein Straßenhund schnüffelt am Container und trollt sich danach um die Ecke.

Ein weiterer Lieferwagen hält mit laufendem Motor vor Gabriels Laden, der Fahrer schleppt zwei Kartons Dosenbier in den Laden und fährt weg.

Hinter einer Wolke Zigarrenrauch sieht er, wie Christina vom Sozius eines Motorrads steigt. Sie steht plötzlich vor ihm, drückt ihm einen Zettel in die Hand, springt zurück auf das Motorrad und ist verschwunden.

»Lass ihn in Ruhe!«, steht auf dem Zettel.

Das Motorrad kommt zurück, Christina weint und wirft ihm einen Hundekadaver vor die Füße.

Schweißgebadet wachte Sopran auf. Die Morgensonne schien auf sein Bett. Er griff mit der rechten Hand auf die andere Bettseite, sie war leer. Die Bettdecke hatte er auf den Boden gestrampelt.

Er wusste nicht, wie viel Uhr es war. Das Handy lag noch unten im Wohnzimmer und seine Armbanduhr im Bad.

Wie kann man nur so einen Mist träumen?, dachte Sopran. Den Hundekadaver hatte man ihm vor Jahren in Manaus am Amazonas tatsächlich vor seine Hotelzimmertür geworfen. Es war eine Drohung gewesen. Er war bei seinen Recherchen einem der brasilianischen Holzbarone zu nahe gekommen.

Wenn der Tag schon so anfängt – dann gute Nacht am Morgen, dachte er.

Die Sonne blendete ihn. Er rieb sich die Augen und richtete sich auf. Barfuß schleppte er sich ins Bad und wusch sich mit kaltem Wasser das Gesicht. Es war erst halb sieben und viel zu früh, um aufzustehen. Da aber an Schlaf nicht mehr zu denken war, schlüpfte er in seine Haussandalen, straffte die Schultern und ging nach unten in die Küche, wo er die Kaffeemaschine in Gang setzte.

Der Kaffee duftete verlockend. Sopran schenkte sich eine große Tasse ein, öffnete die Terrassentür, stellte sich mit der dampfenden Kaffeetasse auf die Terrasse und genoss die Morgensonne.

Wieder zog die Basilika unten im Tal seinen Blick auf sich. Irgendetwas faszinierte ihn daran, das war schon gestern so gewesen, als er vor der Kirche auf der Mauer gesessen hatte.

Er hatte noch eine Stunde Zeit, sich die Notizen von gestern Abend vorzunehmen. Der Zettel steckte in der Brusttasche seines Hemdes. Er trank die Tasse leer und ging nach oben, um sich anzuziehen.

Zwei Theorien zu Forselius' Verschwinden ergaben sich aus den Notizen. Die eine lautete: Er hatte das Land nie verlassen. Dann war anzunehmen, dass er nicht mehr am Leben war. Die andere Möglichkeit bestand darin, dass er das Land doch verlassen und dabei eine Reihe falscher und verwirrender Spuren gelegt hatte. In diesem Fall hätte er ein Geheimnis gehabt, von dem niemand gewusst hatte. Sopran interessierte es brennend, ob die Polizei in Finnland ähnlich dachte. Vielleicht gab es sogar noch weitere Theorien, auf die er mit den augenblicklichen Informationen und in der Kürze der Zeit noch gar nicht gekommen war. Das musste er beim Frühstück mit Christina besprechen.

Noch mehr aber interessierte ihn, was es mit Georg Horger auf sich hatte. Alles Bisherige hatte sich ohne seine Beteiligung und vor allem in Finnland abgespielt. Ab jetzt war er auch im Spiel.

Soprans frühere Recherchen waren nie erfolglos gewesen, sie hatten immer Ergebnisse gebracht. Er lebte davon, dass daraus Berichte und Reportagen wurden, die ein ordentliches Einkommen ermöglichten. Er war nicht immer ein Einzelkämpfer gewesen, meistens konnte er auf Kollegen und deren Netzwerke aus den jeweiligen Ländern, in denen er arbeitete, zurückgreifen. In dieser Sache war er auf sich gestellt.

Über das Finanzielle musste auch gesprochen werden, davon war gestern überhaupt noch nicht die Rede gewesen.

Den Alptraum von heute Nacht hatte er schon wieder vergessen. Er mochte es, wenn Tage begannen wie dieser. Die Aussicht auf den ungewöhnlichen Job machte ihn neugierig und er setzte sich ein Ziel: ihn so geräuschlos und schnell wie möglich zu erledigen.

Er trat vor die Haustür und kickte schwungvoll einen unreifen Apfel, der vor dem Haus lag, über die Straße. Dann zog er die Tür hinter sich zu und stieg in seinen Wagen.

***

Die Parkplätze vor dem Hotel waren spärlich besetzt. Sopran parkte sein Auto neben einem BMW mit italienischem Kennzeichen. Er ging auf die junge Frau an der Rezeption zu und stellte sich vor.

Sie lächelte ihn geschäftsmäßig freundlich an. »Guten Morgen, Herr Sopran, Frau Hellman wartet bereits auf Sie.« Sie deutete auf das Restaurant gegenüber der Rezeption.

Der Frühstücksraum war fast leer, nur noch ein weiteres Paar saß an einem Tisch.

Christina trug ein luftiges Sommerkleid in Lindgrün mit dezentem Blumenmuster. Sie hatte sich wirklich auf den Wetterbericht für ihre Reisetage verlassen. Ihre Haare waren heute nach hinten gesteckt, wie auf dem Foto auf der Website. Sie winkte Sopran zu sich. »Guten Morgen, Carl, haben Sie gut geschlafen?«

Da war sie wieder, die Vertrautheit in der Ansprache, die ihm gestern Abend schon aufgefallen war. Er hatte nichts dagegen. Er fand Christina Hellman durchaus sympathisch. »Danke, gut«, schwindelte er und behielt tunlichst für sich, dass sie ihm im Traum einen toten Hund vor die Füße geworfen hatte.

Sie stand auf, fasste ihn mit beiden Händen an den Schultern und hauchte ihm links und rechts einen Begrüßungskuss auf seine frisch rasierten Wangen.

»Bitte, bedienen Sie sich.« Sie machte eine generöse Handbewegung in Richtung Büfett. Eine Kanne Kaffee stand bereits auf dem Tisch. »Kommen Sie, ich freue mich schon auf die leckeren Brötchen.«

Sopran nahm die Einladung gern an. Das Büfett hatte deutlich mehr zu bieten als sein Kühlschrank zu Hause, und Arbeit mit dem Geschirr hatte er auch nicht.

Als könnte sie Gedanken lesen, kam die aufmerksame Dame vom Frühstücksservice regelmäßig an den Tisch und trug das nicht mehr benötigte Geschirr ab. Sopran schenkte sich Kaffee nach und wartete, bis Christina das Croissant fertig gegessen hatte.

»Bevor wir zu Georg Horger fahren, habe ich noch Fragen«, sagte er schließlich. »Lassen Sie uns spekulieren: Wenn das Verschwinden von Forselius kein tragischer Unfall war, muss es doch Motive dafür geben. Was meinten Sie gestern damit, dass es Meinungsverschiedenheiten zwischen ihm und seinem Bruder vor der Verwaltungsratssitzung gab? Welche waren das? Könnten sie eine Rolle spielen?«

»Otto wollte den Geschäftsführer absetzen, sein Bruder war dagegen. Es ging nur darum, ob Otto für seine Absicht eine Mehrheit im Verwaltungsrat bekommen konnte. Es wäre absurd, mehr dahinter zu vermuten.«

»Gut, einverstanden. Und was ist mit der Verkaufs- und Investorengeschichte? Ich habe irgendwo gelesen – oder hatten Sie es gestern erzählt? –, dass Chinesen Interesse an seiner Firma gehabt hätten.«

»Ja, das stimmt, aber was bedeutet das?« Christina sah ihn fragend an.

»Sie wissen ja von Kari, dass ich in der internationalen Holzbranche, vor allem in Südamerika, aufwendig recherchiert und ziemlich viel Dreck aufgewühlt habe. Es ist schon ein paar Jahre her, aber ich habe mich heute Morgen noch mit den aktuellsten Informationen versorgt. Lassen Sie es mich ganz schlicht auf den Punkt bringen, dann können Sie das hoffentlich auch entkräften, und wir können zu Horger fahren. Die Chinesen haben einen gewaltigen Bedarf an Nadelhölzern und kaufen sich diese auf der ganzen Welt zusammen. Hätte Forselius seine an der Börse gut notierte Firma an einen solchen Investor verkauft, die Zustimmung seiner Familie vorausgesetzt, wäre doch eine ordentliche Summe geflossen, oder?«

Sopran bemerkte, dass er mit dem Messer herumgefuchtelt hatte. Schnell legte er es zurück auf den Tisch.

»Kann es sein, dass Forselius' spurloses Verschwinden – und wenn meine Spekulation stimmt, wird er nie wieder auftauchen – dafür gesorgt hat, dass seine Holzfirma mittlerweile ein ziemliches Schnäppchen ist? Freie Fahrt für einen Investor?«

»Sie spekulieren, dass man ihn auf die Seite gebracht hat?«, fragte Christina ungläubig. »Allerdings sind Sie nicht der Erste, der in diese Richtung denkt. Auch die Wirtschaftspresse hat diese Theorie schnell aufgegriffen, aber bald wieder als haltlos verworfen. Wir haben das ganz genau untersucht, um möglichen geschäftsschädigenden Gerüchten vorzubeugen. Glauben Sie mir, in diesem Fall ist alles durchgespielt und jedes Blatt mehrfach gewendet worden. Fast jedes Blatt. Ich würde nicht mit Ihnen hier sitzen, wenn wir schon komplett aufgegeben hätten. Lassen Sie uns noch die Rahmenbedingungen für unsere Zusammenarbeit besprechen, anschließend fahren wir zu Horger.«

»Nur noch eines: Was glauben Sie? Ist Forselius noch in Finnland oder außer Landes? Ist er tot oder noch am Leben?«

»Ich weiß es nicht, lassen Sie es uns herausfinden.« Christina Hellman holte einen Aktendeckel aus ihrer Handtasche und schob Sopran daraus eine Klarsichthülle mit ein paar Schriftstücken hin. »Wir benötigen dann noch Ihre Kontonummer, um Ihnen vorläufig einen ausreichenden Betrag für Ihre anstehenden Ausgaben überweisen zu können. Hier steht alles Weitere drin, wir haben eine Vereinbarung ausgearbeitet. Lassen Sie uns das bitte nach dem Treffen mit Horger besprechen.«

Während Christina bezahlte und auscheckte, wartete Sopran im Auto und überflog die Unterlagen in der Klarsichthülle. Finanziell schien die Sache interessant zu sein. Weiter kam er nicht, Christina stand bereits an der Beifahrertür.

Es war tatsächlich nur ein Katzensprung. Sie waren erst wenige Kilometer auf der Bundesstraße gefahren, als das Navi sie zum Rechtsabbiegen aufforderte. Vor ihnen tauchte ein großes Schild auf:

»HORGER HOLZBAU – EXKLUSIVE HOLZHÄUSER«.

Kurz danach bogen sie auf eine Zufahrtsstraße ab, die auf der rechten Seite von einer Apfelplantage und auf der linken von einem kleinen Neubaugebiet gesäumt war und nach etwa zweihundert Metern unmittelbar auf das Gelände von Horgers Betrieb führte.

Sie fuhren auf die »exklusiven« Holzhäuser zu, es waren drei Musterhäuser, jeweils mit einer Fahne mit Firmenlogo davor. Sopran hatte Holzhäuser bisher immer nur als Blockhäuser im Kopf, diese hier sahen anders aus. Es waren richtig schicke Häuser, nur eines hatte die klassische Giebelform, die beiden anderen waren irgendwie eckig, alles gerade Linien. Die Farbe des Giebelhauses war gewagt: ein sattes Blau und die Fenster- und Türrahmen in Grau.

Sopran parkte seinen Audi vor dem Schild mit der Aufschrift »Musterhaus zwei«.

»Ich dachte, nur in Skandinavien baue man schöne Holzhäuser«, sagte Christina, während sie ausstiegen.

Das Gelände war groß. Im Hintergrund befanden sich zwei große Hallen und ein Holzlager mit Baumstämmen. Auf der anderen Hofseite, gegenüber den Musterhäusern, stand ein weiteres, kleines zweistöckiges Holzgebäude, das erkennbar älter und schlichter als die Musterhäuser war. Davor parkte ein dunkelgrüner Toyota-Geländewagen.

Niemand war zu sehen. Der Betrieb ruhte am Samstagvormittag.

Als sie sich suchend im Hof umschauten, erschien an einem der geöffneten Fenster im ersten Stock ein älterer Mann. »Hier unten ist der Eingang!«, rief er ihnen zu und deutete auf die Tür unter sich. »Kommen Sie rauf!«

Sopran öffnete die Tür neben dem Schild »BÜRO 1. Stock« rechts neben dem Eingang und ließ Christina den Vortritt. Kurz darauf standen sie in einer nach rechts offenen Diele.

Das ganze Erdgeschoss schien ein einziger Raum zu sein, in dem mehrere Arbeitstische mit großen PC-Bildschirmen, große Tische mit Papierrollen und Zeichengeräten sowie ein kippbarer Architektenzeichentisch standen. Hier wurde offensichtlich noch von Hand gezeichnet. Musterbretter mit verschiedenen Farbanstrichen lehnten an der hinteren, fensterlosen Wand.

Vor ihnen führte eine Treppe in den ersten Stock. Sopran ließ Christina den Vortritt. Kaum dass sie oben angekommen waren, öffnete sich auch schon eine Tür, und der Mann vom Fenster erschien im Türrahmen.

»Georg Horger«, sagte er und streckte Christina die Hand entgegen.

Wenn Horger etwa so alt wie Forselius war, musste er auch Anfang sechzig sein. Er sah aber aus wie siebzig. Das war schon Soprans erster Eindruck gewesen, als er ihn von unten gesehen hatte.

Horger war etwas kleiner als er und sehr hager. Füllige, aber schlohweiße Haare und ebenso weiße, buschige Augengrauen ließen sein längliches, faltiges Gesicht sehr markant wirken. Er trug ein rosa kariertes Trachtenhemd mit Hornknöpfen, dessen Ärmel bis zu den Ellbogen hochgekrempelt waren, dazu passend eine dunkelbraune Cordhose und hellbraune Lederschuhe.

Christina bedankte sich, dass sie kommen durften, und setzte an, Sopran vorzustellen, doch Horger kam ihr zuvor.

»Mit Frau Hellman habe ich schon telefoniert, und wer sind Sie?«

Sopran spürte Ablehnung. Er beschloss, sich vorerst zurückzuhalten und Christina das Gespräch zu überlassen.

»Mein Name ist Carl Sopran. Ich bin ein Bekannter von Frau Hellman und wohne ganz in der Nähe, darum hat sie mich mitgebracht.« Er legte bewusst Ruhe und Freundlichkeit in seine tiefe Stimme und betonte sein bayerisches Idiom ein wenig – vielleicht konnte dies das Eis brechen.

Auch der erste Stock bestand aus einem einzigen Raum, aber mit offenem Giebel, und sah eher aus wie ein überdimensionaler Wohnraum. Beim Eintreten liefen sie auf einen mächtigen Schreibtisch mit dunkelbraun gepolstertem Drehstuhl dahinter zu. Auf dem Schreibtisch stand kein üblicher PC, sondern ein zugeklapptes Notebook. Den ausladenden, runden Tisch ohne Stühle in der Raummitte zierten zwei kleine Musterhausmodelle.

Am meisten aber beeindruckten Sopran die monströse, mokkabraune Ledergarnitur im linken hinteren Teil des großen Raumes, die rustikale Bauernstuben-Sitzecke rechts und die kleine holzverkleidete Küchenzeile an der Wand dazwischen. Nur ein Kachelofen fehlte. An den Wänden hingen Hirschgeweihe, Rehgeweihe, einfach alles, was die Tiere des Waldes so auf dem Kopf trugen. Sopran konnte nicht alle Trophäen einordnen, er kannte sich damit nicht aus.

Der Raum war Büro, Wohnstube, Küche, Bauernstube und Panoptikum zugleich. Er stand im krassen Gegensatz zu den modernen Designerhäusern unten im Hof. Entweder war Horger in Geschmacksfragen eine gespaltene Persönlichkeit, oder er konnte unterscheiden, was für seine Firma gut war, und hatte die richtigen Leute, die es umsetzten.

Hinter der Tür gleich nach dem Aufgang vermutete Sopran Bad und Toilette, und auf der Sofagarnitur konnte man sicher bequem schlafen. Wenn nur der Geruch nicht gewesen wäre: Der ganze Raum roch nach Zigarrenrauch.

Als Horger sie zur rustikalen Sitzecke begleitete, knarzten die Bodendielen leicht unter ihren Tritten. Wer so etwas mochte, würde es sicher urgemütlich finden. Sopran fühlte sich einfach nur erschlagen, vor allem als Horger ihn auch noch auf der Eckbank unter einem gewaltigen Hirschgeweih platzierte.

»Darf ich Ihnen etwas anbieten?«

Sopran war sich nicht sicher, ob die Frage beiden galt, da Horger nur Christina ansah, die um ein Wasser bat.

Horger ging zur Küchenzeile, stützte sich mit der linken Hand auf die Anrichte und öffnete einen Kühlschrank darunter. Als von Sopran keine Antwort kam, drehte er sich halb um und fragte noch mal nach: »… und Sie?«

»Haben Sie eine Apfelschorle?«, fragte Sopran höflich. Es war warm im Raum, obwohl oder gerade deshalb, weil fast alle Fenster offen standen. Es würde ein heißer Tag werden.

»Haben wir.«

»Vielen Dank.« Soprans vorsichtige Charmeoffensive von der Begrüßung hatte noch keine Wirkung gezeigt.

Horger brachte die Getränkeflaschen mit zwei Gläsern an

den Tisch und setzte sich Christina gegenüber. Es war unverkennbar, mit wem von beiden er das Gespräch führen wollte. Er selbst hatte sich nichts zu trinken mitgebracht.

Christina ergriff die Initiative. »Vielen Dank, Herr Horger, dass wir kommen durften. Sie fragen sich sicher, was wir von Ihnen wollen. Lassen Sie mich unser Anliegen kurz schildern.«

Sopran glaubte zu erkennen, dass Horger kritisch die Augen zusammenkniff.

Christina schilderte erneut in aller Ausführlichkeit die bisherigen Ermittlungserkenntnisse. Horger hörte ihr aufmerksam zu, während er sich einen Zigarillo anzündete und einen Aschenbecher von einer Fensterbank holte.

Als Christina mit ihrem Bericht am Ende war, stand er nochmals schweigend auf, ging mit dem Aschenbecher zum Fenster und drückte den Zigarillo dort aus. Er machte weiterhin keine Anstalten, etwas zu dem Gespräch beizutragen.

»Nachdem ich Ihnen die ganze Misere geschildert habe, in der wir uns befinden, verstehen Sie hoffentlich, dass die E-Mail, die Otto Ihnen geschickt hat, unser letzter Anhaltspunkt ist«, fuhr Christina fort. »Vielleicht können wir gemeinsam mit Ihnen doch noch irgendetwas finden, das uns weiterbringt. Eine winzige Kleinigkeit, die wir alle eventuell übersehen haben. Es muss doch einen Grund gehabt haben, warum Otto Ihnen und seinem Bruder diese Mail geschickt hat. Warum hat er sie nicht vorher gelöscht, wenn er doch nicht die Absicht gehabt hat, sie abzuschicken? Warum hat er sie abgeschickt, ohne vorher einen Text einzugeben? Ein Versehen? Fragen, auf die wir eine Antwort suchen. Sie kennen Otto von früher aus Studienzeiten, sie hatten zuletzt vor fünf oder sechs Jahren Kontakt zu ihm. Das muss nichts mit dieser Tragödie zu tun haben, aber … versuchen Sie uns bitte einfach zu helfen. Denken Sie nach, es muss nicht in diesem Augenblick sein, nicht heute, wenn Sie keine Zeit haben. Wir sind für alles dankbar, was uns auch nur den allerkleinsten Hinweis gibt.«

»... und was macht der hier?« Horger deutete mit einer Kopfbewegung in Soprans Richtung.

»Carl ist ein sehr guter Bekannter. Er ist meine Vertrauensperson in dieser Angelegenheit und wird Ihr Ansprechpartner sein, wenn ich morgen nach Helsinki zurückfliege. Bitte haben Sie Vertrauen in ihn. Er ist ein erfahrener und besonnener Mann, er ist ein ehemaliger Journalist ...«

Horger zuckte zusammen und sah Sopran beinahe erschrocken an.

»... Herr Horger, keine Angst, Herr Sopran will Sie in nichts hineinziehen, er soll uns nur unterstützen, nach irgendetwas zu suchen, von dem wir selbst noch nicht wissen, was es sein könnte. Er hat sehr viel Erfahrung in solchen Dingen. Es muss Sie doch auch bewegen, dass Otto spurlos verschwunden ist.«

Christina hatte es geschafft. Horger sprach Sopran zum ersten Mal direkt an: »Sie sind aber nicht von hier. Wo wohnen Sie denn?«

Na, geht doch. Sopran erzählte ihm, dass er mit seiner Lebensgefährtin aus München zugezogen sei, dass sie in Berg bei Ravensburg wohnten, dass er aus gesundheitlichen Gründen zurzeit seinen Beruf nicht ausüben könne – dann kam ihm plötzlich eine Idee. Horger war Forstmann und Holzfachmann. Er berichtete ihm von seiner Reportage aus Brasilien, erzählte von den illegalen Regenwaldrodungen, von den Holzbaronen, von deren kriminellen Machenschaften, von den bedrohten Eingeborenen und was er alles herausgefunden und aufgedeckt hatte.

Horger schaute auf seine Armbanduhr, Sopran auch. Es war kurz nach halb elf.

»Wollen Sie ein Weizen?«, fragte Horger schließlich. »Weißwürste habe ich keine da.«

Sopran registrierte mit Genugtuung, dass das Eis zwischen ihnen gebrochen war. Auch Christinas angedeutetes Lächeln signalisierte Zufriedenheit mit der Wendung im Gesprächsverlauf.

Doch Sopran lehnte das überraschende Angebot ab. »Nein,

vielen Dank, ich mag durchaus einen gepflegten Frühschoppen, aber bei der Hitze trinke ich Bier lieber erst am Abend.« Mit Bedacht wollte er die neue Situation nutzen. »Eine Frage habe ich, Herr Horger. Wann genau haben Sie die E-Mail von Forselius zum ersten Mal gesehen?«

Horger überlegte nicht lange. »Gleich am Montagvormittag, um halb acht, als ich ins Büro gekommen bin. Sonst bin ich schon früher dort, aber am Sonntagabend war ich noch im Revier. Ich bin erst gegen Mitternacht nach Hause gekommen.«

Sopran bemerkte, wie Horger seinen schwäbischen Dialekt zu schleifen versuchte. Das hörte sich nett an, vermutlich ähnlich wie bei ihm. Er hatte es schon lange aufgegeben, seine sprachliche Herkunft zu verleugnen.

»Sonst sitz ich meistens schon um halb sieben hier oben, meine Männer im Sägewerk und in der Zimmerei kommen um sieben und meine Büroleute«, Horger deutete nach unten in Richtung Erdgeschoss, »um halb acht. Ich mach immer als Erstes meinen Computer an und schau, was so reingekommen ist. E-Mails, meine ich. Die von Otto habe ich sofort gesehen und mich gefragt, was das soll. Ich habe mir gedacht, der wird sich schon noch mal melden, wenn er was will.«

»Haben Sie die Mail gelöscht?«, fragte Sopran.

»Ja, freilich, ich konnte ja nichts damit anfangen.« Horger hob beide Hände, um Ratlosigkeit anzudeuten. »Bis dann ein paar Tage später die Polizei gekommen ist. Den Rest wissen Sie ja, oder?«

»Und denen konnten Sie nichts sagen?«

»Ja, was denn? Das Gleiche, was ich euch auch dazu sagen kann, nämlich nichts. Sie haben gesagt, ich soll nachdenken, ob mir was einfällt. Mir fällt aber wirklich nichts ein.« Er klang weniger ungehalten, eher ratlos und entschuldigend.

Sopran ließ es bewenden, der Mann schien ihnen tatsächlich nicht helfen zu können. Er nahm Blickkontakt mit Christina auf. Sie zuckte kaum merklich mit der Schulter. Wenn sie den gleichen

Gedanken hatte wie er, dann musste sie sich gerade fragen, was der ganze Aufwand sollte. Nein, das konnte doch nicht alles sein. Noch wollte er nicht aufgeben. Er konnte nicht einschätzen, ob es wichtig war, aber eine Frage war noch offen. Den Grund für die Kontaktaufnahme mit Forselius vor sechs Jahren kannte er noch nicht. Dazu hatte ihm Christina nichts erzählt.

Horger schilderte, dass damals das Sägewerk schon länger nicht mehr profitabel gearbeitet habe, den Holzhausbau habe er nur so nebenbei betrieben. Um zumindest eines davon nach vorn zu bringen, hätte er seine Firmenstruktur komplett ändern und beträchtlich investieren müssen, auch personell. Das wollte er nicht.

Er habe damals die Idee gehabt, Holzhäuser nicht selbst zu produzieren, sondern zu importieren oder zu vertreiben. Deswegen habe er Kontakt mit Otto aufgenommen, der ihm helfen sollte, passende Firmen in Skandinavien zu finden und die Kontakte zu vermitteln. Das habe sich dann aber zerschlagen, dieser Markt sei auch schon ziemlich abgegrast gewesen.

Er habe sich dann doch für den ursprünglich angedachten Ausbau seiner Firma entschieden, der damals schon sich abzeichnende Bauboom sei ihm entgegengekommen. Die Entscheidung sei im Nachhinein richtig gewesen, die beiden Firmen, das Sägewerk und der Holzhausbau, stünden auf soliden Füßen.

Nachdem Horger innerhalb kurzer Zeit schon zweimal auf seine Armbanduhr geschaut hatte, warf er Christina einen fragenden Blick zu. Sie hatte ihr Gespräch aufmerksam verfolgt.

»Na, dann vielen Dank, Herr Horger, es war wirklich außerordentlich nett, dass Sie Zeit für uns hatten.« Es war kurz nach elf.

Horger begleitete sie nach unten und führte sie sogar noch kurz durch die Musterhäuser. Dabei zerbrach sich Sopran den Kopf darüber, was dieses Gespräch gebracht hatte. Was hatte Christina erwartet? Für ihn war klar, dass er noch einmal mit Horger reden musste. Allein.

Christina und Horger hatten das Musterhaus bereits verlassen. Sopran stand in der klinisch sauberen Ausstellungsküche und versuchte zu verstehen, was hier vor sich ging.

Er fand die beiden vor seinem Auto wieder, wo sie sich von Horger verabschiedeten. Sopran versicherte sich pro forma, dass er ihn kontaktieren durfte, falls er noch Fragen hatte. Zu seiner Überraschung gab ihm Horger bereitwillig seine Handynummer.

Es war erst kurz vor Mittag. So konnte er Christina nicht zurückfahren lassen. Er hatte nichts in der Hand. Nicht den geringsten Ansatzpunkt. Mit dem, was er mittlerweile wusste, konnte er sogar nachvollziehen, dass die polizeilichen Ermittlungen nicht vorankamen. Einen Fall aber schon als hoffnungslos zu erachten, bevor er überhaupt daran zu arbeiten begonnen hatte, kam für ihn keinesfalls in Frage. Wenn es irgendetwas gab, das alle bisher übersehen hatten, dann musste er es herausfinden.

Dummerweise stand er vor einem nicht unerheblichen Problem. Dieses Puzzleteilchen sollte hier in Deutschland zu finden sein, nicht in Finnland. Also musste er jeden Stein umdrehen. Jede kleinste Spur, die nach Oberschwaben führen könnte, aufspüren, untersuchen, hinterfragen.

Hatte er wirklich schon alle Informationen, die er benötigte? Hatte er schon alle Fragen gestellt? Er würde die Zeit bis zu ihrer Ankunft in Ulm nutzen, um darüber nachzudenken.

Sie verließen den Hof in Richtung Bundesstraße. Kurz nach der Hofausfahrt fiel Sopran auf der linken Seite ein großer Bauernhof zwischen der Apfelplantage auf, den er bei der Hinfahrt gar nicht wahrgenommen hatte. Auf die Zufahrt zum Hof bog in diesem Augenblick eine »Harley« ein, eine mit diesen typischen hohen Lenkern, die den Fahrer zu einer sehr unkomfortablen Haltung zwangen: Beine nach vorn, Arme hoch und leichter Buckel. Mehr konnte er nicht erkennen, da war sie schon vorbei.

Das Auto hatte sich während ihres Besuchs bei Horger kräftig aufgeheizt. Das Thermometer im Display zeigte schon über dreißig Grad Außentemperatur. Sopran erinnerte sich an ein Gasthaus an der B 30, das einen sehr schönen, schattigen Biergarten hatte. Er schlug vor, dort für ihre Schlussbesprechung eine kurze Mittagspause einzulegen.

Bereits nach zehn Minuten fuhren sie auf den Parkplatz. Die Klarsichthülle mit den Dokumenten lag noch auf dem Rücksitz. Er nahm sie mit an den Tisch.

Christina bestellte sich ein Wasser, Sopran ein alkoholfreies Weißbier.

»Wir haben vergessen, Horger ein paar Dinge zu fragen«, sagte er, nachdem die Bedienung die Getränke vor ihnen abgestellt hatte. »Wir wissen gar nichts über seine Familienverhältnisse. Hat er Frau und Kinder? Was passiert mit seiner Firma in Zukunft? Er ist doch so alt wie Otto Forselius, oder?«

»Genau darüber sprachen wir kurz, als Sie sich vorhin noch im Musterhaus aufhielten«, erklärte Christina. »Er ist alleinstehend, seine Frau ist schon vor Jahren gestorben, und er hat zwei erwachsene Söhne. Der jüngere studiert Holztechnik und macht gerade ein Auslandssemester. Der ältere arbeitet im Sägewerk. Horger hat anscheinend keine gute Meinung von ihm. Er wollte nichts Näheres dazu sagen, außer dass der Sohn nichts wert sei. Aber das ist ihm ungewollt herausgerutscht, vermute ich. Horgers Wohnhaus steht direkt neben dem Sägewerk. Man kann es vom Hof aus nicht sehen.«

»Aha, ich dachte schon, der wohnt und schläft im Büro«, bemerkte Sopran ironisch.

Christina entschuldigte sich kurz, sie wollte ihre Bekannte in München anrufen, und ging ans andere Ende des Restaurantgartens, um ungestört telefonieren zu können.

Sopran nutzte die Gelegenheit, um die vertraglichen Unterlagen zu überfliegen. Es war eine Mischung aus Vertrag und Handlungsanweisung. Allein die Aussicht auf das Honorar war Grund genug, das Schriftstück umgehend zu unterschreiben.

Zwei Wochen sollte er sich Zeit nehmen. Wenn er bis dahin nichts gefunden hatte, sollte die Sache gemeinsam neu bewertet und entschieden werden, ob man weitermache oder nicht. Auf sein Konto würden fünftausend Euro für Spesen und als Honorar fur vierzehn Tage überwiesen.

Er sollte unterschreiben, dass er im Rahmen seiner Nachforschungen keinerlei Rechtsverstöße beging. Maßnahmen, über deren Folgen er sich nicht im Klaren war, seien unmittelbar mit der Kanzlei abzustimmen. Über relevante Ermittlungsergebnisse sei die Kanzlei ebenso umgehend zu informieren, damit überprüft werden konnte, ob sie die laufende Polizeiarbeit berührten und den ermittelnden Behörden mitgeteilt werden mussten. Regelmäßiger Informationsaustausch mit der Kanzlei war gewünscht.

Christina hatte ihr Telefonat beendet und kam an den Tisch zurück. »Sind Sie mit den Vereinbarungen einverstanden?«, fragte sie und deutete auf die Unterlagen.

»Es spricht nichts dagegen.« Nun lockte sogar noch ein unerwartet üppiges Honorar.

»Das ist schön.« Sie holte einen USB-Stick mit weiteren Informationen aus ihrer Tasche, die neben ihr auf dem Stuhl stand, schob ihn über den Tisch und legte ihm noch ans Herz, nie den Eindruck zu erwecken, detektivisch oder sonst wie nichtautorisiert unterwegs zu sein. Falls es erforderlich sein sollte, Leute persönlich zu befragen, solle er dies als journalistische Recherche bezeichnen.

»Die Vorgehensweise überlasse ich Ihnen. Sie sind schließlich kein Anfänger in diesen Dingen«, fügte sie charmant hinzu und hielt ihm einen schlanken silbernen Kugelschreiber hin.

Sopran unterschrieb die beiden Dokumente ihrer Ausfertigung. Die Kopien behielt er bei sich.

***

Christina hatte noch den ICE um vierzehn Uhr achtundzwanzig erreicht. Er hatte darauf bestanden, sie zum Bahnsteig zu begleiten. Nur diese paar Minuten hatten gereicht, um sein Hemd nass zu schwitzen, es war ein drückend heißer Hochsommertag. Nun saß er wieder im angenehm gekühlten Auto und war auf dem Heimweg. Vor ihm flirrte der heiße Asphalt der Bundestraße. Er griff zur Wasserflasche neben sich und nahm einen langen Schluck daraus.

Sie hielten große Stücke auf ihn, so hatte er es vorhin verstanden. Zusammen mit dem angekündigten Honorarvorschuss könnte man das als Hypothek verstehen. Hypotheken bekam man bei Banken aber nur, wenn man dafür etwas zu bieten hatte. Und das hatte er: Biss, die Fähigkeit, zielorientiert und strategisch zu arbeiten, einen klaren Kopf, meistens jedenfalls, und das alles gepaart mit einem Schuss Abenteuerlust. Mit einem passenden Job könnte er das wiederhaben. Es wäre für ihn wahre Rekonvaleszenz, nicht zu Hause herumzusitzen, Zeitung zu lesen und ein wenig durch die Gegend zu fahren.

Vierzehn Tage hatten sie ihm Zeit gegeben – und fünftausend Euro dazu. Wenn er es in einer Woche schaffte, wären das siebenhundertundvierzehn Euro pro Tag. Zugegeben, auch eine Motivationsspritze. Er würde sich sofort zu Hause hinsetzen und die Informationen auf dem USB-Stick sichten.

Was bisher in Finnland passiert war, war alles Background für seine Arbeit, er musste schleunigst schauen, dass die Sache hier in Gang kam. Auf Georg Horger hatte er sich zu konzentrieren. Er war für ihn eine entscheidende Figur. Wenn er bei ihm den Schlüssel fände, könnte sich die Tür zu diesem Fall weit öffnen.

Noch etwas fiel ihm ein. Er musste endlich Marietta reinen Wein einschenken.

10

Die unruhige letzte Nacht und die Hitze steckten ihm in den Knochen. Zu Hause angekommen, schickte er Marietta die längst überfällige Nachricht. Keine WhatsApp, eine E-Mail – er hatte mehr zu berichten, als in einer Kurznachricht Platz gehabt hätte.

Er hoffte, die Umstände so dargestellt zu haben, dass Marietta sich keine Sorgen machen musste. Sie durfte nicht das Gefühl haben, dass er ihre Vereinbarung über seine Rekonvaleszenz und eine spätere Wiederaufnahme seiner Arbeit unterlief.

Er blieb noch eine Weile sitzen. Viele Dinge gingen ihm durch den Kopf. Sein Leben hatte sich vor beinahe zwei Jahren schon zum wiederholten Mal komplett geändert.

Du wirst nie richtig Ordnung in dein Leben bekommen! Der Zeigefinger seines Vaters streckte sich ihm aus dem Gedächtnis entgegen.

Sein Vater war Stabsoffizier gewesen und der rechte Zeigefinger sein beliebtestes Erziehungsmittel. Sogar mit Mitte siebzig hatte er ihm seinerzeit noch mit seinem arthritischen Finger im Gesicht herumgefuchtelt.

Sopran kramte den USB-Stick aus seiner Hosentasche und schob ihn in den Rechner. Zu seiner Erleichterung fand er darauf in einem minutiös ausgefertigten Exposé alles wieder, was Christina ihm bereits über die Ermittlungen in Finnland berichtet hatte. Außerdem gab es noch eine Datei mit diversen Presseartikeln aus den vergangenen Wochen und eine weitere mit dem Dokument, das er unterschrieben hatte.

Das Herumsitzen war ihm nicht gut bekommen, es machte ihn träge und antriebslos. Er brauchte dringend Bewegung, um wieder auf Touren zu kommen. Zum Joggen war es aber definitiv zu heiß.

Er holte seine Badesachen, setzte sich in Mariettas Cabrio und fuhr mit geöffnetem Dach zum Häcklerweiher. Dort war es am frühen Abend schon etwas ruhiger und man bekam leichter einen Parkplatz. Eine Viertelstunde schwimmen und sich danach noch ein wenig die Abendsonne auf den Bauch scheinen lassen tat richtig gut.

Auf der Rückfahrt wollte er unbedingt einen Abstecher zum Sägewerk machen. Der Eindruck, den er am Vormittag von Horger bekommen hatte, war noch nicht annähernd vollständig. Vielleicht konnte er ihn unter anderen Voraussetzungen als heute Vormittag treffen.

Er wählte die Strecke, die direkt an Georg Horgers Anwesen vorbeiführte. Als er sich der Einfahrt näherte, sah er schon von Weitem einen Geländewagen in die Bundesstraße einbiegen und ihm entgegenkommen. Am Steuer saß Georg Horger.

Sopran glaubte nicht, dass er ihn erkannt hatte. Heute Vormittag waren sie mit dem Audi dort gewesen.

Instinktiv verlangsamte er die Geschwindigkeit, setzte den Blinker und bog links in Richtung Musterhäuser ab. Er hatte spontan entschieden, sich noch ein wenig auf dem Gelände umzusehen.

Beim Vorbeifahren wehte aus dem Wohngebiet Grillgeruch herüber und erinnerte Sopran daran, dass er zu Hause nichts Vernünftiges im Kühlschrank hatte. Die Supermärkte hatten noch länger offen, vielleicht bekam er sogar noch ein halbes Hähnchen.

Vor dem blauen Haus stellte er den Golf ab und ging in Richtung der großen Hallen. An der ersten liefen die Fenster an den Längsseiten unter dem Dach entlang, darunter waren meterhoch Balken, Latten und Bretter gestapelt. An der Front, neben dem großen Rolltor, befanden sich links und rechts ein Fenster und eine Eingangstür. Die Fenster waren zu schmutzig, um nach innen schauen zu können. Daneben stand ein Lastwagen mit Fertighausteilen.

In der anderen großen Halle erkannte Sopran das Sägewerk, vor dem sich ein großer Holzlagerplatz befand, auf dem mittig ein Kran stand. Volle Container mit Hackschnitzel und Sägemehl waren vermutlich für den Abtransport gerichtet.

Sopran wollte noch einen Blick auf Horgers Wohnhaus werfen, das laut Christina neben dem Sägewerk stehen sollte. Er ging um die große Halle herum. Links vom Sägewerk, hinter hohen Büschen und zwischen zwei großen Kastanien, lugten das Dach und der Giebel eines Hauses hervor.

Obwohl sie erst heute Vormittag bei ihm gewesen waren, hätte er Horger gern einen spontanen Besuch abgestattet. Es wäre interessant gewesen, wie er darauf reagiert hätte. Überraschungsmomente brachten nicht selten unerwartete Ergebnisse.

Sopran machte sich wieder auf den Weg zurück zum Auto. Kaum hatte er hinter dem Lenkrad Platz genommen, da hallte der satte Sound schwerer Motorräder aus der Apfelplantage herüber. Neugierig geworden, stieg er aus und stellte sich hinter eine Hecke an der Hofeinfahrt, von wo er die Zufahrtsstraße einsehen konnte.

Sie kamen aus der Apfelplantage. Eins, zwei, drei … vier Motorräder, alles Maschinen mit hohen Lenkern. Ihnen folgte ein schwarzer Audi A6 älteren Baujahrs, in dem, soweit Sopran es erkennen konnte, drei Personen saßen. Den Audi hatte er schon einmal gesehen, das Airbrushmotiv mit den ausgebreiteten Adlerschwingen auf der Motorhaube war sehr auffällig. Er konnte sich nur nicht erinnern, wann und wo. Er wohnte nicht allzu weit weg und in keiner Großstadt mehr, da war es durchaus möglich, dass man sich hin und wieder begegnete.

An der Hauptstraße bogen sie nach links ab. Sopran spurtete zum Auto, startete den Motor und fuhr den Motorrädern hinterher. Er wusste selbst nicht, warum, er tat es einfach.

Auf der Bundesstraße, kurz vor den beiden Auffahrten auf die Schnellstraße, sah er, wie sie die Auffahrt Richtung Ravensburg und Friedrichshafen nahmen. Er beschleunigte den Golf und hielt sich mit Abstand hinter den Bikern, der schwarze A6 fuhr vorn.

Als ein VW-Bus vor ihm einscherte und ihm vorübergehend die Sicht nahm, bemerkte Sopran erst in letzter Sekunde, dass der Audi die Abfahrt Ravensburg-Nord nahm. Die vier Biker fuhren weiter. Ihre schwarzen Blousons blähten sich im Fahrtwind auf.

Es war zu spät zum Abfahren. Sopran folgte den Motorrädern. Sie hatten nur noch zwei Möglichkeiten: Am Ende der Ausbaustrecke auf der B 30 weiterfahren oder nach rechts Richtung Meersburg abbiegen.

Er überholte den VW-Bus und reihte sich direkt hinter ihnen ein, ehe die Schnellstraße einspurig wurde und er auf sechzig Stundenkilometer herunterbremsen musste. Auch die Biker reduzierten die Geschwindigkeit, sodass Sopran erkennen konnte, was der Kerl vor ihm auf dem Rücken seines schwarzen Blousons stehen hatte: »Legion Wotans«.

Sopran beugte sich über das Lenkrad weiter nach vorn und versuchte zu erspähen, ob die anderen drei ein ähnliches Motiv auf dem Rücken trugen. Doch aus seiner Entfernung war es nicht möglich. Und an den Typen vor sich wollte er nicht zu nah aufschließen. Wenn sie später nebeneinanderfahren sollten, würde es einfacher sein.

Wer auch nur einigermaßen über die europäische rechte Szene informiert war, wusste von der Existenz dieser Gruppierung. Es mochte Zufall sein, dass der Kerl vor ihm eine Jacke mit deren Motiv trug. Dennoch nahm sich Sopran vor, sie im Auge zu behalten und zu Hause seine Kenntnisse über die Rassistenvereinigung aufzufrischen. Seine Neugierde war erwacht.

Er blieb hinter ihnen, als sie durch die Südstadt Richtung Süden fuhren. Endlich ließ sich einer der Vorausfahrenden zurückfallen und setze sich neben den Nachzügler. Auf seinem Rücken konnte Sopran das gleiche Logo erkennen.

An der Abzweigung hielten sich die Biker in Richtung Schweiz und Friedrichshafen. Sopran verlangsamte die Geschwindigkeit etwas und ließ sich von einem Mercedes überholen. Auch wenn ein Golf-Cabrio kein klassisches Verfolgerauto war, wollte er lieber vorsichtig sein. Es war durchaus denkbar, dass sie den Verkehr hinter sich im Auge behielten.

Nach Meckenbeuren verließen sie die Hauptstraße nach rechts, der Mercedes fuhr geradeaus weiter. Sopran folgte den Bikern, bis sie nach ein paar hundert Metern auf den Parkplatz einer Gartenwirtschaft abbogen. Nun hatte er die vier im Auge – und sie alle trugen Blousons mit dem Motiv der »Legion Wotans«.

Sopran fuhr vorbei, ohne zu ihnen hinüberzuschauen. In der Zufahrt zu einem Bauernhof wendete er den Golf und stellte den Motor ab.

Länger konnte er nicht mehr warten, er musste es jetzt wissen. Er beugte sich nach hinten und wühlte aus den Badesachen auf dem Rücksitz sein Handy hervor.

Logisch, kein ausreichendes Netz, um online zu gehen. Zornig warf er das Handy auf den Beifahrersitz und startete den Motor wieder.

Es war mittlerweile kurz vor acht und Sopran hatte einen Riesenhunger. Das Gefühl verstärkte sich, als er auf dem Weg zurück an der Gartenwirtschaft vorbeifuhr. Die vier Motorräder standen nebeneinander auf dem Parkplatz, der Biergarten befand sich glücklicherweise auf der anderen Seite. Es wäre nicht ratsam gewesen, dort einzukehren.

Sopran hielt am Supermarkt gleich nach dem Möbelhaus. Er setzte sich in den Imbiss und aß einen mächtigen Döner, scharf, mit viel Knoblauch, und stellte anschließend fest, dass es hier ein gutes Handynetz gab.

Mittlerweile waren Legionäre an mehreren Orten in Süddeutschland beobachtet worden. »Beobachtet« hieß nicht nur, dass sie gesichtet worden waren, sondern dass auch der Verfassungsschutz ein Auge auf sie warf. Sie wollten sich nicht als Bürgerwehr verstanden sehen, sondern als eine Art Nachbarschaftshilfe, die Schutz und Beistand bot. Die Polizei konnte ja nicht überall sein. Ebenso wollten sie mit ihrer Präsenz vorbeugend für Ruhe und Ordnung sorgen. Dazu »spazierten« ihre Leute durch Straßen und Viertel. Bei Vorfällen wendeten sie das Jedermannsrecht an, das nach Paragraf 127 der Strafprozessordnung erlaubte, einen »Täter« bis zum Eintreffen der Polizei festzuhalten und dieser zu übergeben. Dass diese Leute es von sich wiesen, Rassisten oder Nazis zu sein, konnte man glauben oder nicht. Ihr äußerliches Auftreten und die Tatsache, dass sie vom Verfassungsschutz beobachtet wurden, ließ entsprechende Schlüsse zu.

Sie waren bereits in einigen Ländern, insbesondere in solchen mit viel Zuwanderung, aktiv. Am meisten irritierte Sopran jedoch, dass diese »Bürgerwehr« vor wenigen Jahren in Finnland gegründet worden sein sollte. War es Zufall, dass die vier Biker vorhin alle das Motiv dieser »Legionäre« trugen? War es Zufall, dass sie vom Bauernhof neben Horgers Betrieb losgefahren waren?

Christina hatte beim Mittagessen erwähnt, dass Horger seinen Sohn als Nichtsnutz bezeichnet hatte. Was wäre, wenn einer von diesen Leuten Horgers Sohn war? Die unmittelbare Nachbarschaft konnte durchaus darauf schließen lassen. Ja, was wäre dann?

Urplötzlich schoss Sopran ein völlig abwegiger Gedanke durch den Kopf. Konnte es hier eine Verbindung zu seinem Fall geben? Je mehr er darüber nachdachte, desto weniger abwegig erschien es ihm. Einige Fakten sprachen sogar dafür: Eine Rassistengruppierung mit Ursprung in Finnland. Ein von der Polizei seit Wochen gesuchter, vermisster finnischer Geschäftsmann. Eine vage Spur, die genau hierherführte. Und ein möglicher Ableger der finnischen Rassisten exakt an dem Ort, zu dem diese vage Spur führte.

Er musste Christina Hellman morgen dringend fragen, ob Forselius politisch aktiv gewesen war. Und, auch wenn es für sie schmerzhaft sein sollte, ob er rechtsnational oder sogar rassistisch gesinnt war. Warum aber sollte sie ihm das verschwiegen haben? Er durfte und musste Zweifel haben, sie gehörten zu einem Job wie diesem.

Sollten sich seine Spekulationen bestätigen, hätte er einen richtig vielversprechenden Ansatz für seine Ermittlungen gehabt – und ein ernsthaftes Problem mit Christina Hellman.

Er warf das Papier, aus dem er den Döner gegessen hatte, in den Abfallkorb, stellte die leere Wasserflasche zurück auf den Imbisstresen und machte sich auf den Weg Richtung Parkdeck. Als er den Wagenschlüssel aus der Hosentasche fingerte, kam ihm das Handy in die Quere. Er wollte den Fall doch innerhalb einer Woche geklärt haben. Das war ein zwingender Grund, nicht erst bis morgen zu warten. Christina war heute Abend noch in München.

Ihre Mailbox sprang an. Zuerst hörte Sopran vermutlich finnisches Kauderwelsch, dann Englisch. Er wartete den Signalton ab.

»Hallo, Christina. Carl noch mal. Bitte rufen Sie mich zurück, gern auch heute noch, ich habe eine dringende Frage. Danke.«

Gegen halb zehn fuhr Sopran Mariettas Golf in die Garage. Als er das Tor mit der Fernbedienung schloss, fiel ihm ein, dass er das Cabrio lieber nicht benutzen sollte, falls er nochmals zu Horger fuhr. Es war durchaus möglich, dass ihn doch einer der Biker bemerkt hatte und sich an das Auto erinnerte.

Er blieb kurz stehen, verfolgte das zuschnappende Garagentor und stellte mit Befriedigung fest, dass seine geistigen Reflexe aus vergangenen Tagen noch funktionierten.

Die Nachbarn nebenan hatten Besuch. Er hörte Stimmen und das Klingen von Gläsern. Die beleuchtete Basilika unten in Weingarten lud ihn erneut zu einem Besuch ein.

11

Der Knoblauchgeschmack im Mund war penetrant. Es war dunkel im Schlafzimmer, wenigstens hatte er gestern vor dem Zubettgehen die Rollos heruntergelassen.

Sopran berührte das Display des Handys, das auf dem Nachttisch lag: Viertel vor neun. Er hatte fest und endlich traumlos geschlafen. Er fühlte sich frisch und richtig gut.

Als er die Rollos hochzog, hörte er unten im Tal das Geläut von Kirchenglocken – der untrügliche Sonntagsklang, wie er ihn aus seiner Kindheit kannte, nur dass er ihn damals als nicht so romantisch empfunden hatte. Seinerzeit war er Aufforderung zur Pflicht gewesen, wenn ihn seine Eltern ins Auto gepackt hatten und mit ihm in die Kirche gefahren waren: eine Stunde sitzen, stehen und vor allem knien. Nie mehr in seinem Leben wollte er knien.

Plötzlich hatte er wieder dieses Bild vor Augen: *Er sah, wie ihm die Kopfhörer abgenommen wurden. Er hörte es. Das ewige, ununterbrochene Koransuren-Geleier. Es wollte einfach nicht aufhören, er bekam es nicht mehr aus seinem Kopf. Dann:*

»On your knees, bloody bastard …«

Man zog ihn hoch von seiner Matratze und drückte ihn auf die Knie.

»… pray … pray what you've learnt all along!«

Man packte ihn am Genick und drückte seinen Kopf auf und nieder, auf und nieder. Es war Gebetszeit.

»Praise Allah, bastard …!«

Sopran starrte ins Leere. Afghanistan verschwand nicht aus seinem Kopf, es peinigte ihn nach wie vor.

Er schüttelte die Erinnerung von sich ab und ging ins Bad. Während er sich die Zähne putzte, beschloss er, unmittelbar nach dem Frühstück zu Horger zu fahren, um ihn nach seinen Nachbarn im Bauernhaus zu fragen.

Der Toaster war zu hoch eingestellt, beinahe wären die beiden Toastscheiben, die er noch zu Hause hatte, verbrannt. Er hatte gestern Abend im Supermarkt im Internet gesurft und Theorien für seine Ermittlungen entwickelt, aber das Wichtigste hatte er vergessen: einzukaufen.

Während die beiden letzten Eier in der Pfanne brutzelten, schnitt er ein paar Scheiben von der Salami Veronese ab, die vom Freitag noch übrig war, und viertelte eine Tomate. Er legte alles auf einen Teller und setzte sich mit einer großen Tasse schwarzen Kaffees an den Esstisch, auf dem bereits das Notebook stand.

Die Artikel, die in diversen deutschen Tages- und Wochenzeitungen zum Thema Legion erschienen waren, hatte er gestern Abend noch gesichtet. Interessant war, dass die ersten Einträge von Anfang 2016 datierten. Demnach war die Bewegung noch sehr jung, hatte sich aber schnell bis hierher ausgebreitet. Der Zeitpunkt ihrer Gründung und ihre Ausbreitung von Nordeuropa bis nach Deutschland in dieser kurzen Zeit war deckungsgleich mit der Flüchtlingsproblematik und der damit verbundenen Zuwanderung aus vornehmlich islamisch geprägten Ländern. Es war kein flächendeckendes Phänomen, aber der einen oder anderen Region oder Stadt bereitete die Existenz einer solchen Gruppe, die vor allem über das Internet kommunizierte, Probleme.

Sopran interessierte vor allem, ob sich über seine Vermutung, dass die Kerle von gestern tatsächlich Legionäre waren, etwas im Netz finden ließ. Von einigen süddeutschen Ablegern fand er Facebook-Seiten, von einer in der Region Oberschwaben oder Bodensee nicht.

In den gut eineinhalb Jahren, in denen er hier wohnte, war ihm bisher noch nicht bekannt geworden, dass es nennenswerte Probleme oder Vorkommnisse mit Zuwanderern gegeben hätte, welche die Gründung und Existenz einer solchen »Bürgerwehr« provoziert hätten. Morgen würde er bei den Kollegen von der Schwäbischen Zeitung anrufen. Heute war Sonntag, da machte es keinen Sinn. Wenn bei der Zeitung nichts vorlag, konnte er es vergessen. Sollte sich herausstellen, dass die Jungs von gestern harmlos waren und Forselius kein rechtsnational gesinnter Unternehmer war, konnte er seine schöne Theorie in die Tonne klopfen.

Noch einmal sichtete er die Daten auf dem USB-Stick. Wäre darauf doch etwas über politische Aktivitäten von Otto Forselius zu finden gewesen, hätte er sich ordentlich blamiert. Christina hätte den Eindruck haben müssen, dass er weder informiert noch konzentriert an die Sache heranging.

Über das am Nachmittag schon Gesehene hinaus befanden sich Dateien von Presseartikeln auf dem Datenträger, von denen er einige schon selbst im Netz gefunden hatte. Auch kurze Ausschnitte aus TV-Nachrichten fand er. Wieso, war ihm nicht klar, denn er verstand kein Wort davon. Vermutlich wollte Christina ihm nur demonstrieren, wie wichtig man diesen Fall in Finnland nahm.

Dann schloss er die Dateien und zog den Stick ab. Er hatte nicht gefunden, wonach er gesucht hatte. Nichts über politische Aktivitäten des Verschollenen. Er hielt es für das Beste, spontan zu Horger zu fahren, ohne vorher anzurufen.

Es versprach erneut ein herrlicher Sommertag zu werden. Statt in Sneakers schlüpfte Sopran barfuß in leichte Mokassins.

Als die Haustür hinter ihm zufiel, klingelte das Handy in der Hosentasche. Endlich.

»Hallo, Christina, danke für Ihren Rückruf.«

»Guten Morgen, Carl, was kann ich für Sie tun? Gestern war es zu spät, zurückzurufen, wir waren im Theater. Die Vorstellung hat sehr lange gedauert.«

Sopran sah sich kurz um. Alles war ruhig, niemand war zu sehen. Er konnte telefonieren, ohne ins Haus gehen zu müssen.

»Kein Problem. Ich habe mir inzwischen den USB-Stick vorgenommen, aber keine Informationen gefunden, die Auskunft darüber geben, ob Forselius in irgendeiner Weise politisch aktiv gewesen ist.«

»Darüber ist mir nichts bekannt. Nein, das ist ausgeschlossen, nicht in einer Partei. Als Unternehmer und Mitglied des Unternehmerverbandes stand er natürlich in der Öffentlichkeit. Warum fragen Sie?«

»Ich will ganz direkt sein: Ist es denkbar, dass er möglicherweise im Hintergrund aktiv gewesen ist? Könnte er Kontakt zu rechtsnationalen Kreisen gehabt haben, ohne dass jemand etwas davon mitbekommen hat?«

Stille. Sopran spürte Christinas unausgesprochene Entrüstung und das Entsetzen über seine Frage beinahe körperlich.

»Carl, was ist los bei Ihnen? Wie kommen Sie auf so einen absurden Gedanken?«

»Ich bin in Horgers Umfeld auf eine Gruppe junger Männer gestoßen, die in Jacken der ›Legion Wotans‹ in der Gegend herumlaufen. Ich bin mir nicht sicher, ob denen klar ist, was sie da tragen, und ob sie wirklich ein Ableger der finnischen Rassistenvereinigung sind. Das werde ich aber schnell herausfinden. Ich muss Sie das fragen. Denn wenn es tatsächlich so wäre, würde ich gern ausschließen, dass es Verbindungen zu Fors…«

»Carl …«, unterbrach Christina ihn scharf, »das ist so etwas von absurd. Dass es solche Leute auch bei Ihnen gibt, finde ich wirklich schlimm, aber … in Horgers Umfeld, sagten Sie?«

»Ja, und ich habe die Vermutung, dass Horgers Sohn einer von ihnen ist. Aber wie gesagt, ich muss es erst beweisen. Ich bin bereits auf dem Weg zum Sägewerk.«

»Gut, machen Sie weiter, gehen Sie der Sache nach, Carl. Aber Otto Forselius ein heimlicher Unterstützer Rechtsnationaler? Ausgeschlossen. Halten Sie mich auf dem Laufenden, ich bin heute Abend wieder in Helsinki.«

Zum Sägewerk waren es nur zehn Minuten. Es herrschte

ruhiger Sonntagsverkehr. Vor dem Sägewerksgelände verlangsamte Sopran die Geschwindigkeit und rollte im Schritttempo an der Einfahrt zum Bauernhof vorbei. Die Zufahrt zwischen der Apfelplantage gab den Blick auf ein stattliches, gut erhaltenes Gebäude mit einer Fachwerkfront frei. Das Anwesen sah aus, als würde es schon lange nicht mehr landwirtschaftlich genutzt.

Vor dem Haus parkte der schwarze A6. Sopran fuhr langsam weiter in Richtung Bürogebäude und auf Horgers Wohnhaus zu, das sich hinter hohen Büschen und den beiden Kastanienbäumen verbarg. Er hatte ein Holzhaus erwartet, es war aber lediglich der erste Stock mit Holz verschalt, ansonsten sah es aus wie Tausende andere Wohnhäuser auch. Ein Gegensatz zu den Musterhäusern auf der anderen Seite des Geländes.

Georg Horger stand auf der Veranda, als Sopran vor dem Haus hielt. Er parkte, stieg aus dem Wagen aus und ging auf Horger zu.

»Guten Morgen, Herr Horger, darf ich Sie am Sonntag stören?« Er hob beschwichtigend die Hände. »Keine Sorge, ich will nicht schon wieder über die E-Mail reden. Ich hätte mir nur gern ein eigenes Bild von Otto Forselius gemacht. Bisher habe ich nur Informationen von Frau Hellman …«

»… was wollen Sie denn noch von mir wissen?«, fragte Horger ungehalten.

»Um mir ein Gesamtbild machen zu können, habe ich noch ein paar Fragen zu Ihrer gemeinsamen Studienzeit. Darüber haben wir gestern nicht gesprochen. Es geht mir wirklich nicht um Sie, nur um Forselius.«

Georg Horger stand über ihm auf der überdachten Veranda und musterte ihn schweigend.

»Danach hätten Sie Ruhe vor mir«, fügte Sopran hinzu.

»Wenn Sie schon da sind, kommen Sie herauf«, sagte Horger schließlich. »Ich mache uns einen Kaffee.« Er drehte sich um und verschwand im dunklen Hausflur.

Es hätte Sopran brennend interessiert, ob die Räume im Inneren des Hauses ähnlich rustikal eingerichtet waren wie das Büro. Horger hatte ihn auf die Veranda gebeten, aber kein Zeichen gegeben, ihm ins Haus zu folgen. Was vermutlich bedeutete, dass er es vorzog, den Kaffee mit ihm hier draußen zu trinken.

Die Aussicht war nicht weltbewegend, links hinter den Büschen und Bäumen ragten Hallendächer hervor, rechts die ersten Häuser des Wohngebietes.

Christina hatte erwähnt, dass Horgers Frau schon vor längerer Zeit gestorben war. Für einen alleinstehenden Mann hatte er überraschend viel Blumenschmuck auf der Terrasse. Vielleich hatte er eine Lebensgefährtin, die sich darum kümmerte.

Georg Horger kam mit einem Tablett mit Kaffeegeschirr und einer Thermoskanne aus dem Haus. Sie hatten gerade Platz genommen und Horger hatte ihnen Kaffee eingeschenkt, als Soprans Telefon klingelte.

Es war noch mal Christina. Das musste warten. Er gab rasch »Melde mich später« in das Textfeld ein, schloss das Display und wandte sich Horger zu. »Bitte entschuldigen Sie.«

Horger nickte, er hatte Sopran nicht aus den Augen gelassen, während er die Nachricht in sein Handy getippt hatte.

»Ich habe mir gestern schon den Kopf darüber zerbrochen, worin Ihre Aufgabe wirklich besteht«, sagte Horger. »Dass Frau Hellman zufällig hier war und zufällig einen Bekannten in meiner Nähe hat, der wegen Otto herumsuchen soll, glaube ich nicht so recht. Oder sehe ich das falsch?«

Sopran schmeckte es nicht, dass Horger die Gesprächsführung übernahm.

»Dass ich hier wohne, ist wirklich ein Zufall. Und es war auch nicht geplant, dass Frau Hellman hierherkommt. Vielmehr sollte ich nach Finnland fliegen, um mir den Fall schildern zu lassen. Dazu hatte ich aber keine Zeit – und ich bin mir, offen gesagt, auch noch nicht so recht im Klaren darüber, was ich davon halten soll. Ich hätte es vermutlich nicht gemacht, wenn mich nicht ein alter Freund und Kollege aus Finnland gebeten hätte, mich darum zu kümmern. Er ist ein guter Bekannter der Familie Forselius, die einfach sehr besorgt ist ... aber diese Geschichte kennen Sie nun schon zur Genüge.«

»Ich versteh schon. Das ist nur ein Freundschaftsdienst, die Sache mit Otto hat nichts mit Ihrem Beruf zu tun. Das ist was Privates, oder? Die Geschichte über Brasilien, die Sie mir gestern erzählt haben, hat mich sehr interessiert. Darf ich fragen, was Sie als Nächstes vorhaben?«

Sopran wurde aus dem Mann nicht klug. Gestern war er ihm noch mit höchster Missachtung begegnet, und nun schlug er diesen jovialen Ton an. Ihm war das recht, er wollte von Horger Informationen, ein Gespräch in angenehmer Atmosphäre konnte nur förderlich sein. Er ging sogar noch weiter, er fasste den spontanen Entschluss, ihm seine Geschichte zu erzählen – warum er zurzeit seinen Beruf nicht ausübte und schon seit fast zwei Jahren nichts tat, was ihn ausfüllte.

Horger hörte ihm aufmerksam zu. Als Sopran geendet hatte, saß er da, rührte in seiner zweiten Tasse Kaffee und zündete sich schließlich einen Zigarillo an. Durch die Rauchwolke sah er Sopran an.

»Sauber«, sagte er und zog erneut an seinem Zigarillo. »Sauber, sag ich.« Mehr kam nicht.

Auch Sopran schenkte sich Kaffee nach. »Wann und wo haben Sie und Forselius eigentlich zusammen studiert?«, fragte er dann. Er wollte endlich im Gespräch weiterkommen.

Horger lehnte sich zurück, zog an seinem Zigarillo und schaute nach oben, wo gerade ein Sportflugzeug über sie hinwegflog.

»Das war Ende der Siebziger, so um die zwanzig waren wir damals. Forstwirtschaft haben wir studiert, in Weihenstephan bei München. Für mich hat es nichts anderes gegeben, als was mit Forst zu machen. Meine Familie betreibt das hier seit Generationen, das Sägewerk gibt's schon seit Mitte des 19. Jahrhunderts. Doktor hätte ich auch werden können, ich habe am Spohn-Gymnasium in Ravensburg ein richtig gutes Abitur geschrieben, aber es wurde dann doch der Forst.«

»Haben Sie Geschwister?«

»Eine ältere Schwester, die wohnt mit ihrem Lebensgefährten in Bad Waldsee, aber für eine Frau wäre das sowieso nichts gewesen. Sie hat auch kein Interesse an der Wald- und Holzarbeit gehabt.«

»Sie schon? Wollten Sie mit Ihrem Abitur nicht doch lieber Medizin oder etwas anderes studieren?«

»Nein, ich war immer schon gern draußen, und auf die Jagd bin ich mit dem Opa und dann mit dem Vater schon als kleines Kind gegangen. Ich war der Erste in der Familie, der Forstwirtschaft studiert hat, aber mein Großvater und mein Vater haben das alles aufgebaut und zusammengehalten, auch während der zwei Weltkriege. Wir hatten immer schon viel Wald und Grund. Die Familie hat seinerzeit noch drüben auf dem Hof gewohnt, den man rechts sieht, wenn man reinfährt. Mein Vater hat alles mit Wald und Holz gemacht, mein Onkel die Landwirtschaft und den Obstbau.«

Sopran war hochzufrieden mit dem Gesprächsverlauf. Er wollte aber verhindern, dass sich Horger zu sehr in die Familiengeschichte vertiefte. »Wie haben Sie Forselius kennengelernt?«

»Na, beim Studieren halt. Er hat zwei Auslandssemester gemacht und in Freising im selben Wohnheim wie ich gewohnt. Ich kann mich erinnern, dass ich ihm mit der Sprache geholfen habe. Er hat in Finnland zwar Deutsch in der Schule gehabt und einen Deutschkurs für Ausländer besucht, den die Uni angeboten hat, aber in der Praxis war's halt doch ein bisschen anders. Er ist aus gutem Haus gekommen, das hat man im Umgang gemerkt. Anfangs hat er nur Milch und Limo getrunken.« Horger schmunzelte, während er seinen Zigarillo ausdrückte. »Aber das haben wir ihm schnell ausgetrieben. Ich weiß nicht, wie es heute ist, aber in Finnland muss damals das Alkoholtrinken beinahe so was wie eine Straftat gewesen sein. Vertragen hat er am Anfang nichts, aber das hat sich bald geändert. Nicht dass wir nur gesoffen und nicht studiert hätten, aber das hat halt dazugehört. Wenn er bei uns war, hat er unseren Obstler recht gern gemocht. Wir hatten das Brennrecht, aber das wird schon ewig nicht mehr genutzt.«

»Hat er Sie hier besucht?«

»Hin und wieder ist er mit mir am Wochenende mitgekommen, ja. Er hatte kein Auto und ich fuhr damals schon einen Golf. Er war nur zwei Semester hier, dann ist er zurück. Ich hätte ihn eigentlich mal besuchen sollen, Finnland hätte mich schon interessiert – die Wälder und Seen –, aber es hat sich nie ergeben. Irgendwann ist der Kontakt dann eingeschlafen. Internet und E-Mail hat es ja noch nicht gegeben. Wir haben uns höchstens mal eine Weihnachtskarte geschrieben.«

»Bis Sie vor einigen Jahren Kontakt aufgenommen haben wegen einer Zusammenarbeit, oder?«

»Ja, aber daraus ist dann, wie Sie seit gestern wissen, auch nichts geworden. Meine E-Mail-Adresse hat er jedenfalls noch gehabt, sonst wären Sie nicht hier …«

»Der Bauernhof, den Sie erwähnt haben, gehört der Ihnen noch?« Sopran machte eine ausladende Geste und zeigte über das Gelände.

»Ja, ja, schon noch. Meine Eltern haben irgendwann dieses Haus gebaut. Onkel und Tante haben noch drüben gewohnt, bis sie gestorben sind. Die Landwirtschaft hatten sie aber schon lange aufgegeben, es war alles verpachtet, das ist es auch heute noch.«

»Das Haus sieht aber nicht unbewohnt aus.« Sopran wollte es jetzt wissen.

Horger stand unvermittelt auf und begann, die Kaffeetassen zusammenzustellen. »Lassen Sie uns einen Frühschoppen nehmen. Trinken Sie ein Weizen?«

»Ja, warum nicht.«

»Hefe oder Kristall?«

»Hefe.« Das konnte Sopran nur recht sein. Für die kommenden Fragen war eine gelockerte Stimmung sehr förderlich.

Er vertrat sich auf der Veranda die Beine, bis Horger mit den Biergläsern aus dem Haus kam. Sie prosteten sich zu, tranken den ersten Schluck im Stehen und setzten sich dann wieder. Horger zeigte mit der rechten Hand in Richtung Bauernhof.

»Da drüben wohnt mein älterer Sohn Stefan, der im Sägewerk arbeitet.« Er machte eine Pause, als wollte er überlegen, ob er weiterreden sollte, fuhr dann aber fort: »Der macht mir Sorgen, obwohl er schon über dreißig ist und es mich eigentlich schon lange nichts mehr angeht. Aber der wohnt halt da drüben, da kriegt man leider zu viel mit, und die Leute reden auch.«

»Was macht Ihnen denn Sorgen?«, fragte er nach.

»Da hat sich eine ganze Nazibrut eingenistet. Fragen Sie mich nicht, was die Nachbarn und die Leute im Ort reden. Ich habe nicht einmal Argumente dagegen, weil ich sogar in der eigenen Familie einschlägig vorbelastet bin. Mein Großvater war unter Hitler in der Partei und in der Wehrmacht. Das habe ich erst später als junger Kerl im Gymnasium richtig verstanden. Ich habe meinen Großvater immer verehrt, weil er alles für mich getan und mich immer unterstützt hat, auch dass ich aufs Gymnasium geh. Es sei einem damals ja nichts anderes übrig geblieben, hat man immer gesagt.«

Er nahm einen Schluck Bier.

»Aber der dumme Kerl, der weiß doch gar nicht, was er da tut. Nimmt sich einfach nur die unseligsten Jahre vom Großvater zum Vorbild. Ein uraltes Familienalbum hat er vor ein paar Jahren auf dem Dachboden gefunden, mit Fotos aus dem Krieg und so weiter. Alles Fotos, die mich früher nie interessiert haben. Und ausgerechnet er findet sie und beruft sich auf Familientradition! Gott sei Dank lebt meine Frau nicht mehr … aber vielleicht wäre alles anders gekommen, wenn sie nicht schon so früh gestorben wäre.«

Sopran hatte plötzlich ein schlechtes Gewissen. Horger tat ihm leid.

»Ich bin mein ganzes Leben ein normaler Mensch geblieben«, fuhr Horger fort, »und in meiner Firma arbeiten auch lauter anständige Leute. Solange ich im Sägewerk noch irgendetwas zu sagen habe, wird keiner von denen bei uns eingestellt. Ich hoffe nur, dass er sich vielleicht irgendwann besinnt.«

»Nazibrut? Was meinen Sie damit? Ich habe gestern nur ein paar Motorräder vom Hof wegfahren sehen.« Sopran gab sich nichts ahnend und hoffte so, noch mehr Informationen aus Horger herauszulocken. Seine Vermutung schien sich zu bestätigen. Die Truppe hatte hier in der Nachbarschaft ihren Treffpunkt, und Horgers Sohn war einer von ihnen.

»Ich will am liebsten gar nicht mehr darüber reden. Gegen Ausländer geht es halt. Wenn es dunkel wird, fahren sie in die Stadt und spielen Hilfspolizei, die Narren. Sie hätten mitbekommen sollen, was los war, als letztes Jahr einer vom Landratsamt gekommen ist und gefragt hat, ob wir einen Flüchtling einstellen wollen. Mein Sohn wäre mir beinahe an den Kragen gegangen. Kommen Sie, lassen wir das.«

Horger zog den Zettel mit Soprans Namen und Telefonnummer, den er ihm gestern gegeben hatte, aus seiner Brusttasche und betrachtete ihn lange.

»Warum schreibt man Ihren Namen nicht normal?«, fragte er unvermittelt.

»Wie, normal?«

»Na, warum mit ›C‹ und nicht mit ›K‹, so wie man Karl halt schreibt.«

Sopran suchte nach einer Erklärung und fand spontan eine, die von der echten Wahrheit gar nicht so weit entfernt war. »Mein Vater wollte immer einen Buben, meine Mutter aber eine Tochter, wahrscheinlich hätte sie mich dann Charlotte getauft.

Ich konnte es beiden nicht recht machen. Meinem Vater, der ein strammer Bundeswehroffizier war, weil ich nicht seinen Idealen entsprach, und meiner Mutter, weil ich kein Mädchen war. Beide konnten nie so recht was mit mir anfangen.« Er bemerkte, wie sich Horger nachdenklich am Kinn kratzte. »Vielleicht machen auch Sie sich zu viele Gedanken um Ihren Sohn.«

***

Sopran verließ das Gelände mit gemischten Gefühlen. Er sah sich in diesem Fall von einem Familiendrama in das nächste stolpern. Bei der Zeitung würde er morgen Vormittag in jedem Fall anrufen. Horgers emotionale Schilderung genügte ihm noch nicht, er brauchte Fakten. Christinas harsche Reaktion auf seine Frage nach Ottos politischer Orientierung hatte er sogar erwartet. Dass sie aber unmittelbar darauf eingelenkt und plötzlich spürbare Unsicherheit gezeigt hatte, überraschte ihn dann doch. Dennoch befürchtete er, damit bei ihr nicht weiterzukommen. Er musste es bei Kari Laukkanen versuchen. Aber wie sollte er es anstellen, dass es nicht so aussah, als würde er gegen Forselius ermitteln?

So hatten sich die Finnen seine Ermittlungen sicher nicht vorgestellt. Fallen lassen wollte er diesen Ermittlungsansatz aber nicht. Zumindest, solange sich nichts anderes ergab, was plausibler war.

Christina. Ihren Anruf hätte er beinahe vergessen. Die Fahrertür des Audi stand offen, er war noch nicht eingestiegen, aber das Handy lag bereits auf der Mittelkonsole. Er holte es heraus und wählte Christinas Nummer.

Sie ging nicht dran. Dann sollte sie es selbst noch mal versuchen.

Sopran ließ sich auf den Fahrersitz fallen und stellte fest, dass er einen Bärenhunger hatte. Das Frühstück war nicht sehr nachhaltig gewesen. Nur wohin an einem sommerheißen Sonntagmittag auf die Schnelle, wenn der eigene Kühlschrank zu Hause Notstand signalisierte?

Er wählte die schnellste Alternative, kulinarische Ansprüche stellte er ganz nach hinten.

Fünf Minuten später parkte Sopran vor dem Schnellrestaurant in Weingarten. Auf dem Weg zum Eingang entdeckte er den schwarzen A6, der ein paar Plätze weiter geparkt hatte. Er hätte Horger danach fragen sollen, ob sein Sohn einen schwarzen Audi fuhr.

Auf dem Weg zur Bestelltheke scannte er das Restaurant mit einem schnellen Blick. Beim Studieren der Menüs behielt er den Ausgang im Auge.

Beladen mit Chicken Wings und Pommes sowie einem großen Becher Wasser balancierte er sein Tablett durch die Gänge, auf der Suche nach einem freien Tisch. Familien mit Kindern hatten die meisten Plätze belegt.

An einem der Tische neben dem Ausgang zur Terrasse entdeckte er ein Trio, zwei Männer und eine Frau. Sie waren offensichtlich schon am Ende mit ihrem Sonntagsmenü, denn vor ihnen türmte sich ein ansehnlicher Haufen Verpackungsmüll.

Sopran überflog noch einmal das ganze Restaurant. Die Gäste, die draußen auf der Terrasse saßen, konnte er nicht alle sehen. Sein Gefühl sagte ihm, dass die drei zum Audi passen könnten.

Er fand einen Platz ein paar Tische weiter an der Fensterfront und setzte sich so hin, dass er beim Essen unauffällig in Richtung des Trios sehen konnte.

Die Frau war blond oder blondiert und hatte sehr kurz geschnittene Haare. Große Creolen baumelten an ihren Ohren, ihr Körperbau schien eher kräftig zu sein.

Der eine der beiden Männer, der außen saß, hatte noch kürzer geschnittene dunkle Haare, sodass es gerade keine Glatze war. Auch er hatte in beiden Ohrläppchen kleine Ringe. Er konnte um die dreißig Jahre alt sein. Ähnlichkeit mit Horger hatte er nicht. Unter seinem weißen Shirt, das im Brustbereich erheblich spannte, schien sich ein durchtrainierter Körper zu verbergen. Aber so liefen genug junge Männer herum, daraus ließen sich keinerlei Rückschlüsse auf die Gesinnung ziehen. Seine ebenso kräftigen Beine steckten in Bermudashorts in Camouflage-Optik und die Füße in weißen Adidas-Schuhen ohne Schnürsenkel.

Sopran fiel auf, dass der Mann sein rechtes Bein nicht still halten konnte. Es zuckte unaufhörlich auf und nieder, wie eine Nähmaschine.

Der andere Mann saß innen an der Wand und war sicher der Älteste von den dreien. Er war hager und hatte schon eher Horgers Statur.

Seit Sopran die drei beobachtete, hatten sie noch kein einziges Wort gewechselt. Der Kräftige stocherte mit seinem kleinen Finger in seinen Zähnen, und der Hagere beobachtete die Frau, die auf ihrem Handy herumwischte.

Schließlich klopfte der Kräftige mit der rechten Hand auf den Tisch, woraufhin alle drei gleichzeitig aufstanden und abräumten. Wortlos verließen sie das Lokal. Sie schienen perfekt auf nonverbale Konversation abgestimmt zu sein.

Wenn sich Sopran umdrehte, konnte er ganz hinten auf dem Parkplatz den A6 erkennen. Die drei stiegen tatsächlich in den Wagen ein. Der Kräftige war der Fahrer.

Er hatte also den richtigen Instinkt gehabt. Die Erkenntnis, dass es nun Gesichter zu dem Audi gab und er gesehen hatte, dass der ältere der beiden Männer außergewöhnlich große Schuhe trug, war nicht weltbewegend. Welcher der beiden Männer Horgers Sohn war, konnte er nur vermuten.

12

Seit langer Zeit hatte sich Georg Horger nicht mehr so allein gefühlt wie heute. Carl Sopran hatte ihn am Vormittag mit dem Bewusstsein zurückgelassen, dass er ein einsamer Mensch war. Das wurde ihm gerade so richtig bewusst.

Dass seine Frau schon zu lange tot war, das war es nicht. Aber dass sein älterer Sohn dermaßen aus der Art schlug und er ihn schon seit Längerem nicht mehr erreichen konnte, setzte ihm zu. Noch nie hatte er mit jemandem so offen darüber gesprochen wie mit diesem Sopran.

Vielleicht war es gerade deshalb so einfach gewesen, weil er ein Fremder war. Mit einem seiner wenigen Bekannten wäre das sicher nicht so gekommen.

Wer waren sie eigentlich, seine Bekannten?

Die paar Männer von der Jägervereinigung, die Leute vom Kirchenchor, in dem er schon länger nicht mehr sang? Der Faller Hans vom Reiterhof im Nachbarort, bei dem er sich einmal im Jahr zum Blutfreitag in Weingarten ein Pferd lieh?

Seit Kurzem ging er auch nicht mehr auf Stammtische. Beim letzten hatte er nicht verhindern können, dass die Sache mit seinem Sohn zur Sprache gekommen war. Er hatte nicht mitdiskutiert, es war ihm zuwider gewesen, denn zwei von seinen Freunden hatten die Meinungshoheit übernommen und ihm in aller Deutlichkeit vermittelt, dass sein Sohn eigentlich genau das tat, was der eine oder andere Stammtischbruder auch gern getan hätte.

Horger fand das unerträglich. Vielleicht musste man in jungen Jahren ein kleiner Freigeist gewesen sein und sich ein kleines bisschen davon bewahrt haben, um später nicht jedem Rattenfänger hinterherzulaufen. Die beiden fanden es gut, was sein Sohn machte, aber keiner von denen würde natürlich selbst am

Samstagabend patrouillieren und Bürgerwehr spielen. Sein Sohn machte es, er war ihr nützlicher Idiot und ein Rattenfänger.

Sie hatten es nicht einmal gemerkt, als er aufgestanden und verschwunden war.

All das ging ihm durch den Kopf, ehe er beschloss, ins Revier im Altdorfer Wald zu fahren. Es war sein sonntagabendliches Ritual, wenn das Wetter es zuließ. Das Revier war sein zweites Zuhause, dort gab es keine vier Wände oder eine Decke, die ihm auf den Kopf fallen konnte.

Im Wald hatte er seine Lieblingsplätze, da kannte er jeden Baum, jeden Wurzelstock, und über die Jahre hatte er zugesehen, wie aus Tannenschösslingen respektable Christbäume geworden waren.

Ja, er war ein Romantiker, der auf dem Ansitz Vögel beobachtete und sich freute, wenn er ab Ende August die ersten Steinpilze entdeckte. Der Abschuss war ihm schon länger nicht mehr so wichtig, er hatte in seinem langen Jägerleben genug davon gehabt, aber das Revier musste nun mal gehegt und der Bestand kontrolliert werden.

Es war eine gute Zeit, um ins Revier zu fahren. Auch heute war es heiß gewesen, so wie die ganze Woche. Die Leute gingen an solchen Tagen lieber an den Badesee oder grillten auf der Terrasse, als im Wald herumzulaufen oder mit dem Mountainbike in die letzte Dickung vorzudringen.

Horger wollte sehen, ob die ersten Böcke zu treiben begannen. Nach so einer frühen und langen Hitzeperiode war es denkbar, dass die Brunftzeit des Rehwilds früher einsetzte.

Er zog sich um, eine leichte Microfaserhose und ein kurzärmeliges Leinenhemd mit zwei Brusttaschen waren heute die richtige Wahl. Aus dem Waffenschrank im Keller wählte er das Sauer-200-Repetiergewehr, ohne Waffe ging er nie ins Revier, auch wenn kein Abschuss vorgesehen war. Vom Kleiderhaken im Hausgang nahm er den Jagdrucksack, packte eine leichte Fleecejacke, sein Fernglas und eine Plastikflasche mit stillem

Wasser hinein. Wasser mit Kohlensäure sprudelte und zischte, wenn man es öffnete, es wäre keine gute Idee für einen Ansitz im Revier gewesen.

Der Toyota-Geländewagen stand in der Garage. Er hatte ihn seit gestern Abend, als er auch noch kurz im Revier gewesen war, nicht mehr benutzt. Er legte das Gewehr und den Rucksack in den Kofferraum und packte einen Salzleckstein dazu, falls der alte im Wald bereits aufgebraucht war. Dann steuerte er den Wagen aus der Garage. Das Tor ließ er offen, um direkt hineinfahren zu können, wenn er spätabends zurückkam.

Als er am Wohngebiet vorbei auf die Bundesstraße fuhr, bemerkte er, dass sich Richtung Bodensee und Allgäu weiße Wolken auftürmten. Das sah nach einem Gewitter am späten Abend aus. Es war kurz vor halb acht, es konnte noch zwei bis drei Stunden dauern, wenn es überhaupt hierherzog. Es war kein Grund, umzukehren und zu Hause zu bleiben. Eher war damit zu rechnen, dass ihn die Schnaken piesackten.

Auf der Bundesstraße war ordentlich Verkehr. Mit Sicherheit waren viele von ihnen Badeausflügler vom Bodensee auf dem Weg nach Hause. Im langen Waldstück musste er den nachfolgenden Verkehr kurzzeitig zum Stehen bringen, um nach links in die Zufahrt zum Revier abbiegen zu können.

Er fuhr auf dem Forstweg ein kurzes Stück in den Wald hinein und parkte den Toyota rückwärts neben einem Stapel im Winter geschlagener Buchenholzstämme.

Es kam, wie er vermutet hatte: Sofort überfiel ihn ein Schwarm Schnaken – ohne die Jacke würde er es auf dem Hochsitz nicht aushalten können. Der nahe Bunkhofer Weiher mitten im Wald war um diese Jahreszeit das reinste Schnaken-Eldorado.

Sein bevorzugter Hochsitz befand sich etwas abseits der Forststraße, die zu sehr von Radfahrern frequentiert war. Um dorthin zu kommen, musste er ein paar hundert Meter auf einem fast zugewachsenen Waldweg laufen, der für Radfahrer und

Spaziergänger zu unwegsam war. Hier hatte das Wild ausreichend Ruhe, in der Morgen- oder Abenddämmerung auf eine nahe Lichtung mit einer kleinen Waldwiese zu wechseln.

Auf einem Kahlschlag, unweit vom Hochsitz entfernt, hatte er auf einem Baumstumpf einen Leckstein platziert, der sehr gut angenommen wurde. Wie er vermutet hatte, war dieser fast verbraucht. Er holte den neuen Stein aus dem Rucksack und legte ihn dazu.

Sein Hochsitz stand gute fünfzig Meter weiter zwischen zwei Fichten. Von dort konnte man in gerader Linie auf den kleinen Kahlschlag mit dem Baumstumpf und den Lecksteinen sehen. Ebenso waren ein paar Meter des Waldwegs einsehbar, dahinter war durch die hochstämmigen Fichten gerade noch die Lichtung erkennbar.

Er hatte die Kanzel im Frühjahr renoviert, den Boden und die Sitzbank ausgetauscht und auch das durchgesessene Sitzpolster erneuert, das er immer unter dem verschließbaren Kasten der Sitzbank verstaute, damit es nicht feucht oder gar nass wurde.

Vor der Leiter nahm er den Rucksack ab, stellte ihn auf den Boden und legte das Gewehr darauf. Dann setzte er sich auf die zweite Sprosse und richtete seinen Blick, beide Hände auf die Knie gestemmt, hinüber auf den Kahlschlag und danach in den Abendhimmel. Zwei Flugzeuge kreuzten ihre Kondensstreifen, eines kam aus den weißen Wolkentürmen, das andere verschwand darin. Er beschloss, zuerst hinaufzuklettern, die Sitzbank zu präparieren und anschließend Rucksack und Gewehr nachzuholen.

Sprosse für Sprosse erklomm er die Leiter nach oben, acht waren es bis zum Einstieg zur Kanzel. Dort hatte er zwei Haltegriffe montiert, um nicht auf den Knien in die Kanzel kriechen zu müssen. Aufrecht stehen konnte er darin sowieso nicht.

Gerade bekam er den linken Griff zu fassen, als er ein scharrendes Geräusch aus dem Inneren der Kanzel vernahm. Während er nach dem zweiten Griff tastete, flog ihm etwas über den

Kopf. Er versuchte, mit der rechten Hand danach zu greifen, und spürte einen Strick, der sich in diesem Augenblick um seinen Hals zusammenzog.

Er nahm die linke Hand zu Hilfe, aber der Strick zog sich immer mehr zu und klemmte seine Finger ein.

Atemnot und Würgeanfälle machten ihm zu schaffen.

Was war das?

Warum ...?

Horger stützte sich mit den Ellbogen auf den Kanzelboden und blickte nach oben ... in eine grinsende Fratze.

Er wollte schreien, konnte aber nur noch röcheln und grunzen wie ein Schwein. Dann gaben seine Füße nach, und er verlor den Halt.

Die ersten paar Sprossen schrammte er an der Leiter entlang, dann rutschte er daneben. Mit einem Zischlaut straffte sich das Seil, und mit einem kaum vernehmbaren Knacken und ein paar spastischen Zuckungen war Horgers Reviergang einen halben Meter über dem Waldboden beendet.

Der leblose Körper pendelte langsam aus. Als er zum Stillstand gekommen war, kam Bewegung in die Kanzel.

***

Er wollte ihn so gern auch im See versenken, wie den Finnen. Der Bodensee war nah, da hätte er eigentlich hingehört. Aber das war nicht machbar und zu riskant.

Dieses Mal hatte er keinen weißen Einwegoverall gekauft. Es gab sie auch in Dunkelblau, ebenso wie die Handschuhe, einen grünen hatte er nicht gefunden.

Er kletterte die Leiter hinab und brachte den Rucksack nach oben. Das Fernglas legte er auf die Sitzbank, die Wasserflasche stellte er auf den Boden. Unten angekommen, warf er sich das Gewehr über die Schulter. Er beschloss, es mitzunehmen – als zusätzliche Option für den nächsten Schritt.

Dann überprüfte er den Seilknoten. Der Querbalken in der Kanzel, an dem er es befestigt hatte, war massiv. Er hatte dem ins Seil fallenden Körper problemlos standgehalten. Die Falltiefe hatte er exakt berechnet.

Er hatte nicht vorgesehen, mit Horger eine Diskussion anzuzetteln, wie es bei seinem Vorgänger leider nötig gewesen war. Hier war die Sachlage klar, die Informationen von diesem Finnen waren eindeutig gewesen. Nur diese Mail vor gut vier Wochen war alles andere als hilfreich. Er empfand es nach wie vor als ärgerlich, dass er sie nicht hatte verhindern können.

Egal, Horger hatte sich umgebracht, sollen sie sich den Kopf zerbrechen, warum. Er würde es verfolgen und, wenn nötig, reagieren. Er hatte alles in der Hand.

Er betrachtete den Toten, der mit gesenktem Kopf über ihm baumelte. Er hatte sich in die Hose gemacht, das war bei Sterbenden öfter so, glaubte er irgendwo gelesen zu haben.

Auf einem Wildwechselpfad lief er ein gutes Stück in den Wald hinein. Dort entledigte er sich des Overalls, unter dem er leichte Tarnkleidung trug, der Füßlinge und der Handschuhe. Sofort begannen ihn die Schnaken zu überfallen, aber er ertrug es – er musste schnell und unauffällig hier weg.

Ruhig und konzentriert steckte er alles in einen Plastiksack und den wiederum in einen grünen Rucksack. Das Gewehr packte er in ein Futteral für Angelruten. Sollte er gesehen werden, sah er aus wie ein Angler, der vom nahen Egelsee kam.

Er hoffte, dass der Zufall ihm in die Karten spielte und in der Nacht noch ein Gewitter aufziehen ließ. Wann auch immer sie Horger fanden, er konnte sich nicht vorstellen, irgendwelche Spuren hinterlassen zu haben. Ein heftiger Gewitterschauer würde die letzten Zweifel beseitigen.

13

Sopran hatte einen seiner ganz schlimmen Träume. Es war der immer wiederkehrende Traum eines abstürzenden Flugzeugs, das trudelnd direkt auf ihn zukam. Er lief und lief, bis ihn eine Feuerwalze verschlang.

Ein Blitz erleuchtete das Schlafzimmer für Bruchteile einer Sekunde taghell, unmittelbar gefolgt von einem gewaltigen Donnerschlag.

Schweißgebadet schreckte Sopran hoch, knipste die Nachttischlampe an und setzte sich auf die Bettkante. Ein Blick auf die Armbanduhr auf dem Nachttisch sagte ihm, dass es zwei Uhr morgens war. Das Gewitter, das sich am Abend durch aufziehende Wolken aus allen Richtungen angekündigt hatte, hatte sich Zeit gelassen.

Seit Afghanistan lebte er mit diesen Alpträumen. Sie waren wieder da, verschwanden einfach nicht, sie kamen immer wieder. Er hatte sich mit ihnen abgefunden. Sie machten ihn sogar stärker, glaubte er.

Er stand auf und stellte sich ans offene Schlafzimmerfenster. Noch regte sich kein Luftzug. Wieder zuckte auf der anderen Talseite ein heftiger Blitz durch die Nacht. Diesmal ließ der Donner auf sich warten. Sopran zählte die Sekunden zwischen Blitz und Donner und stellte fest, dass das Schussental von mehreren, mindestens aber zwei Gewittern umzingelt war. Plötzlich hörte es kaum mehr auf zu blitzen und zu donnern.

Und dann kam mit einem Mal der Gewittersturm. Im Schein der pausenlosen Blitze sah Sopran, wie sich die Bäume unterhalb seines Grundstücks bogen, ein heftiger Regenschauer prasselte auf das Dach und auf die Markise auf der Terrasse unter ihm. Er hatte vergessen, sie abends einzurollen.

Schnell schloss er das Fenster, lief nach unten und holte die

Markise ein, an der der Sturm bereits heftig rüttelte. Durch die offene Terrassentür wehte der Wind den Regen ins Wohnzimmer. Als er die Tür schloss, stand er barfuß in einer Pfütze. Mit einem großen Badetuch wischte er alles trocken.

An Schlaf war nicht mehr zu denken. Während draußen das Unwetter tobte, setzte sich Sopran mit einer Flasche Mineralwasser an den Esstisch, nahm einen langen Zug direkt aus der Flasche und starrte auf sein Handy, das neben der Zeitung auf dem Tisch lag. Marietta hatte noch nicht auf seine Nachricht reagiert. Was sie wohl gerade machte? In Chicago musste es jetzt früher Abend sein.

Er hatte irgendwo gelesen, dass man sich vor dem Einschlafen mit schönen und positiven Gedanken befassen sollte, dann hätte man einen ruhigen Schlaf. Das gelang ihm einfach nicht, er zerbrach sich den Kopf über Forselius und Horger.

14

Der Montag begann, wie ein Montag beginnen musste: Sopran war unausgeschlafen und seine Laune dementsprechend auf dem Tiefpunkt. Nur ein Frühstück im Bäckereicafé konnte den Start in den Tag noch einigermaßen retten.

Mühsam schälte er sich aus dem Bett und zog das Rollo hoch. Es war doch noch schön geworden, nur ein paar wenige Wolkenhaufen waren vom nächtlichen Unwetter zurückgeblieben.

Da eine schnelle Dusche nicht die erhoffte Wirkung brachte, beschloss Sopran, schleunigst zum Frühstücken zu fahren. Er holte die »Schwäbische Zeitung« aus dem Briefkasten und erinnerte sich daran, dass er in der Redaktion anrufen wollte.

Danach klemmte er sich hinter das Steuer seines Audis und schob mit dem Scheibenwischer Blätter und Zweige beiseite, die der Gewittersturm vor das Haus und auf das Auto geweht hatte. Wenn er später nach Hause kam, musste die Bescherung mit Besen und Laubrechen beseitigt werden. Tag zwei seiner Ermittlungen hatte gerade begonnen, die waren wichtiger als ein sauber gefegter Hof.

Als er gegen zehn im Café ankam, bestellte er sich eine Tasse Kaffee und ein Croissant und begann, die mitgebrachte Zeitung zu lesen. Zuerst den Sport, aber der Jahreszeit entsprechend war kaum was los gewesen.

Er blätterte lustlos durch die Lokalseiten, überflog die Schlagzeilen von Politik und Weltgeschehen und blieb schließlich an einem Bericht über deutschstämmige IS-Kämpfer im syrisch-kurdischen Grenzgebiet hängen. Es musste etwas geschehen, er konnte schon lange nicht mehr entspannt Zeitung lesen oder TV-Nachrichten verfolgen, ohne vom Verlangen überwältigt zu werden, wieder arbeiten zu können wie vorher.

Er bestellte sich noch eine Tasse Kaffee und einen mit Käse

und Wurst belegten Wecken dazu. Der Appetit kam mit dem Essen.

Kurz bevor er das Café verließ, holte er sich die Website der »Schwäbischen Zeitung« aufs Handy und wählte die Nummer der Lokalredaktion. Dann ging er zum Telefonieren vor die Tür.

Es wäre hilfreich gewesen, wenn er sich gelegentlich bei den Kollegen von der Regionalzeitung vorgestellt hätte. Stattdessen hatte er sich in sein Haus oben auf dem Hügel verkrochen und seine Befindlichkeiten gepflegt. Nun musste er Überzeugungsarbeit leisten und viel erklären, um an die richtige Stelle zu kommen.

Er hatte noch nie großes Aufheben um seine Person oder seine Arbeit gemacht. Der Kollege hatte schon von ihm gehört, wie sich im Lauf des Telefonats herausstellte. Er war überrascht, dass er schon seit geraumer Zeit beinahe in Sichtweite zur Redaktion wohnte.

Mittlerweile saß Sopran auf dem Rand eines Brunnens vor der Bäckerei, hier konnte er ungestörter telefonieren. Er berichtete dem Kollegen, dass ihm schon öfter Männer in Jacken mit dem Logo der »Legion Wotans« aufgefallen seien. Aus reiner journalistischer Neugier würde ihn interessieren, ob es in der Region eine aktive Gruppe gebe.

Sopran erfuhr, dass deren Existenz der Redaktion bekannt war. Sie sei vor ungefähr vier bis fünf Wochen zum ersten Mal wahrgenommen worden, schilderte ihm der Kollege. Es habe immer wieder Anrufe von besorgten Bürgern oder Anwohnern gegeben, die sich am Auftritt dieser Leute in ihrer Straße störten. Dies sei eigentlich das Gegenteil dessen, was die Legionäre bezweckten.

Selbstverständlich gebe es auch Sympathisanten, und in den einschlägigen sozialen Netzwerken sei das hinreichend diskutiert worden. Aber die Gruppe sei bisher noch nicht in einem Maße auffällig gewesen, dass es Provokationen oder sonstige Vorkommnisse gegeben habe.

Die Redaktion wolle in Zusammenarbeit mit der Polizei den Spuk verfolgen und beobachten, erfuhr Sopran. Solange es noch nicht eindeutig sei, ob es sich lediglich um ein paar rechtsgerichtete Wichtigtuer handelte, wolle man ihnen mit einem Artikel nicht unnötigerweise ein Forum bieten.

Ob er die Biker ernst nehmen oder als Spinner ansehen sollte, war nicht sein aktuelles Problem. Sie hatten unzweifelhaft Jacken mit dem Symbol der »Legionäre Wotans« getragen. Es war nicht auszuschließen, dass sich in der Region gerade ein Ableger der Gruppierung etablierte. Wenn die Typen um Horgers Sohn Teil dieser Organisation waren oder werden wollten, mussten sie irgendwoher Anweisungen und Hilfestellung bekommen. Er sollte wirklich dringend Kontakt mit Kari in Finnland aufnehmen.

Es gab aus einer Sicht nur einen Ort, an dem die Fäden zusammenliefen. Sopran entschied, noch einmal zum Sägewerk zu fahren, auch auf die Gefahr hin, dass er Georg Horger auf die Nerven ging. Der hatte bei ihrem letzten Gespräch spürbar Vertrauen zu ihm aufgebaut. Das durfte er nicht überstrapazieren, aber wenn er es geschickt anstellte, bekam er sicher ein paar zusätzliche Informationen über den Sohn. Horger wusste mehr, da gab es für Sopran keinen Zweifel, er hatte nur nicht darüber reden wollen.

Auf der Bundesstraße fuhr er bis zur Abfahrt zum Firmengelände hinter einem Milchlastzug her. Bereits kurz nach dem Abbiegen sah er das Polizeifahrzeug in der Hofeinfahrt stehen. Vor den letzten beiden Häusern der Wohnsiedlung stand eine Gruppe Frauen, kleine Kinder umkreisten sie mit ihren Fahrrädern.

Sopran verlangsamte auf Schritttempo und hielt wenige Meter nach der Zufahrt zum Bauernhof in der Apfelplantage an, um die Lage zu sondieren. Neben dem Polizeifahrzeug standen noch zwei weitere Pkws. Sopran blieb kurz sitzen und überlegte, was am besten zu tun war.

Als die Frauen zu ihm herüberblickten, stieg er aus und näherte sich ihnen. »Grüß Gott, ich wollte eigentlich zu den Musterhäusern, ist da was passiert?«

»Wir wissen auch nichts«, erwiderte eine der Frauen. »Vor einer Stunde sind zwei Polizeiautos reingefahren, eins ist vorhin wieder weg.«

»Ich bin hingelaufen, um zu fragen, was los ist«, sagte eine zweite, »aber die haben mich weggeschickt.«

Sopran ging langsam auf die Hofeinfahrt zu. Das Polizeifahrzeug parkte vor dem ersten Musterhaus schräg zur Einfahrt, man musste daran vorbei, wenn man auf das Gelände wollte.

Ein Uniformierter mit Sonnenbrille, in kurzärmeligem Hemd und mit der Mütze in der Hand lehnte an der Fahrertür und schaute in Richtung Büro, in dessen Tür gerade ein weiterer Polizist erschien. Sopran drehte nach wenigen Schritten wieder um, der Polizei sollte er vorläufig noch aus dem Weg gehen.

Was immer hier passiert war, es war vermutlich schwerwiegend.

Schnell weg hier, war sein erster Gedanke, bevor man unnötig auf ihn aufmerksam wurde. Und nur keine weitere Unterhaltung mit den Frauen. Es sollte so aussehen, als sei er nicht besonders an den Vorgängen drüben im Hof interessiert.

»Keine Ahnung, was hier los ist. Ich muss wieder, auf Wiedersehen!«, rief er der Frauengruppe kurz zu, setzte sich hinter das Steuer und schloss sofort die Tür.

Er wendete und entschied, später noch einmal hierherzukommen, um aus der Entfernung zu beobachten, wann die Polizei das Sägewerk verließ. Erst dann konnte er sich wieder auf dem Gelände blicken lassen. Sollte Horger nicht anzutreffen sein, würde er sich wieder als Hausinteressent ausgeben und im Büro vorstellig werden.

Seinen ursprünglichen Plan, im großen Supermarkt in Weingarten einzukaufen, verwarf er und fuhr stattdessen zu dem kleinen Laden neben der Bäckerei in seiner Nähe.

Er benötigte keine Einkaufsnotizen, sein Kühlschrank war so leer, dass er so gut wie alles brauchen konnte. Für heute Abend hatte er eine ordentliche Vesper mit Wurst und Käse vorgesehen, Bier war noch da. Alles zusammen packte er in eine Papiertüte und holte sich für den schnellen Hunger einen belegten Wecken, den er auf dem Weg zum Auto verschlang.

Zu Hause stellte er den Audi unter den Carport, eilte ins Haus, packte die Einkäufe in den Kühlschrank, klemmte sich eine Flasche Mineralwasser unter den Arm und tauschte die Autoschlüssel. Das Cabrio hatte den ganzen Vormittag in der Garage gestanden und war angenehm kühl. Die Relikte der Sturmnacht, die Zweige und Äste, knackten unter den Rädern, als er rückwärts aus der Garage fuhr.

In wenigen Minuten würde er wieder vor Ort sein. Die Zufahrt zum Sägewerk war von der Bundesstraße eigentlich gut einsehbar, das hatte er in Erinnerung. Er musste nur langsam daran vorbeifahren, ohne den nachfolgenden Verkehr zu behindern.

Schon von Weitem konnte er die Fahnen vor den Musterhäusern erkennen. Als nach einem Blick in den Rückspiegel keine Autos hinter ihm zu sehen waren, verringerte er die Geschwindigkeit. Mit nur dreißig Stundenkilometern rollte er an der Zufahrt vorbei. Das Polizeiauto war weg, und die Frauen standen nicht mehr auf der Straße.

Ein paar hundert Meter weiter wendete er und fuhr zurück. Auf dem Weg zum Sägewerk hoffte er, nicht von einer der Frauen gesehen zu werden. Er wollte die Lage so unauffällig wie möglich sondieren.

Bis auf einen Kleintransporter mit dem Firmenlogo »HORGER HOLZBAU« stand kein weiteres Fahrzeug auf dem Hof. Das Rolltor zur Montagehalle stand offen, auch einige Fenster im Bürogebäude waren geöffnet.

Sopran parkte das Cabrio vor dem blauen Musterhaus, stieg aus und schaute sich um. Keine Menschenseele war auf dem Hof zu sehen, aus der offenen Montagehalle hörte er keine Geräusche. Die Sonne brannte auf den Asphalt, und der Geruch von gesägtem Holz wehte mit einer leichten Brise zu ihm herüber. Es war seltsam ruhig auf dem Gelände.

Er steuerte auf den Büroeingang zu, als sich die Tür öffnete und eine junge Frau herauseilte. Sie ließ die Tür hinter sich zufallen und wich Sopran gerade noch aus. Beinahe währen sie zusammengestoßen. Sie stockte kurz, als sie Sopran wahrnahm, und lief, ohne ihn weiter zu beachten, in Richtung Montagehalle, wo sie vom geöffneten Rolltor verschluckt wurde. Was war denn das? Aus dem geöffneten Fenster hörte er Stimmen. Es waren noch weitere Angestellte im Büro.

Erst jetzt bemerkte Sopran neben der Tür das kleine Schild. »Besucher bitte klingeln«, stand über einem Klingelknopf. Beides hatte er nicht wahrgenommen, als er mit Christina hier gewesen war. Er überlegte nicht lange und drückte auf die Klingel.

Es dauerte nur wenige Sekunden, bis ein junger, dunkelhaariger Mann mit Dreitagebart, bekleidet mit weißen Bermudahorts und einem dunkelroten T-Shirt mit undefinierbarem Aufdruck, die Tür öffnete.

»Hallo, grüß Gott, ich interessiere mich für ein Haus, wer kann mir bitte weiterhelfen?«

Der junge Mann sah ihn sekundenlang entgeistert an und blickte dann hilfesuchend zurück ins Büro. »Herr Schneider, kommen Sie bitte mal?«

Hier stimmte etwas nicht. Was war an seiner Frage so ungewöhnlich, dass er keine direkte Antwort bekam?

Der junge Mann stand weiterhin da und starrte ihn an. Sopran hätte ihn am liebsten beiseitegeschoben, da erschien ein kleiner, untersetzter Mann mittleren Alters mit Stirnglatze und Brille auf der Stirn an der Tür. Er war mindestens einen Kopf kleiner als Sopran. Deutliche Schweißflecken zeichneten sich unter seinen Achseln ab.

»Was kann ich für Sie tun?« Der Mann schob seine Brille auf die Nase und musste den Kopf heben, um Sopran zu fixieren.

»Ich habe es dem jungen Mann hier gerade gesagt«, Sopran machte eine Kopfbewegung in Richtung Büro, in das der Jüngere verschwunden war, »ich interessiere mich für ein Haus.« Mit einer Geste Richtung Musterhäuser versuchte er, sein vorgeschobenes Interesse zu untermauern.

Der Mann wischte sich mit einem Papiertaschentuch den Schweiß von der Stirn. »Wir haben einen Todesfall«, sagte er schließlich und sah Sopran mit leerem Blick an. »Wir wissen selbst gerade nicht, wie's weitergehen soll. Bitte haben Sie Verständnis.« Er zuckte mit den Schultern und schloss langsam die Tür.

Sopran stand sprachlos vor dem Büro, als die junge Frau zurück über den Hof in Richtung Bürogebäude und auf ihn zueilte. »Was ist denn passiert?«, fragte er vorsichtig.

Die Frau blieb abrupt stehen, schlug beide Hände vor den Mund. Sopran glaubte, feuchte Augen zu erkennen. »Der Chef ist tot«, flüsterte sie und verschwand im Büro.

Sopran rechnete nach: Am Donnerstagnachmittag wurde ihm der Auftrag angeboten, nach der Verbindung zwischen einem verschollenen Finnen und Horger zu suchen. Exakt vier Tage später war Horger tot. Und warum war die Polizei auf dem Firmengelände gewesen? Es galt, schnellstens herauszufinden, unter welchen Umständen er so plötzlich zu Tode gekommen war.

Doch zuerst musste er schleunigst vom Hof verschwinden, bevor die Polizei noch einmal vorbeikam oder die Leute aus dem Büro stutzig wurden, weil er sich immer noch auf dem Gelände befand.

Glücklicherweise hatte Mariettas Golf getönte Scheiben, so konnte ihn eine der Frauen von vorhin, die am Gartenzaun stand, nicht erkennen, als er das Sägewerk in Richtung Hauptstraße verließ. Er hatte das dringende Bedürfnis, nach Hause zu fahren. Dort konnte er am besten über sein weiteres Vorgehen nachdenken.

Während der Fahrt ging ihm nicht aus dem Kopf, dass er mit großer Wahrscheinlichkeit der Letzte gewesen war, der mit Georg Horger ein persönliches Gespräch geführt hatte. Bei seinen früheren Recherchen und Aufträgen hatte er persönliche Befindlichkeiten von Zielpersonen nie an sich herangelassen oder sich davon beeinflussen lassen. Das war im Sinne einer erfolgreichen Arbeit immer und zu jeder Zeit absolut tabu gewesen. Doch hier lagen die Dinge anders. Er befand sich inmitten veritabler Familientragödien. Das war für ihn ein völlig unbekanntes Terrain.

Seine anfängliche Skepsis und seine Zweifel am Sinn dieses Auftrags waren mit einem Mal verflogen. Er konnte sich noch gut an das Kribbeln erinnern, als er am Donnerstagnachmittag die E-Mail aus Finnland erhalten hatte – in diesem Augenblick war es wieder da.

***

Das Laub und die Zweige vor dem Haus mussten weiterhin auf ihre Beseitigung warten. Es gab Wichtigeres zu tun.

Die Post aus dem Briefkasten warf Sopran achtlos auf die Garderobenablage und holte sich zuerst eine Flasche Wasser aus dem Kühlschrank. Damit ging er auf die Terrasse und rollte die Markise aus. Der Markisenstoff war noch feucht vom nächtlichen Regenguss.

Dann ließ er sich in seinen Korbsessel fallen, streifte die Schuhe ab und legte die Beine auf den Tisch. Er brauchte Zeit zum Nachdenken.

Eigentlich sollte er sofort Christina in Helsinki anrufen. Es war nicht zu fassen. Wochenlang war angeblich nichts passiert. Kaum war er im Spiel, gab es einen Toten. Warum?

Er tippte eine kurze Nachricht ins Handy und setzte Christina von Horgers Tod in Kenntnis. Er würde sich wieder melden, sobald er Genaueres wisse, schrieb er kurz und knapp. Dann nahm er die Füße vom Tisch und holte das Notebook aus dem Wohnzimmer.

Auf dem Onlineportal der »Schwäbischen Zeitung« war noch nichts darüber zu lesen, die Sache war vermutlich noch zu frisch, auch sonst würde im Netz, wenn überhaupt, vor morgen früh nichts zu finden sein.

Wer konnte ihm schnellstens weiterhelfen? Auf dem Firmengelände durfte er sich vorläufig nicht mehr blicken lassen. Den netten Kollegen von der Zeitung konnte er nicht anrufen. Der wäre zu Recht stutzig geworden, hätte sich nach den Umständen von Horgers Tod erkundigt.

Horgers Schwester! Natürlich.

Er nahm einen Schluck Wasser direkt aus der Flasche und zog das Notebook zu sich heran. Wenn er sich recht erinnerte, hatte Horger erwähnt, dass seine Schwester mit ihrem Lebensgefährten in Bad Waldsee wohnte. Falls sie geschieden war, war sie vielleicht unter ihrem Mädchennamen im Telefonverzeichnis zu finden.

Horger, Maria, und Reichmann, Franz, fand er, das musste sie sein. Er holte einen Stift und einen Zettel von der Küchenanrichte und notierte Telefonnummer und Adresse.

Anrufen ging nicht, es wäre zu riskant gewesen, abgewimmelt zu werden. Er musste hinfahren und irgendeinen Vorwand finden, warum er nach ihrem Bruder fragte. Darüber konnte er sich im Auto Gedanken machen.

Der Golfschlüssel lag auf der Garderobe. Doch als sich Sopran im Spiegel betrachtete, entschied er, in diesem Zustand nicht unter die Leute gehen zu können. Seine Haare waren zerzaust, er war unrasiert und auf seinem weißen T-Shirt prangte ein Kaffeefleck.

Eine halbe Stunde später fühlte er sich frisch rasiert, gekämmt und in einem sauberen schwarzen Poloshirt und weinroten Sommerhosen einigermaßen gesellschaftsfähig.

Horgers Schwester war sicher eine der Ersten, die von der Polizei aufgesucht worden waren, da hatte er keinen Zweifel. Er musste es irgendwie schaffen, dass sie sich bereit erklärte, mit ihm zu reden. Er brauchte vorläufig nur eine einzige Information: Wie war ihr Bruder zu Tode gekommen? Der hatte bei ihrem Treffen gestern nicht erwähnt, wie das Verhältnis zu seiner Schwester war.

Wie auch immer, es würde nicht leicht werden, sie am Tag der Todesnachricht zu einem Gespräch zu bewegen.

15

Nach Bad Waldsee hatte er nur zwanzig Minuten zu fahren. Die Adresse fand er in einem Wohngebiet nahe einem Einkaufszentrum. Die Siedlung lag noch im Nachmittagsdämmerschlaf. Außer ein paar Kindern war weit und breit niemand zu sehen.

Sopran näherte sich im Schritttempo der Hausnummer drei, dem zweiten Haus in einer fünfspännigen Reihenhauszeile. Kleine Vorgärten ohne Zaun grenzten die Eingänge zur Straße hin ab. Garagen oder Carports waren auf dieser Straßenseite keine zu sehen.

Sopran fuhr die Häuserzeile langsam entlang. Nummer drei hatte keinen auffälligen Vorgarten. Ein paar kleine Büsche und einige Blumentöpfe mit Geranien und Blumen, die er nicht kannte, waren der einzige sommerliche Gartenschmuck. Es sah nicht ungepflegt aus.

Ein kurzes Stück weiter, am Ende der Sackgasse, konnte Sopran wenden und die verkehrsberuhigte Straße komplett einsehen. Vor und gegenüber von Nummer drei stand kein Auto.

Er fuhr langsam an und nahm den Parkplatz gegenüber. Wie er auf Horgers Schwester zugehen wollte, falls sie überhaupt zu Hause war, würde er spontan entscheiden.

Lange konnte er hier nicht stehen bleiben, ohne aufzufallen. Anwohner solcher Siedlungen reagierten bekanntlich sensibel auf fremde Autos, die sich länger in ihrer Straße aufhielten. Hinter jedem Fenster konnte jemand stehen und ihn beobachten.

Sopran betrachte sich kurz im Innenspiegel, fuhr sich durch die Haare und fand, dass er manierlich aussah. Dann stieg er aus und ging auf den Hauseingang zu.

Die beiden Namen – Horger und Reichmann – standen auf dem Briefkasten neben der Haustür. Er räusperte sich kurz und drückte auf den Klingelknopf. Jetzt musste er sich auf seine Spontanität verlassen.

Er wartete kurz, klingelte noch einmal, doch nichts regte sich im Haus.

In diesem Augenblick hielt vor dem Nachbarhaus ein schwarzer Kleinwagen. Eine junge blonde Frau in einem leichten gelben Sommerkleid stieg aus, öffnete den Kofferraum und holte einen Kinderwagen heraus, den sie routiniert mit einem Handgriff aufklappte.

Auf dem Weg zu seinem Golf ging Sopran direkt an der Frau vorbei. In einem Kindersitz im Fond des Wagens saß ein schlafendes Kind. Er lächelte die Frau freundlich an.

Sie musterte ihn von Kopf bis Fuß. »Kommen Sie von Frau Horger?«

Sopran witterte seine Chance. Vielleicht wusste die Frau mehr. »Ich wollte sie nur kurz besuchen. Ich bin ein Bekannter ihres Bruders.«

»Das tut mir so leid, sie ist so eine liebe Frau. Sie hat am Vormittag kurz auf Paula aufgepasst.« Die Frau machte eine Kopfbewegung in Richtung Polo. »Als ich zurückkam, war die Polizei schon bei ihr im Haus.«

Hier auch? Das hörte sich nicht gut an. Sopran war sich nicht sicher, wie er das Gespräch auf den Punkt bringen sollte, ohne sich als unwissend zu verraten. Doch die Frau kam ihm zu Hilfe.

»Ich kannte ihren Bruder nicht, aber warum bringt sich so jemand um?«, fragte sie bewegt.

Umgebracht? Sopran versuchte, seine Überraschung zu überspielen. Damit hatte er nicht gerechnet. Aber er konnte sich erinnern, dass er das Sägewerk gestern Vormittag mit einem gewissen Unbehagen verlassen hatte, das er darauf bezogen hatte, dass Horger das Gespräch über seinen Sohn sehr nahegegangen war. Hatte er in Horger etwas ausgelöst, das in einer derartigen Katastrophe endete?

»Ich verstehe es auch nicht. Als ich gestern bei ihm war, schien alles in Ordnung. Ich weiß allerdings nicht, wie es passiert ist. Darüber wollte ich mit Frau Horger reden.«

Die Frau warf einen kurzen Blick auf das Kind im Fond ihres Wagens. »Ich glaube, ihr wird's zu heiß, ich muss sie aufwecken. Ich habe gehört, dass sie ihn heute Morgen im Wald gefunden haben, angeblich hat er sich aufgehängt. Soll ich ihr etwas ausrichten?«

»Nein danke, ich erreiche sie schon. Es ist vielleicht besser, wenn es nicht gerade heute ist. Machen Sie's gut, ciao!«

Auf dem Weg zum Auto sah er, wie die Frau das schlafende Mädchen vom Rücksitz holte und vorsichtig in den Kinderwagen setzte.

Erhängt, im Wald. Er ließ sich hinter das Steuer fallen, startete den Golf und fuhr los. Nach einer kurzen Irrfahrt hatte er es geschafft, aus dem Wohngebiet herauszufinden. Am Kreisverkehr nahm er die Abfahrt zum Einkaufszentrum und stellte sich auf den Parkplatz eines Supermarkts, um das Cabriodach zu öffnen. Er brauchte dringend Wind um die Ohren.

Christina – er musste sie doch schleunigst anrufen. Er malte sich das Szenario aus, das sich im Lauf des Tages in Gang gesetzt hatte: Er wusste, dass bei Selbstmord grundsätzlich die Polizei ermittelte, um auszuschließen, dass ein Fremdverschulden vorlag. Das erklärte die Anwesenheit der Polizei auf dem Firmengelände und bei der Schwester. Und solange auch in diese Richtung ermittelt wurde, war klar, dass jeder der letzten Tage Horgers, jede Stunde, jede Minute, jeder Kontakt, einfach alles, untersucht wurde, bis Gewissheit herrschte, wie und warum er zu Tode gekommen war.

Auch Horgers Telefondaten würden mit Sicherheit ermittelt werden. Da würde man bald auf Christinas Anruf bei Horger von letzter Woche stoßen, und es würde nicht lange dauern, bis man auch auf die Ermittlungen zur Mail von Forselius an Horger stieß.

Sopran war froh, dass er nie mit Horger telefoniert hatte. Solange er nicht ins Visier der Polizei geriet, konnte er in Ruhe im Hintergrund weiterarbeiten.

Was diesen unerwarteten Selbstmord ausgelöst hatte, konnte er sich einfach nicht erklären, dazu kannte er Horger zu wenig. Er ließ sich noch einmal ihr Gespräch durch den Kopf gehen und fand darin keinen nachvollziehbaren Grund für eine derartige Kurzschlusshandlung.

Er hatte sich noch nie mit einem Selbstmord befassen müssen, aber soviel er wusste, hinterließen Selbstmörder meistens Abschiedsbriefe. Er machte sich keine Hoffnung, so schnell etwas darüber in Erfahrung zu bringen – wenn es einen solchen Brief überhaupt gab.

Er musste Christina dringend fragen, ob bei Forselius ebenfalls in Richtung Selbstmord ermittelt wurde. Es wäre allerdings verwunderlich gewesen, wenn die finnische Polizei nicht auch an Suizid gedacht hätte.

Mit geschlossenem Verdeck und Klimaanlage wäre es angenehmer gewesen. Der vom Windschott abgehaltene Fahrtwind brachte kaum Abkühlung. Es war kurz vor siebzehn Uhr, und das Thermometer zeigte unverändert dreißig Grad, dennoch genoss Sopran es, offen zu fahren. Wozu verfügte er schließlich über ein Cabrio?

In welchem Wald und unter welchen Umständen hatte man Horger gefunden? Nur allzu gern hätte er sich den Tatort angesehen. Doch heute war es ohnehin nicht sinnvoll, dort aufzukreuzen. Vermutlich war die Polizei noch vor Ort.

Andererseits, was sollte es ihm bringen? Entscheidend war allein, was die beiden Toten verband. In dieser Sekunde wurde Sopran bewusst, dass er soeben auch Forselius für sich für tot erklärt hatte.

Der entgegenkommende Feierabendverkehr aus Richtung Ravensburg wurde immer dichter, auch auf seiner Fahrspur Richtung Süden herrschte Kolonnenverkehr. Im Waldstück nach Enzisreute sah Sopran plötzlich rote Lichter vor sich. Er stieg in die Bremsen und passte die Geschwindigkeit den Vorausfahrenden an. In einer Zufahrt zu einem Forstweg stand ein Polizei-Mercedes, aber Radarkameras konnte er nicht entdecken.

Als die Bundesstraße schließlich zweispurig wurde, ließ er den Golf rollen – und vergaß, die Geschwindigkeit zu reduzieren, als er längst in der Hundertzwanziger-Zone fuhr. Vom Beginn der Schnellstraße bis vor seine Haustür hatte er sich an keine einzige Geschwindigkeitsbegrenzung gehalten.

16

Der Nachbar war schon von der Arbeit zu Hause und kehrte die Spuren des nächtlichen Gewittersturms zusammen. Sopran nickte ihm aus dem Auto heraus zu und betätigte die Fernbedienung des Garagentors. Nachdem er den Golf in der Garage abgestellt hatte, hoffte er, ins Haus zu kommen, ohne von ihm in ein Gespräch verwickelt zu werden. Es gelang ihm, als sich der immer korrekte Herr Eisele bückte, das letzte verbliebene Blatt aufhob und in einen Papiersack fallen ließ.

Schnell öffnete Sopran die Haustür und drückte sich hinein. Er warf den Schlüsselbund auf die Garderobe, streifte seine Schuhe ab und eilte barfuß nach oben in sein Arbeitszimmer, in dem ein zweites Festnetztelefon stand. Jeder von ihnen hatte sein eigenes Arbeitszimmer, Marietta ihres und er seines. Laut Plan waren es Kinderzimmer, aber die brauchten sie nicht.

Er zog sein Handy aus der Hosentasche und suchte in den Kontakten die Nummer von Christinas Kanzlei. Er hoffte, um diese Zeit noch jemanden zu erreichen.

Bevor er die Nummer in Helsinki wählte, schloss er das gekippte Fenster – der Nachbar unten im Hof musste das Gespräch nicht mithören.

Am anderen Ende der Leitung meldete sich bereits nach dem ersten Klingelton eine männliche Stimme. Sopran stellte sich auf Englisch vor und fragte nach Christina Hellman. Es war ihr Mann Gustav, der abgehoben hatte.

Gustav schlug vor, das Gespräch auf Deutsch weiterzuführen, er könne ganz gut Deutsch und es würde nicht schaden, wenn er es ein wenig praktiziere. Er ließ Sopran keine Zeit, zuzustimmen, sondern redete gleich weiter.

»Gibt es schon Neuigkeiten, Carl? Christina war ganz begeistert von ihrem Besuch in Deutschland. Sie müssen ja in einer sehr schönen Gegend wohnen. Meine Frau hat gerade noch ein Gespräch mit einem Mandanten, das wird sicher noch eine halbe Stunde dauern. Kann ich Ihnen helfen?«

Offenkundig hatte Christina ihrem Mann nichts von seiner Nachricht erzählt.

»Georg Horger ist tot. Er hat sich umgebracht«, erklärte er. »Ich muss mich dringend über das weitere Vorgehen mit Ihrer Frau abstimmen. Die Polizei ermittelt schon.«

Da es am anderen Ende ruhig blieb, fuhr er fort: »Mir wäre es recht, wenn wir später noch einmal telefonieren könnten, gern über Skype, dann können wir uns alle zusammen überlegen, wie ich hier weitermachen soll. Ich bin ziemlich sicher, dass es einen Zusammenhang zwischen den beiden Fällen gibt. Sie liegen zeitlich einfach zu nahe beieinander. Hat die Polizei bei Forselius auch einen möglichen Selbstmord untersucht?«

»Das ist ja eine schockierende Nachricht.« Gustav Hellman hatte seine Stimme wiedergefunden. »Ja, selbstverständlich haben sie das überprüft. Niemand aus seiner Umgebung hat sich ein Motiv für einen Selbstmord vorstellen können.«

Bei Horger vermutlich auch nicht, wollte Sopran einwerfen, hielt sich aber zurück.

»Nachdem kein Abschiedsbrief gefunden worden war, hat man diese Theorie fallen lassen. Wir werden Sie anrufen, wenn meine Frau fertig ist. Haben wir Ihre Skype-Adresse?«

Sopran nannte sie ihm, versprach, sich bereitzuhalten, und beendete das Gespräch.

Als er das Fenster öffnete, war Eisele nicht mehr zu sehen. Es gab auch nichts mehr zu tun, der Hof war blitzblank gefegt, nur Soprans Teil sah noch aus wie am Morgen.

Eine Strategie musste zurechtgelegt werden, wie vorzugehen war. Christina und ihr Mann würden nichts anderes von ihm erwarten. Bisher hatte er sich fast nur Fragen gestellt und war, das gestand er sich gerade ein, eher unstrukturiert unterwegs gewesen. Nun hatte er eine klare Vorstellung.

Er ging nach unten, schnappte sich ein Blatt Papier und einen Kugelschreiber und malte eine Skizze auf das Blatt. Wenn auch Forselius tot wäre, würde das die beiden Fälle aus seiner Sicht verbinden – einerseits. Andererseits irritierte ihn, dass Forselius nicht auffindbar war, während Horger – man konnte fast sagen – vor den Augen der Öffentlichkeit zu Tode gekommen war. Suizid oder Tod durch Fremdeinwirkung, wie es in der Fachsprache hieß, beides war möglich.

Dass sowohl derjenige, der die ominöse Mail verschickt, als auch der, der sie erhalten hatte, innerhalb von vier Wochen ums Leben gekommen waren, war für Sopran ein zu offensichtliches Zeichen, dass es eine Verbindung zwischen den beiden Männern geben musste. Eine tödliche Verbindung.

Sopran bekam Gänsehaut bei dem Gedanken, wie sich der Fall entwickelte. Er war eine Herausforderung auf eine Art und Weise, die er bisher noch nicht kannte.

Auf dem Weg zurück nach oben blieb er kurz vor dem Garderobenspiegel stehen. Der ehemalige Journalist Carl Sopran stand in diesem Augenblick dem Detektiv Carl Sopran gegenüber. Er zwinkerte seinem Spiegelbild mit dem rechten Auge zu. Als das Skype-Signal ertönte, lief er hoch und nahm das Gespräch an.

Auf dem Bildschirm lächelte ihm Christina entgegen. »Hallo, Carl!« Sie drehte ihren Bildschirm kurz nach rechts zu ihrem Mann und wieder zurück. »Gustav sitzt neben mir, er war heute den ganzen Tag bei Gerichtsverhandlungen. Ich konnte ihm erst eben von Ihrer schlimmen Nachricht erzählen. Was ist genau passiert?«

Zuerst schilderte Sopran den beiden in allen Einzelheiten seinen gestrigen Besuch bei Horger. Er erzählte von dessen Sorgen, was seinen älteren Sohn betraf, und dass er die Legionärstruppe beobachtet und verfolgt hatte.

Den gesamten heutigen Tagesablauf schilderte er ebenso exakt und nüchtern, ohne jeglichen Kommentar und ohne persönliche Interpretationen, dazu wollte er anschließend noch kommen.

Die beiden hörten ihm konzentriert und ohne ihn zu unterbrechen zu. Christina machte sich Notizen, wandte sich mehrmals zu ihrem Mann und runzelte die Stirn.

»Was denken Sie?«, fragte sie.

»Zuerst mache ich mir Gedanken um Sie, Christina.«

»Warum das denn?«, fragte sie überrascht.

»Sie wissen doch sicher, dass die Polizei in so einem Fall sowohl einen Selbstmord als auch einen unnatürlichen Tod annehmen muss. Sie werden so lange ermitteln, bis eines von beiden bestätigt beziehungsweise ausgeschlossen werden kann. Dazu wird man auch alle Kontakte Horgers überprüfen, auch die telefonischen. Soweit ich weiß, haben Sie ihn angerufen, bevor Sie zu mir kamen, und den Termin mit ihm vereinbart. Und das bedeutet, man wird vermutlich bald auf Sie stoßen und Sie fragen, was Sie von ihm wollten. Ich bin mir auch sehr sicher, dass die Polizei über kurz oder lang auf den Fall Forselius und die Mail zurückkommen wird. Man hatte Horger doch vor ein paar Wochen in Amtshilfe für die finnische Polizei dazu befragt.«

Er beobachtete, wie Christina sich beide Hände rieb und nachdachte. Von ihrem Mann im Hintergrund hörte man keinen Ton.

»Von mir wissen sie ziemlich sicher noch nichts«, fuhr Sopran fort. »Ich habe ihn Gott sei Dank nicht angerufen. Bei meinen zwei Besuchen wurde ich heute zwar von Nachbarinnen und von den Mitarbeitern wahrgenommen, ich habe mich aber ganz unverfänglich als Interessent für ein Haus ausgegeben. Ich sehe da aktuell kein Problem. Ich möchte mich, solange es geht, da raushalten. Ich muss so schnell wie möglich herausfinden, was hinter der Sache steckt. Dafür haben Sie mich doch engagiert, oder?«

»Ja, aber …«

»Ich sage Ihnen, was ich denke und vorschlage.« Hatte sie ihn nicht als Spürhund bezeichnet? Er hatte eine Fährte aufgenommen, und sie sollte ihn von der Leine lassen. Immer wieder hatte er an diesem Fall Zweifel gehabt – doch damit war jetzt Schluss. »Wenn die Polizei sich bei Ihnen meldet, waren Sie natürlich dort. Warum, müssen Sie denen dann erklären. Mich erwähnen Sie bitte nicht. Wenn uns keiner gesehen hat, wovon ich einfach mal ausgehe, ist es auch kein Problem. Wenn man Sie nicht danach fragt, müssen Sie es denen auch nicht auf die Nase binden. Wenn ich bereits in diesem Stadium in den Ermittlungen der Polizei zu seinem Tod auftauchen würde, wäre es vorbei mit meinen Nachforschungen.«

Er ließ ihr keine Zeit, ihn zu unterbrechen.

»Ich muss schnell sein, ich brauche einen Zeitvorsprung, und dabei müssen Sie mir helfen. Für mich gibt es keinen Zweifel. Ich weiß, dass ich mich damit weit aus dem Fenster lehne, aber ich glaube, Ihr Finne ist ebenso tot wie Horger. Wenn es etwas gibt, das den Tod beider zur Folge hatte, werde ich versuchen, es herauszufinden.«

Nun hielt er die Skizze, die er angefertigt hatte, vor den Bildschirm. Sie zeigte einen Pfeil als Zeitachse. Am Anfang des Pfeils stand die Jahreszahl 1979, in die Verlängerung hatte er »33 Jahre« geschrieben. Dann folgte eine Markierung mit der Jahreszahl 2012, und am Ende des Pfeils stand das aktuelle Datum.

»Die beiden haben Ende der Siebziger zusammen zwei Semester studiert. Erst gut dreißig Jahre später haben sie wieder Kontakt zueinander aufgenommen. Aber nur, um ein gemeinsames Geschäft zu planen. Dieses Geschäft kam nicht zustande. Warum, ist mir noch nicht klar. Horger hat sich etwas nebulös dazu geäußert.«

Er legte das Blatt beiseite und klopfte mit dem Kugelschreiber auf den Tisch.

»Wir müssen in den beiden Zeitfenstern, als sie miteinander Kontakt hatten, Ende der siebziger Jahre und von 2012 bis jetzt, suchen, ob es irgendeinen Hinweis gibt. Bitte prüfen Sie in

Finnland, ob zu dem letzten Geschäftskontakt mit Forselius etwas herauszufinden ist. Ich kann mir nicht vorstellen, dass das vollkommen geheim abgelaufen ist. Es muss doch jemanden geben, der davon Kenntnis hatte. Eine Sekretärin oder vielleicht sogar sein Bruder. Ich kann auch nicht glauben, dass es dazu keinen Schriftverkehr oder Notizen gibt.«

Sopran malte einen Kreis um die Jahreszahl 1979, hielt das Blatt noch einmal vor den Bildschirm und zeigte mit dem Stift darauf. »Ich kümmere mich um die Studienzeit, habe aber, ehrlich gesagt, keine Ahnung, wonach ich suchen soll und ob ich nach so langer Zeit überhaupt noch Informationen bekomme oder Leute auftreibe, die mir helfen können. Heutzutage wäre das leichter.«

Sopran atmete tief durch, verschränkte seine Arme und lehnte sich zurück.

»Danke, Carl, vielen Dank«, sagte Christina. »Bevor wir darüber sprechen, haben wir auch eine Information für Sie: Ottos Mobiltelefon ist aufgetaucht. Ein Ehepaar aus Oulu in Nordfinnland hat es in der Reserveradabdeckung seines Wohnmobils gefunden. Sie hatten eine Südeuropareise gemacht und nach der Rückkehr, beim Reinigen des Wohnmobils, das Handy gefunden. Sie konnten nichts damit anfangen und haben es bei der Polizei abgegeben. Jemand muss es absichtlich dort deponiert haben. Es war da sicher schon versteckt, als die beiden in Helsinki auf die Fähre nach Stockholm fuhren. Als es dann in Schweden vom Netz ging, war vermutlich einfach nur der Akku leer. Wir glauben hier mittlerweile alle, dass das ein Ablenkungsmanöver war und Otto etwas Schlimmes zugestoßen ist.«

Sie drehte sich zu ihrem Mann um, der sich schräg hinter ihr platziert hatte. »Nun zu der tragischen Geschichte bei Ihnen: Wir sind beide sehr betroffen. Leider ist Horgers Tod eine Bestätigung dafür, dass … einen Augenblick bitte, Carl.«

Ihr Mann hatte ihr ein Zeichen gegeben. Sie sprachen leise

miteinander, dann wandte sie sich nach einer Weile wieder dem Bildschirm zu.

»Gustav stimmt Ihnen zu. Wir untersuchen, ob es Unterlagen zu dem geschäftlichen Kontakt der beiden von vor sechs Jahren gibt. Wir werden auch versuchen herauszufinden, ob es vorher oder danach weitere Kontakte gegeben hat, von denen wir bisher noch nichts wissen. Sie überprüfen bitte die gemeinsame Studienzeit, da haben Sie vor Ort die besseren Möglichkeiten. Und machen Sie nichts, was entgegen unserer Vereinbarung ist. Aber wenn ich Sie richtig verstanden habe, möchten Sie sich sowieso im Hintergrund halten und nicht auffallen. Sollte ich tatsächlich von der Polizei zu meinem Besuch bei Horger befragt werden, muss ich erst abwarten, welche Informationen man hat. Wenn es sich vermeiden lässt, werde ich nichts von Ihnen erwähnen. Ich gebe Ihnen umgehend Bescheid, sollte man mit mir reden wollen. Ab heute werden wir uns täglich abstimmen, am besten abends. Wenn es etwas Dringendes gibt, können Sie uns immer erreichen, die Handynummer haben Sie. Vielen, vielen Dank, Carl, wir sind wirklich froh, dass Sie uns helfen.«

Sie wünschten sich viel Glück für die weitere Arbeit, dann klickte Sopran den Skype-Bildschirm weg.

Er blieb noch eine Weile gedankenverloren sitzen. Es war kurz vor sieben und noch nicht zu spät. Er holte seine Sandalen aus dem Schuhschrank, schlüpfte hinein, steckte den Hausschlüssel in die Hosentasche, ließ die Haustür zufallen und öffnete das Garagentor. Dort hingen in Reih und Glied Laubrechen und Kehrbesen, so wie es sich gehörte.

Er machte sich daran, die Spuren des nächtlichen Unwetters zusammenzukehren, und stopfte alles in einen Plastikmüllsack, den er in der Garage gefunden hatte. Er hörte erst auf, als Garagenzufahrt und Hof so sauber waren wie die vom Nachbarn Eisele.

17

Das Arrangement auf dem Terrassentisch war einladend. Auf einem Brett lagen ein Stück scharfe Schwarzwurst, eine halbe Scheibe Leberkäse und ein Stück sehr aromatischer Bergkäse. Essiggurken, Tomaten, süßer Weißwurstsenf und zwei Brezen machten das Abendmenü komplett.

Sopran ließ sich in den Korbsessel fallen. Als er das erste Pils des Tages in ein Glas füllte, kam er zu dem Entschluss, gleich morgen einen Kasten Weißbier zu holen. Das war ergiebiger und im Sommer auch erfrischender.

Als alles Essbare vertilgt war, schob er Besteck und Geschirr beiseite und legte seine Füße auf den Tisch.

Die letzten Strahlen der Abendsonne streiften gerade noch den Wald auf der anderen Talseite, Weingarten unten lag bereits im Schatten. Erneut zog die Basilika Soprans Blick auf sich.

Morgen gehe ich hin, so viel Zeit habe ich, beschloss er. Ein wenig göttliche Eingebung für seinen Job könnte nicht schaden, einen Versuch war es wert.

Es gab keine Alternative: Die schnellsten und verlässlichsten Informationen würde er nur von Horgers Schwester bekommen. Heute Mittag hatte es nicht geklappt, vielleicht war es gut so, sein Besuch wäre möglicherweise zu spontan gewesen. Sie hätte ihn abwimmeln können, und dann wäre sie als Informationsquelle vorläufig erledigt gewesen. An sie heranzukommen, ohne sie zu verprellen, würde sicher nicht einfach sein. Bei ihrem Bruder hatte es aber funktioniert.

Einen weiteren spontanen Besuch bei ihr verwarf Sopran. Es musste einen anderen Weg geben. Anrufen und vorsichtig herantasten könnte die Lösung sein – und zwar am besten heute Abend noch.

Die Terrasse war nicht der Ort für ein solches Telefonat. Er hob die Füße vom Tisch und ging nach drinnen.

Nach fünfmaligem Klingeln wurde endlich abgehoben. Eine Frauenstimme meldete sich.

»Maria Horger?«

»Guten Abend, Frau Horger, Sie sprechen mit Carl Sopran. Bitte entschuldigen Sie, wenn ich Sie noch so spät und vor allem an so einem Tag anrufe. Ich wollte heute Mittag schon bei Ihnen vorbeikommen, habe Sie aber nicht angetroffen. Ich wohne nicht weit von Ihnen in der Nähe von Ravensburg.«

Er versuchte, so einfühlsam und beruhigend zu wirken, wie er nur konnte. Das war seine große Chance. Maria Horger hatte noch nicht aufgelegt.

»Ich bin nicht von der Polizei oder jemand, der Ihnen etwas entlocken will. Ich habe gestern Vormittag noch ein sehr nettes Gespräch mit Ihrem Bruder geführt und bin schockiert, was heute passiert ist. Unsere Unterhaltung war sehr persönlich, niemand weiß etwas davon. Ich möchte zuerst mit Ihnen darüber reden.«

»Wer sind Sie, sagten Sie?«, fragte Maria Horger unsicher.

»Carl Sopran ist mein Name. Kennen Sie einen Otto Forselius, Frau Horger?«

»Otto?« Ihre bisher eher leise Stimme wurde plötzlich lauter und klang sichtlich überrascht. »Das ist aber lange her. Um was geht es eigentlich?«

»Ich habe mit Ihrem Bruder über Otto Forselius gesprochen, der seit vier Wochen spurlos verschwunden ist. Ottos Familie, die ich gut kenne«, er war gezwungen zu flunkern, »hat mich gebeten, mit Ihrem Bruder Kontakt aufzunehmen. Und dann ist dieses schreckliche Unglück passiert. Noch mal, Frau Horger, ich habe noch mit niemandem darüber gesprochen. Ich möchte zuerst mit Ihnen reden. Darf ich Sie morgen treffen?«

Die Pause war lang.

»Hallo, sind Sie noch am Apparat?«

»Ja, ich bin noch da. Ich verstehe das alles nicht. Wie haben Sie sich das mit dem Treffen denn vorgestellt?«

Es galt, schnell zuzugreifen.

»Kann ich Sie morgen Mittag zum Essen oder am Nachmittag zum Kaffee einladen?«

Das mit dem Kaffee am Nachmittag war ein Fehler, dachte Sopran. Er wollte die Sache eigentlich früher erledigt haben.

»Eines sage ich Ihnen aber gleich: Allein treffe ich mich nicht mit Ihnen. Ich mache das nur, wenn mein Partner mitkommt.«

Sopran war kurzzeitig überrascht, stimmte dann aber zu. Vielleicht war es sogar gut. Es konnte der Vertrauensbildung dienen.

»Gern. Wo können wir uns denn zum Mittagessen treffen?«, fragte er. »Ich kenne mich in Bad Waldsee nicht aus.«

Maria Horger schien zu überlegen. »Am Stadtsee«, sagte sie schließlich. »Da gibt es an der Uferpromenade einen Italiener mit einer schönen Terrasse.«

»Wäre Ihnen um halb eins recht?«

»Einverstanden.«

Sopran gab ihr seine beiden Telefonnummern, für alle Fälle.

»Vielen Dank, Frau Horger, dann bis morgen Mittag. Ich freue mich, Sie und Ihren Partner kennenzulernen. Einen schönen Abend noch.«

Da fiel ihm ein, dass er vergessen hatte, seine Anteilnahme zu bekunden. Doch Maria Horger schien ihm dieses Versäumnis nicht übel genommen zu haben.

Sein Kopf dröhnte gehörig. Es war ein ereignisreicher Tag gewesen. Die Konzentration, seine Gedanken einigermaßen zu sortieren, brachte er nicht mehr auf. Er schaltete das Notebook aus. Marietta hatte ihm eine WhatsApp-Nachricht gesendet.

»Hallo, Carl, ich habe deine Mail gelesen. Was soll ich dazu sagen? Wenn du glaubst, dass du es machen möchtest, dann tu es. Mir ist es sogar lieber, als wenn du während meiner Abwesenheit herumhängst. Aber denke an unsere Vereinbarung, keine Dummheiten! Klar? LG Marietta.«

Er wusste nicht, wie lange der Kongress dauerte und wann sie ihre Tour in Richtung Kanada startete. Er war einfach nur müde und froh, dass sie beruhigt war.

»Sorry, Marietta, ich bin zu müde, um zu antworten«, flüsterte er und schaltete das Handy aus.

Mit einer Flasche Mineralwasser, die er aus dem Kühlschrank geholt hatte, setzte er sich vor den Fernseher und schaltete die Spätnachrichten ein.

18

Die leere Tasche war unter dem Bett verstaut. Das Zimmer roch muffig, und es war stickig hier drin. Er war froh, wenn er es nicht mehr brauchte. Die Fenster konnte er abends nicht öffnen, die Schnaken würden ihn die ganze Nacht terrorisieren. Hätte diese Bude nicht die hässliche Tapete aus dem vorigen Jahrhundert gehabt, sondern weiße Wände, hätte er die Flecken von den erschlagenen Viechern an den Wänden zählen können. Viele davon wären blutig gewesen, sein Blut, er hasste Blut, er hatte Angst davor.

Durch das Fenster konnte er die Mondsichel sehen. Sie war nach links offen – Neumond. Tante Isi hatte sich auch immer nach dem Mond gerichtet, wenn sie im Garten etwas pflanzte oder wenn die Haare geschnitten werden sollten, das hatte er verinnerlicht.

Die Zeit des Neumonds sollte man nutzen, sich von Dingen zu verabschieden, die man hinter sich lassen möchte: Das hatte er getan, vor vier Wochen war Neumond gewesen, in Finnland sah er genauso aus wie hier und heute.

Noch einmal vier Wochen konnte und wollte er nicht warten. Es musste alles schneller gehen. Was hatte er übersehen?

Mit der rechten Hand schob er den Lampenschirm der Deckenleuchte an, sie pendelte am Kabel hin und her und warf Schatten von einer Wand zur anderen. Er ließ sie auspendeln, schob sie erneut an und zählte die Schwingungen bis zum Stillstand. Es waren einundsiebzig.

Er musste weiter nachdenken, er kam nicht dahinter, woher diese Störung so plötzlich gekommen war. Sie musste beseitigt werden.

Das Zimmer maß sieben Schritte zur einen und sieben Schritte zur anderen Wand, es war quadratisch. Die Rautenmuster der Tapete musste er noch zählen, bevor alles zu Ende war. Dazu würde er Zeit brauchen, morgen vielleicht könnte er es tun.

Er öffnete die Tischschublade, holte das Buch heraus und schlug Seite siebenundzwanzig auf. Von der letzten Strophe des Gedichts hatte er die drei vorletzten Zeilen gelb markiert:

Beim Tageslicht drunt' im Kellerloch
Der Tote malt mit weißer Hand
Ein grinsend Schweigen an die Wand.

19

Carl Sopran war erleichtert, dass er endlich traumlos geschlafen hatte. Er blieb noch eine Weile liegen – wer konnte das schon an einem gewöhnlichen Dienstagmorgen um halb acht – und ließ den gestrigen Tag Revue passieren.

Dass er noch nicht wusste, wie Horger gestorben war, ließ ihm einfach keine Ruhe. Das würde er hoffentlich bald von dessen Schwester erfahren. Er war überrascht gewesen, dass sie heute so einfach Zeit für ein Mittagessen mit ihm hatte. Wenn Horger außer ihr und seinen Söhnen keine weiteren Angehörigen mehr hatte, sollte es doch nach seinem plötzlichen Tod eine Menge zu organisieren geben.

Aber warum zerbrach er sich darüber den Kopf? Er konnte froh sein, dass sie Zeit hatte und er so schnell wie möglich an die Informationen kam, die er dringend brauchte.

Dann fiel es ihm ein: die Zeitung!

Er sprang aus dem Bett, lief barfuß und nur mit Boxershorts bekleidet nach unten und nahm den Schlüsselbund von der Garderobenablage. Vorsichtig lugte er aus der Haustür, es war niemand zu sehen.

Er schlüpfte hinaus, holte die Zeitung, die halb im Briefkasten steckte, heraus und drückte die Tür hinter sich zu.

In Küche und Wohnzimmer zog er die Rollos hoch und breitete noch im Stehen die Zeitung auf dem Esstisch aus. Wenn, dann musste im Lokalteil etwas zu finden sein.

Und so war es, er brauchte nicht lange zu suchen. Die Schlagzeile sprang ihn förmlich an.

»Holzfabrikant tot aufgefunden«.

Hastig überflog er den Artikel. Georg H., ein passionierter Jäger – jeder in der Gegend, der ihn kannte, musste wissen, um wen sich handelte –, sei in seinem Revier tot aufgefunden worden. Über die Todesursache könne man noch nichts Genaues sagen, die Polizei ermittle noch. Fest stehe aber, dass es in der Nacht von Sonntag auf Montag passiert sein musste, denn der Unternehmer sei am Montagvormittag nicht wie gewohnt in seinem Büro erschienen, auch zu Hause sei er nicht anzutreffen gewesen. Da seine Angehörigen gewusst hatten, dass er den Sonntagabend in der Regel in seinem Jagdrevier verbrachte, habe man sich auf die Suche gemacht.

Mehr gab der Artikel nicht her. Die ganze Sache war zu frisch und zeigte auch, dass die Polizei noch sehr sparsam mit Informationen umging.

Es war anzunehmen, dass es eine ganze Reihe von Ungereimtheiten gab, das war Sopran klar. Er musste für sich schauen, was er herausfinden konnte.

Er holte sein Handy aus dem Ruhemodus und schrieb Marietta eine schnelle Nachricht:

»Hallo, Schatz, sorry, dass ich mich gestern nicht mehr gemeldet habe. Es ist alles in Ordnung. Ich bin gerade mit der Holzsache beschäftigt, zu der Kari aus Finnland Informationen braucht. Es war tatsächlich Zeit, dass ich wieder was einigermaßen Vernünftiges zu tun bekomme. Ist der Kongress schon zu Ende? Ab wann macht ihr eure Reise nach Kanada? Mach's gut!«

Er stand noch immer in seinen Boxershorts herum und stellte sich die existenzielle Frage: Frühstück zu Hause oder im Café?, als das Festnetztelefon klingelte. Jetzt, um diese Zeit?

Die Nummer auf dem Display kam ihm bekannt vor.

»Carl Sopran.«

»Guten Morgen, Herr Sopran, Maria Horger hier.«

»Ja, guten Morgen.«

»Gut, dass ich Sie erreiche. Das mit dem Essen heute Mittag geht leider nicht.«

Er hatte es geahnt, es wäre ja auch zu schön gewesen, wenn es mit dem spontanen Treffen geklappt hätte.

»Wir haben heute doch noch so viel zu erledigen, können Sie am Vormittag schon kommen?«

Sopran atmete hörbar aus – was hatte er für ein Glück. »Gern, wollen wir uns in einem Café treffen?«, fragte er. »Ich kann gleich losfahren und Sie abholen, Ihren Partner natürlich auch.«

Maria Horger beschrieb ihm den Weg zu einem Supermarkt mit einem Bäckereicafé ganz in ihrer Nähe. Sopran versprach, in einer halben Stunde dort zu sein.

Im Schnelldurchgang putzte er sich die Zähne und machte sich mit Seife und Deo leidlich frisch. Rasieren war nicht mehr drin, aber unrasiert waren mittlerweile sogar Fernsehmoderatoren.

Er holte ein gebügeltes rotes Poloshirt aus dem Schrank und schlüpfte in eine dunkelblaue Sommerhose. So sah er sportlich, aber seriös aus.

Mit dem Golf schoss er etwas zu schnell aus der Einfahrt und musste sofort scharf bremsen, weil Frau Eisele ihrerseits aus der Nachbargarage kam und sie beide gleichzeitig auf die Straße abbiegen wollten. Sopran winkte ihr entschuldigend zu und ließ ihr die Vorfahrt.

Bis Bad Waldsee benötigte er genau die knapp zwanzig Minuten, die er eingeplant hatte. Der Treffpunkt war der Supermarkt am Kreisverkehr, auf dessen Parkplatz er gestern schon gehalten hatte.

Auf der Rückseite des Geschäfts fand er einen Parkplatz im Baumschatten. In einer Nische vor dem Eingang standen auf einem Holzpodest unter aufgespannten Sonnenschirmen ein paar Tische und Stühle, es war die Nordseite, und auch dort war es schattig.

Bereits beim Vorbeifahren hatte er aus dem Augenwinkel an einem der Tische ein Paar wahrgenommen. Den Autoschlüssel lässig in der Hand haltend, ging er auf sie zu.

»Frau Horger?«, fragte er, als er sich genähert hatte.

Sie waren es. Maria Horger nickte ihm zu, und der Mann neben ihr stemmte sich aus seinem Stuhl.

Sopran war erneut mit der Erkenntnis konfrontiert, die ihn stets dann überkam, wenn er Menschen zum ersten Mal traf, mit denen er telefoniert, die er aber nie zuvor gesehen hatte: Er hatte sich ein ganz anderes Bild von Maria Horger gemacht. Er hatte etwas Ländliches, Bäuerliches erwartet. Warum, konnte er nicht sagen.

Laut ihrem Bruder war Maria Horger älter als er. Das war auch nicht zu übersehen, aber was sie daraus machte, überraschte Sopran. In ihrem dunkelblauen Sommerkleid – wenn sie Trauer trug, dann wenigstens nicht Schwarz – wirkte sie genauso hager wie ihr Bruder. Sopran empfand sie als zierlich. Ihre schlohweißen Haare waren zu einem eleganten Pagenschnitt geformt, und ihr längliches Gesicht erinnerte ihn ebenso an ihren Bruder. Sie war dezent geschminkt, nur eine Spur eines Lippenstifts war zu erkennen.

Ihr Begleiter war der glatte Gegenentwurf. Wie konnten die beiden nur zusammenpassen? Er trug einen ordentlichen Bauch vor sich her, der ihm über die graue Hose hing, und das karierte kurzärmelige Hemd war ihm an der linken Seite aus der Hose gerutscht. Aus dem offenen Hemdkragen lugten graue Brusthaare hervor, von einem Hals war nichts zu sehen, das Doppelkinn verbarg ihn. Mit seinem Haarkranz aus wenigen grauen Haaren und den klaren Augen sah er nicht unsympathisch, sogar freundlich und gewinnend aus. Er war einfach nur zu dick.

Maria Horger war sitzen geblieben. Sopran stellte sich vor und schüttelte ihr vorsichtig die feingliedrige Hand – er hatte Angst, ihr die Finger zu brechen.

»Das ist mein Partner.«

»Franz Reichmann«, ergänzte der Mann.

Sopran reichte ihm ebenfalls die Hand, dabei musste er nicht so vorsichtig sein. Reichmann schob sich anschließend zurück in den für ihn definitiv zu engen Stuhl. Die beiden hatten noch nichts vor sich auf dem Tisch stehen.

»Ich vermute, hier ist Selbstbedienung, was darf ich Ihnen holen?«, fragte Sopran charmant und setzte ein einstudiertes Lächeln auf. »Kaffee für Sie beide und was dazu?«

Maria Horger sah Reichmann an. »Für uns einen Kaffee, ich komme mit.«

Sie machte Anstalten, aufzustehen, aber Sopran winkte ab. Er musste die beiden für sich gewinnen, ohne es zu übertreiben. Er ging nach drinnen an die Theke und traf zuerst seine Frühstückauswahl. Sie fiel auf einen belegten Wecken mit Salami und ein Buttercroissant. Als er Kaffee bestellte, war die Frage: große oder kleine Tassen? Er bestellte drei große. Auf den Teller mit Wecken und Croissant legte er noch drei Kaffeelöffel und ein paar Portionen Kaffeesahne und Zucker in Papiertütchen und trug ihn zuerst hinaus an den Tisch. Anschließend holte er die Kaffeetassen.

Während er etwas Zucker und eine Portion Sahne in seinen Kaffee rührte, bemerkte er, wie Maria Horger ihn musterte. Sopran wollte gerade ansetzten, da kam sie ihm zuvor:

»Herr Sopran, erzählen Sie uns doch bitte, warum wir hier sitzen. Wir haben es gerade nicht leicht und viel um die Ohren, wie Sie sich vorstellen können, aber gestern am Telefon klang es so, als hätten Sie ein Anliegen, das wir uns anhören sollten. Warum sind Sie am Sonntag bei Georg gewesen?«

Sie sprach zwar mit erkennbar schwäbischem Zungenschlag, drückte sich aber durchaus gewählt aus. Sopran wollte sie später nach ihrem früheren Beruf fragen, das interessierte ihn.

»Wussten Sie von der E-Mail, die Otto Forselius Ihrem Bruder vor vier Wochen geschickt hat?«

Beide sahen ihn verständnislos an. Also musste er mit nüchternem Magen zum wiederholten Mal viel erzählen und erklären. Der Kaffee war sowieso noch zu heiß und konnte warten.

Er nahm ein paar Bissen von seinem Wecken. Nachdem er zu Ende gekaut hatte, fing er an. Die beiden waren aufmerksame Zuhörer, sie unterbrachen ihn kein einziges Mal. Auf sie wirkte die Geschichte eher verstörend als faszinierend, das spürte Sopran. Dass Georg Horger ihm von den Aktivitäten seines Sohnes erzählt hatte, verschwieg er nicht.

»Glauben Sie mir, Frau Horger, ich will keinesfalls in Ihrer Familiengeschichte herumwühlen, sondern nur erledigen, worum mich die Kanzlei in Finnland gebeten hat. Ich möchte herausfinden, warum Otto Forselius verschwunden ist und was es mit der E-Mail an Ihren Bruder auf sich hat. Er konnte und kann mir leider nicht mehr helfen, das tut mir sehr leid, glauben Sie mir. Ich bin ausschließlich daran interessiert, im Fall Forselius weiterzukommen, aber die Verbindung zu Ihrem Bruder kann ich einfach nicht ignorieren. Ich würde mich freuen, wenn Sie das verstehen.«

Die Sache lief in eine Richtung, mit der umzugehen er erst lernen musste. Er konnte es nicht mehr länger verdrängen: Es war höchste Zeit, sich einzugestehen, dass er hier nicht als journalistischer Ermittler, sondern als Hobbydetektiv unterwegs war. Und natürlich wühlte er in den Lebensgeschichten und Privatangelegenheiten dieser Leute herum.

Er kam sich wahrlich schäbig vor, der Schwester eines tragisch Verstorbenen gegenüberzusitzen und von ihr zu erwarten, dass sie Verständnis dafür hatte, dass es ausschließlich um seine Interessen an dem Fall ging. Er hoffte, dass Maria Horger dies nicht so sah.

»Und Sie glauben, Georgs Tod hat mit der Sache zu tun?«, fragte sie.

»Ich weiß es nicht, noch nicht«, gab Sopran zu.

Er steckte in der Sackgasse, da musste er schleunigst heraus. Den belegten Wecken hatte er inzwischen verzehrt, das Croissant lag noch auf dem Teller. Um Zeit zu gewinnen, brach er ein Stück davon ab.

»Natürlich mache ich mir Gedanken, ob es Zusammenhänge gibt.« Langsam schob er das Stück in den Mund.

»Und wie soll ich Ihnen da helfen können?«

Während Sopran kaute, fiel ihm auf, dass sich Maria Horgers Trauer in Grenzen zu halten schien. Entweder hatte sie ihre Gefühle gut im Griff, oder der Tod ihres Bruders war für sie kein Anlass zu großer Trauer.

»Vielleicht, wenn Sie mir noch ein paar Fragen beantworten können. Es gibt drei Zeitpunkte in den vergangenen vierzig Jahren, zu denen Otto Forselius mit Ihrem Bruder Kontakt hatte. Der letzte und aktuellste ist besagte E-Mail von vor vier Wochen. Sie ist am wenigsten ergiebig. Der erste ist ihre gemeinsame Studienzeit. Es gibt niemanden mehr, den ich danach fragen könnte. Erinnern Sie sich noch an Freunde, die die beiden damals hatten? An irgendeinen Namen oder einen Schulkameraden Ihres Bruders? Haben Sie damals auch noch bei Ihren Eltern zu Hause gewohnt?«

»Nein, ich war zu der Zeit schon lange mit der Schule fertig, ich habe in einer Steuerkanzlei in Friedrichshafen gearbeitet und hatte dort schon eine eigene Wohnung. Ob ich noch irgendjemanden kenne? Nach so langer Zeit? Sie fragen mich was.« Maria Horger dachte nach. »Ich weiß noch, dass sie öfter am See waren, wenn Otto da war. Es gab da einen Kommilitonen, fragen Sie mich nicht, wie der hieß, der hatte ein Segelboot irgendwo am Bodensee. Manchmal sind sie auch über Nacht oder übers Wochenende dortgeblieben, das weiß ich noch gut, weil Papa gar nicht damit einverstanden war. Ich sollte ihnen sogar mal nachspionieren, aber das habe ich natürlich nicht gemacht.« Sie schmunzelte ein wenig. »Ich kann mich nicht erinnern, wer noch alles dazugehörte. Ich hätte auch gar keinen von denen gekannt. Aber warten Sie mal ...« Sie zögerte kurz. »... fragen Sie doch den Karl-Heinz Haller, ich glaube, der wohnt noch in Konstanz. Der hat damals mit Georg das Abitur gemacht, aber dann in Konstanz studiert. Die waren auch öfter zusammen, aber nicht beim Segeln, soviel ich weiß.«

Sopran notierte sich den Namen und die Stadt Konstanz in das kleine Notizbuch, das er aus dem Auto mitgebracht hatte.

»Was wollten Sie sonst noch wissen?«, fragte Maria Horger ungeduldig.

»Es gab noch eine Kontaktphase, aber die beiden haben sich damals nicht persönlich getroffen. Das war vor ungefähr sechs Jahren.«

»Ach, Sie meinen die Geschichte mit der Firmenerweiterung und der Finanzierung? Hören Sie mir bloß damit auf! Georg hat immer behauptet, Otto hätte ihn beschissen.«

»Warum denn das?« Sopran wurde hellhörig.

»Ich weiß ja nicht, ob es wirklich so war. Georg wollte danach nicht mehr darüber reden. Das Sägewerk lief damals schon seit Jahren nicht mehr gut. Georg wollte die Firma ausbauen und erweitern, Sie haben ja gesehen, was er daraus gemacht hat.«

Sie hörte plötzlich auf zu reden und starrte kurz ins Leere.

»Ich weiß gar nicht, was da jetzt draus werden soll. Er wollte, dass Otto einsteigt und in die Erweiterung investiert, aber das hat nicht geklappt. Ob und wie Otto ihn da beschissen haben soll, kann ich nicht sagen, er hat ja nie mit mir darüber geredet. Er hat dann die Wiese beim Sägewerk verkauft, auf der die Siedlung steht, und einen Haufen Geld bei der Bank aufgenommen. Soviel ich aber in der letzten Zeit mitbekommen habe, ist die Firma ganz gut gelaufen. Meine Güte, wer soll sich darum kümmern?« Sie stand auf. »Komm, Franz, wir müssen. Tut uns leid, Herr Sopran, und danke für den Kaffee. Ich wünsche Ihnen alles Gute.«

»Eine Frage habe ich noch: Wo hatte Ihr Bruder sein Jagdrevier?«

»Im Altdorfer Wald. Fahren Sie nach Hause, Richtung Ravensburg?«

»Ja.« Dass er vorhatte, umgehend nach Konstanz zu fahren, mussten die beiden nicht wissen.

»Dann kommen Sie direkt daran vorbei. Nach Enzisreute fährt man ein ganzes Stück durch den Wald, bevor die Bundesstraße zweispurig wird. Das Revier ist auf der rechten Seite der Straße, da gibt es zwei kleine Weiher im Wald, die gehören dazu.«

Franz hievte sich aus seinem Stuhl. Sopran schüttelte beiden die Hände und bedankte sich für ihre Hilfe.

***

Der Wagen stand nur noch zur Hälfte im Schatten, und im Wageninneren war es drückend heiß. Sopran ließ alle Fenster herunter, öffnete die Türen und stellte sich für ein paar Minuten vor das Auto in den verbliebenen Schatten.

Er rief im Handy das Telefonbuch von Konstanz auf und gab den Namen ein: Haller, Karl-Heinz. Vier Einträge wurden angezeigt, darunter ein Haller, K.-H.

Er wollte keine Zeit verlieren und auf der Stelle losfahren, entschied sich aber, vorher noch bei Haller anzurufen. Das Risiko, ihn nicht anzutreffen, war ihm zu groß.

Er nutzte die angebotene Anruffunktion und zählte anschließend die Klingeltöne. Nach dem fünften wurde abgenommen.

»Haller?«

»Spreche ich mit Karl-Heinz Haller? Ich bin Carl Sopran aus Berg bei Ravensburg.«

»Ja, hier ist Haller, worum geht es?«

»Ich bin Journalist und arbeite an einer Geschichte, mit der ich seit gestern nicht mehr weiterkomme, weil derjenige, der mir helfen konnte, überraschend verstorben ist.«

»Was für eine Geschichte soll das sein? Wer ist gestorben?«

Haller hatte blitzschnell reagiert. Sopran musste auf der Hut sein.

»Können Sie sich noch an Georg Horger und seinen Studienkollegen aus Finnland erinnern? Um die beiden handelt es sich. Georg Horger ist gestern gestorben.«

»Oh … gestern? Ich … so was. Wir haben uns schon ewig

aus den Augen verloren, Georg und ich, meine ich. Und was wollen Sie von mir?«

»Das möchte ich nicht am Telefon besprechen. Könnte ich Sie heute Nachmittag kurzfristig treffen? Ich bin zufällig in einer anderen Sache in der Nähe und könnte es verbinden.«

Es herrschte vorübergehend Stille am anderen Ende. Sopran hoffte, Haller neugierig gemacht zu haben.

»Hmh, ja, ich muss mal überlegen … gut, wann wollen Sie vorbeikommen?«

Sopran hatte keine Ahnung, wie lange er von Bad Waldsee bis nach Konstanz brauchte. »So gegen vierzehn Uhr?« Er war sicher, damit genügend Zeitreserven zu haben.

»Gut, ich bin zu Hause, meine Adresse haben Sie?«

»Ja, die habe ich, vielen Dank und bis später. Auf Wiederhören.«

Sopran war zufrieden. Der Tag versprach produktiv zu werden.

***

Das Auto hatte sich nicht wesentlich abgekühlt. Es half nichts, sein Hinterteil musste das heiße Sitzpolster ertragen. Er gab die Adresse aus der Telefon-App ins Navi ein, das ihm aktuell eindreiviertel Stunden Fahrtzeit ausspuckte, wenn er die Fähre von Meersburg nach Konstanz nahm. Das wollte er tun, diese Ecke des Bodensees kannte er sowieso noch nicht.

Die Sonne war hinter ein paar Wolken verschwunden, aber nach Gewitter sah es noch nicht aus. Er stellte die Klimaautomatik auf achtzehn Grad und hatte bald eine angenehme Temperatur im Auto. Ihm blieb sogar noch genügend Zeit, zu Hause vorbeizufahren und etwas zu trinken mitzunehmen.

Als er das von Maria Horger beschriebene Waldstück erreicht hatte, fiel ihm ein, dass dort gestern ein Polizeifahrzeug gestanden hatte, als er von seinem ersten vergeblichen Besuch bei ihr zurückgefahren war. Er versuchte, sich an die Stelle zu erinnern, aber es gingen zu viele Forstwege von der Hauptstraße ab. Mit Google Maps würde er später die beiden Weiher in Horgers Revier lokalisieren können. Es würde ein langer Tag werden, denn er beschloss spontan, nach seinem Besuch in Konstanz umgehend noch einmal hierherzukommen und nach den Weihern zu suchen.

Die Fahrt entlang des Bodensees war ein Genuss. Sopran stellte erneut fest, was er bisher alles versäumt hatte.

Aus den Schweizer Alpen zogen allmählich doch dunklere Wolken auf, die verdächtig nach Gewitter aussahen. Das Navi führte ihn in Meersburg direkt an den Anleger der Autofähre nach Konstanz.

Die Fahrt die Serpentinen hinab zur Fähre präsentierte ein Postkartenmotiv nach dem anderen. Unten angekommen, hatte er das Gefühl, an einem oberitalienischen See gelandet zu sein: mediterranes Flair überall, Palmen, dahinter der See und flanierende Urlauber.

Die Autoschlange an der Zufahrt zur Fähre trübte seine Stimmung etwas. Die Autos füllten bereits drei Reihen, er musste sich in die vierte einordnen. Er hatte keine Ahnung, wie viel von seiner Zeitreserve die Warterei in Anspruch nehmen würde, aber er hatte eine ganze Stunde Zeit.

Eine halbe Stunde später war er auf der Fähre, stieg aus dem Auto, ging ganz nach vorn und stellte sich neben eine Gruppe Radfahrer, die zuerst auf die Fähre gelassen worden war. Dort ließ er sich den leichten Fahrtwind ins Gesicht wehen.

Aus den Bergen zog es immer mehr zu, eine gewaltige Wolkenwand baute sich im Süden auf und drängte sich vor die Sonne. Das Wasser bekam plötzlich eine andere Farbe. Bei der Abfahrt vor ein paar Minuten war es noch ins Grünliche gegangen, nun war es grau geworden.

Als Sopran die Fähre verlassen hatte, zeigte das Navi weniger als zehn Minuten Fahrzeit bis zu Hallers Adresse an. Die

Gegend sah durchaus wohlhabend aus. Sopran fuhr in eine Wohnstraße, in den teils großen Gärten standen Laub- und Nadelbäume – das war jahrzehntealter und gepflegter Baumbestand.

Er hatte keine Ahnung von Architektur. Es gab viele schon ältere, aber sehr gepflegte und renovierte Häuser in Hallers Straße. Dazwischen war ein moderneres Designerwohnhaus mit viel Glas zu sehen. Es hätte ihn nicht gewundert, wenn der eine oder andere Bewohner einen Swimmingpool im Garten gehabt hätte, aber das konnte man von der Straße aus natürlich nicht sehen.

Hallers Haus war kaum einsehbar. Eine mannshohe Hecke schirmte es von neugierigen Blicken ab, und die beiden schmiedeeisernen Gartentore, ein kleines und ein großes, boten beim Vorbeifahren nur einen flüchtigen Einblick.

Sopran parkte sein Auto ein paar Meter weiter. Rechts neben dem kleinen Gartentor gab es in einer Mauersäule eine Sprechanlage, darunter einen Klingelknopf und ein Messingschild mit dem Namen »Haller«.

Sopran drückte die Klingel aus Versehen etwas zu lange.

Aus der Sprechanlage tönte es blechern: »Sind Sie schon da?«

»Ja, ich bin's, Carl Sopran.«

Der Türöffner summte, und Sopran drückte das Tor auf.

Die Hecke war wirklich ein guter Sichtschutz. Bis zum Hauseingang hatte er nur ein paar Meter auf einem gepflasterten Weg zu gehen, da stand Haller schon an der Tür. Sopran hatte keine Zeit, Haus und Garten auch nur ein paar Sekunden zu begutachten, er konzentrierte sich, um sich schnell ein Bild von seinem Gegenüber zu machen.

»Haller«, stellte dieser sich vor, während Sopran erst drei Treppenstufen hinaufsteigen musste, um ihm die Hand geben zu können.

Haller war einen halben Kopf größer als er und hatte einen leichten, altersgemäßen Bauchansatz.

Größere Männer irritierten Sopran immer ein wenig, und bei diesem Mann hatte er ein eigenartiges Gefühl, das er noch nicht einordnen konnte.

Haller musste ungefähr so alt wie Horger sein, wenn sie zusammen Abitur gemacht hatten. Er strahlte Gelassenheit und Selbstsicherheit aus. Georg Horger war Unternehmer gewesen, aber Haller ordnete Sopran in die Kategorie Bankenvorstand oder Vorsitzender eines exklusiven Yachtclubs ein.

Haller trug an diesem mittlerweile schwülen Sommertag zur weinroten Sommerhose und zu den gleichfarbigen Ledermokassins ein langärmliges weißes Hemd mit bordeauxrotem Krawattenschal, garantiert aus Seide. Es war aber nicht das elegante, vornehme Outfit, das Sopran in erster Linie faszinierte, es war Hallers Glatze. Er hatte kein Haar auf dem Kopf, und sein Kopf glänzte wie poliert. Die Brille mit der dünnen schwarzen Fassung verlieh dem ovalen Gesicht etwas Einschüchterndes. Haller war sicher nicht der Typ, mit dem man warm wurde.

Das könnte schwierig werden, dachte Sopran, als Haller ihn ins Haus bat.

Es musste das Arbeitszimmer sein, in das er geführt wurde. Es erinnerte ihn an Horgers Wohnbüro mit den Dutzenden von Geweihen an der Wand. Nur hier waren die Wände nicht mit Geweihen vollgehängt, es waren so gut wie keine Wände zu sehen. Das Mobiliar bestand, außer einer schneeweißen Sitzgruppe und einem Schreibtisch, fast ausschließlich aus Bücherregalen. Der ganze Raum war von unten bis oben voll mit Büchern.

Haller hatte offensichtlich bemerkt, dass Sopran fasziniert um sich blickte. »Wir nehmen das Arbeitszimmer meiner Frau, meins ist oben.«

»Darf ich Sie fragen, was Ihre Frau macht?«

Haller deutete auf die Sitzgruppe. Sopran wählte den Polstersessel und hatte Angst, ihn zu beschmutzen. Haller nahm das Zweisitzer-Sofa.

»Dürfen Sie. Sie lehrt Geschichte hier an der Uni. Und Sie, was machen Sie? Das habe ich mich schon seit Ihrem Anruf gefragt.«

Sopran hatte es kommen sehen. Noch einmal würde er die ganze Story erzählen müssen.

»Nein, zuerst sagen Sie mir, was mit Georg passiert ist«, fügte Haller hinzu.

»Er hat sich umgebracht.«

»Nein!«

»Leider ja, er hat sich gestern in seinem Jagdrevier erhängt.«

Zu Soprans Überraschung stand Haller wortlos auf und verließ das Zimmer.

Nach kurzer Zeit kam er mit einer Flasche Mineralwasser und zwei Gläsern zurück. Er stellte die Gläser ab und schenkte beiden ein, dann setzte er sich.

»Ich habe heute Vormittag seine Schwester getroffen ...«

»Maria?«, fuhr Haller dazwischen.

»... ja, und sie war so nett, mir zu sagen, dass Sie mir eventuell weiterhelfen könnten. Ich glaube, Sie möchten nun gern hören, was ich von Ihnen will.«

Sopran entschied sich für eine verkürzte Fassung. Er schilderte Haller die Geschichte mit Forselius und der Mail. Wie er zu dem Auftrag gekommen war, dazu etwas herauszufinden. Dass er dazu auch Informationen zur gemeinsamen Studienzeit der beiden benötigte, die er von Horger nun nicht mehr bekommen könne. Er erwähnte nicht, dass er ihn schon getroffen und mit ihm gesprochen hatte.

»Was es Ihnen bringen soll, in der Zeit vor ...«, Haller dachte kurz nach ... vierzig Jahren nachzuforschen, weiß ich nicht, aber das ist Ihre Sache. Unsere Wege haben sich nach dem Abitur eigentlich getrennt. Georg ist nach München gegangen und hat dort Forstwirtschaft studiert, ich bin gleich zur Bundeswehr eingezogen worden, damals gab es noch den Pflichtwehrdienst. Warum Georg nicht beim Bund war, kann ich gar nicht mehr sagen. Ich kann mich nicht erinnern, dass er den Kriegsdienst verweigert hat. Wir haben uns damals selten, höchstens mal am Wochenende, gesehen. Sie haben recht, dieser Finne war öfter bei ihm zu Besuch. Kann es sein, dass der auch zusammen mit Georg Forstwirtschaft studiert hat?«

»Ja«, bestätigte Sopran.

»Jetzt strapazieren Sie mein Gedächtnis aber. Was wollten Sie eigentlich von mir wissen?«

»Es muss eine Clique gegeben haben, die sich öfter am Bodensee zum Segeln getroffen hat. Sie seien da aber nicht dabei gewesen, erzählte mir Frau Horger. Ich möchte herausfinden, wer außer Georg und Otto noch dazugehört hat. Können Sie sich noch erinnern? Vielleicht lassen sich davon noch ein paar Leute auftreiben?«

»Hm ... das stimmt, diese Clique, wie Sie es nennen, hat es gegeben. Die Leute haben aber ständig gewechselt. Otto, dieser Finne, und der andere, dem das Segelboot gehört hat, waren der harte Kern. Meistens hatten sie Mädchen im Schlepptau. Für mich war das nichts – nicht wegen der Mädchen –, ich habe das Segeln nicht vertragen. Einmal bin ich mitgesegelt, mir war die ganze Zeit schlecht. Obwohl ich seit ewigen Zeiten den Bodensee vor der Nase habe, hat es mich nie gereizt.«

Also doch nicht Vorsitzender eines Yachtclubs. Bleibt nur noch der Banker, dachte Sopran.

»Sie sagten gerade, das Segelboot habe dem ›anderen‹ gehört. Der konnte doch nicht wesentlich älter als seine Freunde gewesen sein. Ein Student und schon ein Segelboot? Wissen Sie noch, wie er hieß?«

»Weiß ich nicht mehr ... oder warten Sie ... das Boot hat nicht ihm gehört, vielleicht war es das seiner Eltern.«

Karl-Heinz Haller machte eine Pause und schien nachzudenken.

Sopran wollte ihn nicht stören. Vielleicht grub er doch noch etwas aus seinem Gedächtnis hervor, das ihm weiterhalf.

Haller fuhr mit seiner rechten Hand mehrmals über seine Glatze, als wolle er sie nachpolieren.

»Warten Sie … warten Sie … es ist schon sehr lange her. Sie sind oft in Friedrichshafen gewesen, da war eine Diskothek … jetzt fällt's mir wieder ein, ich war noch einmal dabei. Georg hat damals einen Golf gehabt, mit dem sind wir runtergefahren, der Finne auch. Ich wollte nachts nach Hause, die anderen aber im Boot schlafen. Georg hat mir das Auto zum Heimfahren geliehen. Am nächsten Tag habe ich es zurückgebracht, und dann sind wir gemeinsam nach Hause gefahren. Das war das letzte Mal. Ich konnte sowieso nicht verstehen, was Georg an den anderen beiden fand, mein Fall waren sie nicht.«

Haller lehnte sich zurück und verschränkte die Arme.

»Da waren noch zwei Mädchen dabei. Die eine kannte ich nicht, ich kann mich nicht mehr an sie erinnern. Aber die andere, die … die könnte aus Ravensburg gewesen sein. Die war aber nicht auf unserer Schule, ich kannte sie vom Sehen. Ich glaube, die war jünger als wir, ich erinnere mich wieder. Das ist ja unglaublich: Sie fragen mich nach Sachen von vor vierzig Jahren, die völlig unwichtig sind, und dann erinnere ich mich Stück für Stück an diese Banalitäten. Ja … die war auch da, in der Disco. Ob sie mit denen auf dem Boot geblieben ist, weiß ich nicht mehr. Mit mir ist sie jedenfalls nicht nach Hause gefahren. An ihren Namen erinnere ich mich nicht.«

Im Raum wurde es immer dunkler. Sopran sah durch ein großes geöffnetes Flügelfenster zwischen den Bücherregalen, wie draußen im Garten der Wind durch die Bäume fuhr. Das Gewitter war im Anmarsch.

Haller stand auf, schloss es und lehnte sich mit dem Rücken an das Fensterbrett. »Und … ist etwas dabei gewesen, das Ihnen weiterhilft?«

Eigentlich noch nicht, dachte Sopran und nahm einen Schluck aus seinem Wasserglas. Wenn von Haller nicht mehr kam, würde es schwierig werden. Im Internet würde er kaum etwas finden. Der Name der jungen Frau wäre perfekt gewesen.

Als könne er Gedanken lesen, murmelte Haller halblaut: »Der Name fällt mir einfach nicht mehr ein. Aber wenn ich mich recht erinnere, hatte ihre Familie damals in Ravensburg ein Busunternehmen. Das könnte rauszufinden sein, wenn es das noch gibt.«

Draußen war es mit einem Mal stockdunkel, ein Blitz erhellte das Fenster und ließ Hallers Glatze für den Bruchteil einer Sekunde aufleuchten. Darauf folgte ein mächtiger Donnerschlag, dass die Fensterscheiben klirrten.

Haller drehte sich zum Fenster. In diesem Augenblick begann es heftig gegen die Scheiben zu prasseln. Innerhalb von Sekunden wurden aus Regentropfen Graupel und schließlich kleine Hagelkörner.

Sopran stand auf und stellte sich neben Haller. Beide sahen wortlos zu, wie der Garten in kurzer Zeit weiß wie im Winter wurde. Das Wasser lief in Sturzbächen die Dachrinne herunter, und Blätter fegten durch den Garten.

»Haben Sie Georg Horger seither noch einmal getroffen?«, fragte Sopran.

»Da muss ich nachdenken … Höchstens mal an Allerheiligen, am Grab unserer Eltern. Aber sonst … so gut wie nicht mehr. Ich bin nach dem Studium in Konstanz geblieben.«

»Was haben Sie studiert?« Sopran wollte wissen, ob er Haller vorhin richtig eingeschätzt hatte.

»Betriebswirtschaft. Unsere beiden Söhne führen die Immobilienfirma, ich ziehe mich sukzessive zurück. Herrje, ich muss hernach Maria anrufen, ich kann es einfach nicht glauben. Aufgehängt, warum?«

Das Unwetter ließ nach, es wurde langsam heller. Der Hagel war vorüber, und es regnete nur noch leicht.

Sopran bedankte sich bei Haller, der ihn zur Haustür begleitet hatte, und spurtete durch das Gartentor auf die Straße.

Auf dem Weg zum Auto tappte er in eine Pfütze, sodass ihm das Wasser in die Schuhe lief und die Hose bis zu den Knien nass wurde. Im Auto fuhr er sich durch die nassen Haare und wischte seine Hände an den Hosenbeinen ab.

Er startete den Motor und betätigte die Scheibenwischer vorn und hinten. Im Innenspiegel sah er gerade noch, wie hinter ihm ein weißer BMW abbog und zwischen der Hecke in der Einfahrt verschwand. Dann machte er sich auf den Weg zur Fähre nach Meersburg.

Das Unwetter hatte sich zwar verzogen, aber nach wie vor schoben sich dunkle Wolken über den Himmel. Es hatte merklich abgekühlt. Die Überfahrt war unruhig, die Fähre schaukelte ordentlich. Die meisten Fahrgäste waren in ihren Autos geblieben oder saßen oben im Bistro. Sopran stand allein vorn an Deck und ließ sich den kühlen Fahrtwind um die Nase wehen. Es fröstelte ihn sogar etwas in seinem leichten Poloshirt, aber das störte ihn nicht. Im Gegenteil, es schaffte einen klaren Kopf. Einen klitzekleinen Schritt war er vorangekommen. Er näherte sich der Clique.

Der Gewittersturm hatte auch auf der anderen Seite des Bodensees Spuren hinterlassen. Die Straße war nass, kleine Zweige und grünes Laub bedeckten teilweise die Fahrbahn.

Sopran interessierte es nicht, er behielt seinen sportlichen Fahrstil bei, soweit es die Geschwindigkeitsbeschränkungen und die vielen Lastwagen auf der Strecke zuließen. Ein dunkelblauer Kombi hatte versucht, sich seinem letzten Überholvorgang anzuschließen, hätte aber beinahe einen entgegenkommenden Sprinter übersehen. Danach war er hinter dem Kieslaster verschwunden. Sopran konnte im Rückspiegel verfolgen, wie er immer wieder zum Überholen ansetzte, aber am Gegenverkehr scheiterte.

Der falsche Wagen für sportliches Fahren, dachte er und schnappte sich kurz vor Markdorf noch ein paar weitere Autos.

Er hatte vor, zu Hause noch ein paar Trekkingschuhe einzuladen, bevor er in Horgers Revier fuhr. Mit den leichten und feuchten Sommerschuhen war es nicht ratsam, durch den Wald zu streifen.

Die stickige Wärme des Sommertags hing noch im Haus. Sopran holte die Trekkingschuhe aus dem Keller und schlüpfte in trockene Schuhe. Die Wanderschuhe stellte er in den Kofferraum und fuhr wieder viel zu schnell vom Hof. Auch hier waren die Straßen noch feucht, es lagen aber keine Zweige herum. Er musste nicht schon wieder die Zufahrt fegen.

Ein Blick auf die Uhr, es war kurz vor achtzehn Uhr. Wenn er eine Zigarre zu Hause gehabt hätte, hätte er sich am Abend damit entspannen und in Ruhe die Erkenntnisse des Tages sortieren können.

Im großen Supermarkt gab es einen Zeitschriftenladen mit Tabakwaren. Die hatten sicher keine Regalia Fina, aber wenn er die teuerste Zigarre kaufte, die sie hatten, konnte man sie eventuell sogar rauchen.

Der Laden hatte eine kleine Zigarrenauswahl. Er fand eine für vier Euro achtzig, die nahm er. Nach dem kleinen Schlenker zum Supermarkt machte er sich auf in den Altdorfer Wald.

Die Zufahrt zu Horgers Jagdrevier lag auf der anderen Straßenseite. Der dichte Feierabendverkehr ließ ihm keine Möglichkeit zum Abbiegen. Deshalb musste er einen knappen Kilometer bis Enzisreute weiterfahren und dort an der Tankstelle wenden. Auf den kleinsten Maßstab eingestellt, zeigte ihm das Navi, dass er den fünften Forstweg nehmen müsse, um zu den beiden Weihern zu kommen, die Maria Horger erwähnt hatte.

Das Revier war sicher zu groß, um die Jagdkanzel, an der Horger sich erhängt hatte, auf die Schnelle zu finden. Nur wenn es zufällig noch Spuren von den Ermittlungen oder Markierungen geben sollte, wäre es vielleicht möglich. Dazu müsste er das Gebiet systematisch nach Hochsitzen absuchen. In seinen Augen zu viel Aufwand, nur um die Stelle gesehen zu haben.

Aber nun war er schon mal hier. Ein Waldspaziergang konnte nicht schaden, er hatte heute viel Zeit im Auto verbracht.

In der Zufahrt zum fünften Forstweg stellte er das Auto neben einem Langholzstapel ab und schlüpfte in seine Wanderschuhe. Der Weg führte schnurgerade in den Wald hinein. Auch hier war die Feuchtigkeit noch zu spüren, die Luft war schwülwarm, und in den gekiesten Fahrspuren hatten sich kleine Wasserpfützen gebildet.

Der rege Feierabendverkehr auf der Bundesstraße hinter Sopran wurde immer leiser, je weiter er auf dem Weg in den Wald hineinging. Er bereute es, keine Jacke mitgenommen zu haben, denn die Schnaken versuchten hartnäckig, ihn an den nackten Unterarmen zu stechen. Lange würde er das nicht aushalten.

Den ersten Hochsitz erreichte er schon nach einigen hundert Metern. Er stand direkt rechts neben dem Weg an einer bis weit nach oben ausgeästeten Fichte mit einem mannshohen Holunderstrauch daneben. Wenn man in der Kanzel saß, hatte man vermutlich den Forstweg bis hinaus zur Bundesstraße und in die andere Richtung bis zu einer Wegkreuzung, die Sopran weiter hinten erkennen konnte, im Blick. Das dürfte nicht die Stelle gewesen sein.

Sopran stellte sich unter die Kanzel und blickte sich um. Weder am Boden noch an den Büschen in der näheren Umgebung konnte er irgendwelche Spuren entdecken.

Gute hundert Meter weiter kam er an die Wegkreuzung. Er entschied, geradeaus weiterzugehen. Nach einem großen Fichtenholzstapel machte der Weg eine deutliche Biegung nach links. Die Bäume, vorwiegend Fichten, standen hier nicht sehr dicht. Der Wald war hier erkennbar bewirtschaftet worden.

Durch den lockeren Baumbestand konnte Sopran rechts unterhalb einer Senke Wasser glitzern sehen. Das musste einer der beiden Weiher sein. Er verließ den Forstweg und verfluchte diese Entscheidung bald, denn Brombeergestrüpp, dürre, abgesägte Fichtenäste und sonstiges Buschwerk bekamen seiner schicken Sommerhose nicht gut.

Nach der Senke erreichte er einen kleinen Hügel, dann lag der Weiher unter ihm. Es waren nur ein paar Schritte, und er stand am Ufer.

Linker Hand zog sich ein Schilfgürtel in einem Bogen hinüber zur anderen Seite. Vor ihm lag ein großer verwitterter Ast im Wasser. Der abgestorbene Baum neben ihm, von dem er einmal abgebrochen war, musste ein Baumhaus getragen haben. Die Reste der Bretter hingen teilweise noch in den verbliebenen blattlosen Ästen oder lagen im seichten Wasser.

Es herrschte vollkommene Stille – bis auf das aggressive Sirren der Schnaken, die Sopran einfach nicht in Ruhe lassen wollten.

Von rechts vernahm er das Knacken von Zweigen, konnte es aber nicht einordnen. Ein paar Wasservögel flogen auf, drehten vor ihm eine Schleife und landeten am Schilfgürtel.

Mit wenigen Schritten erklomm Sopran den Hügel und verschaffte sich von hier oben einen Überblick über den Weiher.

Weiter rechts nahm er eine Bewegung zwischen den Bäumen wahr. Am Ufer war jemand unterwegs. Die Sonne stand schon tief, und Sopran musste die flache Hand über die Augen legen, um nicht geblendet zu werden.

Es schien ein Angler zu sein, denn er war grün gekleidet, hatte einen Rucksack auf dem Rücken und trug eine Art Safarihut. Auf die Entfernung war nur zu erkennen, dass er sich gerade über eine lange Tasche beugte, um etwas herauszuholen, vermutlich eine Angelrute.

Hier am Wasser waren die Schnaken noch lästiger. Sopran hatte genug davon und bahnte sich den Weg zurück durch das Gestrüpp. Noch einmal drehte er sich zum Weiher um, der Angler war nicht mehr zu sehen.

Da es zunehmend dämmrig wurde, wählte er denselben Weg zurück zum Auto. Er musste immer wieder daran denken, was

Horger wohl so belastet und getrieben haben mochte, dass er sich in seinem Revier, vielleicht sogar irgendwo hier in der Nähe, das Leben genommen hatte. Warum hatte er sich ausgerechnet erhängt? Bei einem Jäger hätte man eher vermutet, dass er sich erschießen würde.

Es waren bereits vereinzelt Autos zu hören. Da, wo der Forstweg in die Bundesstraße mündete, sah Sopran ihre Lichter in der Abenddämmerung vorbeihuschen. Bald konnte er auch die Silhouette von Mariettas Cabrio erkennen.

Er betrachtete seine von den Schnaken zerstochenen Arme und holte den Schlüsselbund aus der linken Hosentasche. Er konnte es nicht erwarten, endlich Ruhe vor den Biestern zu haben.

Am Wagen angekommen, klopfte er sich Fichtennadeln und Reste vom Waldboden von den Hosenbeinen, dann drückte er den automatischen Türöffner. Er hörte das Klicken der Schließautomatik und nahm im selben Augenblick eine Spiegelung im Seitenfenster wahr. Ehe er sich umdrehen konnte, traf ihn ein Schlag von hinten in die Beuge zwischen linkem Schultergelenk und Hals.

Er schrie entsetzt auf, warf sich herum und stürzte blind in die Richtung, aus der der Schlag gekommen war. Ein Luftzug streifte ihn, darauf folgte ein Krachen und Bersten. Dann fiel er auf den Rücken und fühlte, dass sich neben ihm etwas bewegte.

In diesem Augenblick blendete ihn ein grelles Licht, das sofort wieder verschwand. Es war ein auf der Straße vorbeifahrendes Auto gewesen, das mit Fernlicht fuhr.

Sopran wälzte sich zur Seite und griff ins Leere. Es war niemand mehr in der Nähe.

Auf allen vieren kroch er zum Auto und zog sich hoch. Hinten links klaffte in Mariettas schönem neuen Cabrio ein Loch in der Fensterscheibe.

Allmählich kamen die Schmerzen. Die Überraschung und der Schock hatten sie bisher betäubt. Sopran griff sich an den

Muskel zwischen Schulterblatt und Schlüsselbein. Hätte der Schlag ihn ein Stück weiter links getroffen, hätte er seine Schulter, weiter rechts den Schädel zertrümmert.

Er bückte sich nach vorn und spuckte etwas aus, das nach Blut schmeckte. Er spürte, dass er sich auf die Zunge gebissen hatte. Noch einmal spuckte er auf seine rechte Hand, um sich zu vergewissern, dass es tatsächlich Blut war, als etwas vor seinen Füßen seine Aufmerksamkeit erregte.

Er ging in die Knie und hob es mit der rechten Hand auf. Es war ein dunkelgrüner Safarihut.

20

Wann und wo hatte er einen Fehler gemacht? Er dachte, er habe alles im Griff gehabt.

Seit Tagen musste er immer wieder seine Pläne ändern, improvisieren, auf der Hut sein. Er hatte einen Widersacher und wusste nicht, woher dieser so plötzlich gekommen war. Wie ein Wolf war er in sein Revier eingedrungen, streunte und schnüffelte herum.

Es hatte ihn viel zu viel Zeit gekostet, ihn im Auge zu behalten. Heute hätte er sich des Problems entledigen können. Ein Gewehrschuss wäre die bessere Lösung gewesen.

Er hatte es nicht geschafft, ihn zu beseitigen. Sein Gegner war schlau und zäh, er hatte ihn unterschätzt. Wieder ein Fehler. Sie häuften sich.

Ein Klick auf die Enter-Taste, die Mail war gesendet.

Zu viele Gedanken hatte er sich gemacht. Er musste keinen Fremden um Rat fragen oder jemanden um Hilfe bitten. Auch wenn man kein IT-Spezialist war, war es nicht schwer, herauszufinden, wie man die IP-Adresse des Notebooks verschleierte. Er hatte einen Browser gefunden, mit dem das möglich war. Sogar den Standort konnte er bestimmen, das Notebook stand in Singapur. Dort würde es sich noch bis zur Antwort befinden. Er hoffte, dass dies morgen früh der Fall sein würde. Dann würde es für immer aus dem Netz verschwinden. Schade um das schöne, teure Gerät.

Dann schloss er das Mailprogramm, das zum letzten Mal vor vier Wochen eine E-Mail gesendet hatte. Eine, die so nicht hätte verschickt werden dürfen. Als das Notebook komplett heruntergefahren war, klappte er es zu und fuhr mit beiden Händen darüber. Wirklich schade darum.

Die Schublade mit dem Buch war zu klein für das Notebook.

Wenn er nicht da war, lag es unter der Matratze im Bett. Es ging niemanden etwas an, dass er ein so teures Teil besaß. Sein Tablet dagegen konnte jeder sehen.

Bisher war noch niemand in seinem Zimmer gewesen, der hier nichts zu suchen gehabt hätte. Der kleine Holzspan im Türspalt hätte ihm das signalisiert.

Heute Nacht würde er versuchen, bei geöffnetem Fenster zu schlafen. Er hoffte, dass ihn die Schnaken in Ruhe ließen.

Er schaltete das Licht aus und öffnete das Fenster. Den ganzen Nachmittag waren schwere Gewitter aus allen Richtungen vorbeigezogen. Dunkle, dichte Wolken hingen am Abendhimmel. Gerade war die Mondsichel zwischen einer Wolkenlücke zu sehen.

In ein paar Tagen war Halbmond. Es musste schneller gehen.

21

Sopran saß mit nacktem Oberkörper auf dem Sofa, um Schulter und Hals hatte er ein großes Badetuch gewickelt, darunter eine Packung Crushed Ice aus dem Gefrierschrank.

Die Schmerzen hatten sich auf der Fahrt nach Hause beinahe ins Unerträgliche gesteigert. Er konnte nur mit der rechten Hand steuern – glücklicherweise hatte der Golf Automatikschaltung.

Der stand mit eingeschlagener Scheibe in der Garage und war nur eines seiner gewaltigen Probleme, die er seit einer knappen Stunde hatte. Das größte von ihnen war, dass ihn dieser Fall vorhin beinahe das Leben gekostet hatte, da machte er sich nichts vor. Die Situation hatte sich auf einen Schlag geändert. Schlag im wahrsten Sinne des Wortes.

Der Angler hatte ihm aufgelauert. Er hatte den gleichen Safarihut getragen wie den, der im Golf auf dem Beifahrersitz lag. Der Mistkerl hatte sich perfekt getarnt und konnte sich dennoch zeigen, weil ein Angler an einem Weiher völlig unverdächtig war.

Sopran lief ein Schauer über den Rücken. Er war ausspioniert worden. Mit einer solchen Konsequenz, dass der Bursche sogar über die perfekte Tarnung verfügte, als er ihm zu den Weihern im Wald gefolgt war.

Er rückte das Badetuch zurecht und ging in die Küche, um eine zweite Schmerztablette zu nehmen.

Was ging hier vor sich? Wenn ihm eines endgültig klar geworden war, dann die Tatsache, dass diese vage Spur nach Oberschwaben alles andere als harmlos war.

Sogar das Schlucken schmerzte, als er die Tablette mit einem halben Glas Wasser aus der Leitung hinunterspülte.

Wem war er in kürzester Zeit so in die Quere gekommen,

dass dieser nicht davor zurückschreckte, ihn umzubringen? Konnte er das für sich und vor allem vor Marietta verantworten?

Am vernünftigsten wäre es gewesen, umgehend mit allen Informationen, die er bisher gesammelt hatte, und mit der Schilderung des Überfalls zur Polizei zu gehen. Dann hätten sie neue Ansatzpunkte und er hätte Ruhe und Zeit gehabt, seine Schulter und das Cabrio in Ordnung zu bringen, bevor Marietta Anfang kommender Woche wieder zurückkommen würde.

Statt der Schmerztablette wäre eine Schlaftablette sinnvoller gewesen. Er ahnte, dass ihm eine schlaflose Nacht bevorstand. Die Schmerzen an der Schulter und der Fall würden ihm keine Ruhe lassen.

Nur eines beruhigte ihn. Er kannte seinen Körper mittlerweile sehr gut, an seiner Schulter war nichts gebrochen. Er tippte auf eine massive Prellung und hoffte, sich den Weg zum Arzt sparen zu können.

22

Die Seele war knackig frisch, nur der Kaffee schmeckte anders als sonst. Er kam ihm bitter vor.

Die Nacht hatte er mit der Eispackung teils liegend, teils sitzend auf dem Sofa verbracht. Das Aus- und Anziehen war ein langwieriger und vor allem schmerzhafter Prozess gewesen. Der Blick in den Spiegel am Morgen hatte ihn schockiert. Über seinen halben Rücken breitete sich ein dunkler Bluterguss aus.

Seine Entscheidung war getroffen. Nichts würde ihn davon abhalten, diesen Fall weiterzuverfolgen. Seit seinem Afghanistanerlebnis hatte er sich eines geschworen: Er würde nie wieder Angst haben, vor nichts und niemandem. Zunächst galt es, seinen Angreifer ausfindig zu machen. Die Suche konnte ein Pokerspiel werden. Beide hatten sie die Karten in der Hand. Sopran kannte nur seine eigenen – und noch waren es keine Trümpfe.

Er war der einzige Gast. Er breitete die Tageszeitung auf dem Tisch aus und blätterte mit der rechten Hand durch die Seiten. Den Lokalteil überflog er mehrmals. Zu Horgers Tod fand er keinen weiteren Bericht, was verständlich war – in Fällen von Suizid war die Presse sehr zurückhaltend und sensibel mit der Berichterstattung.

Nachdenklich legte er die Zeitung beiseite und lehnte sich zurück. Diesen Auftrag hatte er anfangs völlig falsch eingeschätzt. Das hatte sich nun grundlegend geändert. Er war jemandem zur Gefahr geworden. Er hatte etwas herausgefunden oder war gerade dabei, es herauszufinden, was denjenigen so in die Enge zu treiben schien, dass er ihn beiseiteschaffen wollte – ein Indiz dafür, dass er auf der richtigen Spur war.

Er musste dranbleiben, so weitermachen, wie er es geplant hatte. Nur, was hatte Otto Forselius mit alldem zu tun?

Der Zettel mit den Adressen der Busunternehmen lag neben

der Zeitung auf dem Tisch. Es waren nicht viele. Mit Hilfe der Websites hatte er zu Hause noch versucht einzuschätzen, welche die größten Unternehmen waren. Mit zweien wollte er nach dem Frühstück beginnen.

Seine Informationen waren spärlich, aber es war nicht aussichtslos. Er suchte nach einer Frau, die 1979 noch keine zwanzig Jahre alt gewesen war und deren Familie zu jener Zeit ein Busunternehmen besessen hatte. Heute war sie demnach um die achtundfünfzig Jahre alt.

Das Navi führte ihn ans andere Ende der Stadt, wo er in einem Gewerbegebiet landete, in dem fast nur Speditionen angesiedelt waren. Am Ende der Straße sah er schon von Weitem zwei weiße Reisebusse vor einer großen Halle stehen, die den Schriftzug »Langmeier Sunshine Tours« trugen und mit einem Motiv aus Meer, Palmen und einer großen gelben Sonne lackiert waren.

Während der Fahrt hierher hatte er sich mehrfach dabei ertappt, wie er nervös in den Rückspiegel sah. Nach dem gestrigen Erlebnis war das verständlich, aber er musste sich von dem Gedanken frei machen, dass er verfolgt wurde, um konzentriert arbeiten zu können. Auf der Hut sollte er dennoch sein.

Sopran hielt auf einen Anbau zu, den er für das Büro hielt, und parkte davor. Hier war er richtig, an der Hauswand waren nebeneinander drei Schilder mit der Aufschrift »Besucher« angebracht. Weitere Schilder waren Autonummern zugeordnet.

Es gab keine Klingel, die Tür zum Büro war offen. Sopran trat ein und stand vor einer Empfangstheke mit Blick in ein Büro, in dem zwei jüngere Frauen und ein Mann, der ihm den Rücken zuwandte, vor PC-Bildschirmen saßen.

Die eine der beiden Frauen stand auf und kam auf ihn zu. »Grüß Gott, was kann ich für Sie tun?«

Wenn ihr Auftritt und das gewinnende Lächeln echt waren, schien ihr Job ihr Spaß zu machen. Auf sein Erscheinen führte Sopran ihre Herzlichkeit jedenfalls nicht zurück, so selbstkritisch war er schon.

Er fingerte den Presseausweis aus seiner Geldbörse. »Mein Name ist Carl Sopran. Ist es möglich, jemanden von der Geschäftsleitung oder der Inhaberfamilie zu sprechen?«

»Worum handelt es sich bitte?«

»Wenn es geht, würde ich das gern persönlich besprechen.«

Die Frau schaute ihn irritiert an, nickte dann aber und ging zu dem männlichen Kollegen. Sie flüsterte ihm etwas ins Ohr, wonach dieser sich zu Sopran umdrehte und ihn misstrauisch musterte.

Die junge Frau verschwand aus seinem Blickfeld, und der Mann wandte sich wieder seinem Bildschirm zu.

Sopran betrachtete in der Zwischenzeit die Bilder an der Wand hinter sich. Auf allen waren Reisebusse des Unternehmens vor diversen bekannten touristischen Motiven zu sehen: vor dem Kolosseum in Rom, vor Big Ben in London, vor einem norwegischen Fjord und Neuschwanstein durfte auch nicht fehlen. Mit der rechten Hand in der Hosentasche schritt er die weiteren Bilder ab: Bus in Paris, Bus in der Toskana, Bus in Kopenhagen, Bus vor dem Matterhorn … da öffnete sich eine Tür am Ende des Ganges, und eine Frau kam auf ihn zu.

»Grüß Gott, was kann ich für Sie tun?«

Sie war überraschend groß, hatte dunkle, sehr kurz geschnittene Haare und hielt eine Brille in der linken Hand.

Sopran hielt ihr die rechte Hand hin, die linke hatte er am Hosengürtel eingehakt. Bisher hatte er für seinen Arm einfach noch keine schmerzfreie Position gefunden. »Carl Sopran.«

»Sind Sie von der ›Schwäbischen Zeitung‹?«

»Nein, ich bin freier Journalist. Die Sache hat auch nicht unmittelbar mit einem Artikel zu tun, aber ich würde es Ihnen gern erklären.«

Die Frau hielt ihm die Tür zu ihrem Büro auf. »Bitte kommen Sie.«

Der Raum war mit schlichten Standardbüromöbeln eingerichtet. Auch hier hingen viele Bilder von Reisebussen an den

Wänden, diesmal als historische Zeitreise: von Oldtimern bis zu modernen Doppelstockreisebussen.

»Bitte setzen Sie sich.« Sie zeigte auf einen schwarzen Freischwingersessel an einem runden Tisch, auf dem einige Reisemagazine lagen. Sie selbst nahm hinter ihrem Schreibtisch Platz.

»Ich habe mich noch nicht vorgestellt, mein Name ist Margit Schön, ich bin die Geschäftsführerin. Worum handelt es sich denn?«

Sopran stand noch einmal kurz auf und hielt Margit Schön den Pressausweis hin. »Ich wohne hier ganz in der Nähe«, sagte er und setzte sich wieder, »und recherchiere an einer Sache aus den siebziger Jahren, Ende der Siebziger, genau gesagt.«

»Ich glaube kaum, dass ich Ihnen weiterhelfen kann. Da bin ich gerade erst zur Schule gegangen.«

»Ich suche eine Frau, die damals um die zwanzig war. Ihren Namen kenne ich noch nicht. Was ich aber mittlerweile weiß, ist, dass ihre Eltern damals in Ravensburg ein Busunternehmen betrieben haben. Wenn ich dieses Unternehmen gefunden habe – falls es das überhaupt noch gibt –, könnte es sein, dass ich die junge Frau auch gefunden habe.«

»Das klingt aber sehr geheimnisvoll, darf ich ...«

»Ist es nicht«, unterbrach Sopran sie. »Einer ihrer ehemaligen Bekannten, der in Skandinavien wohnt, möchte wissen, ob sie noch lebt. Er möchte gern Kontakt zu ihr aufnehmen, kann sie aber nirgends finden. Ich wurde gebeten, bei der Suche zu helfen, da ich hier in der Gegend wohne.«

»Ende der siebziger Jahre, sagen Sie ... ich arbeite seit fünfzehn Jahren in der Firma, aber ... warten Sie mal, ich weiß, dass sich die Firma früher mal vergrößert hat. Ich glaube, das war so um das Jahr 1990. Genau, sie haben damals ein kleines Busunternehmen dazugekauft.«

»Wen meinen Sie mit ›sie‹?«

»Ach so, die Familie Langmeier, so heißt die Firma, das steht auch auf den Bussen. Herr Langmeier zieht sich allmählich zurück, er ist schon über sechzig. Er kann Ihnen sicher weiterhelfen. Vielleicht ist es sogar die Firma, die Sie suchen.«

Margit Schön hatte offensichtlich Gefallen an seiner Sache gefunden. Wenn er hier an der richtigen Adresse war, dann war er ein gutes Stück weitergekommen.

»Warten Sie mal, ich versuche, Herrn Langmeier zu erreichen.«

Während sie die Wähltasten ihres Telefons drückte, schaute sich Sopran in ihrem Büro um. Er war in den letzten Tagen im Büro von Horger gewesen: lauter Hirschgeweihe. Im Arbeitszimmer von Hallers Frau: Bücher, überall. Und hier: Bilder mit Reisebussen an allen vier Wänden.

»Hallo, Herr Langmeier, ich habe hier einen Herrn …« Sie sah Sopran fragend an.

»Sopran.«

»… Sopran, Herr Langmeier, er ist Journalist und fragt nach der Firma, die sie mal vor vielen Jahren übernommen haben, Sie wissen schon.«

»Nein, nein, es hat nichts mit uns zu tun. Es geht nur um diese Firma. Er will etwas aus den siebziger Jahren wissen.«

Wieder Pause.

»Ja, wenn das geht. Gut, ich sage ihm, er soll hier warten. Prima, danke, bis nachher. Herr Langmeier kommt in einer halben Stunde vorbei. Wollen Sie warten?«

»Vielen Dank, ich fahre inzwischen kurz in die Stadt und mache eine Besorgung«, sagte Sopran, da er nicht wusste, was er in der Zwischenzeit hier anfangen sollte. »Ich bin in einer halben Stunde zurück.«

Er setzte sich ins Auto, fuhr ein paar Straßen weiter und hielt vor einer Spedition am Straßenrand. Das Wetter war durchwachsen, es hatte deutlich abgekühlt, was den Vorteil hatte, dass er die Autofenster öffnen konnte, ohne einen Hitzeschock zu bekommen. Er schob die Sitzlehne etwas zurück und nahm eine entspanntere Haltung ein.

Er war sich sicher, sehr nah an der Lösung zu sein. Wenn dieser Langmeier auch um die sechzig Jahre alt war, dann kannte er Horger bestimmt, da hatte er keinen Zweifel. Das war keine anonyme Großstadt hier. Langmeier hatte wahrscheinlich schon von Horgers Tod gehört oder in der Zeitung gelesen.

Ruhe zum Nachdenken fand er kaum. Wenn er das Fenster schloss, wurde es zu warm im Auto. Wenn er es öffnete, störten der Lärm und der Gestank der beinahe ununterbrochen vorbeifahrenden Lastwagen. Wo war der Schlüssel zu diesem Fall zu finden? Was hatte er erreicht, wenn er dieses Busunternehmen und die junge Frau von damals ausfindig gemacht hatte? Es war tatsächlich ein Pokerspiel, er war noch dabei, Trümpfe zu sammeln, und wusste nicht, welche Karte er als Nächstes vom Stapel nehmen würde.

Als die halbe Stunde vorbei war, fuhr er zurück und stellte sich auf denselben Parkplatz wie vorhin. Auf dem reservierten Platz neben ihm stand ein schwarzer VW Touareg.

Die junge Frau am Empfang griff zum Telefonhörer, als Sopran wieder hinter dem Tresen auftauchte. Kurze Zeit später öffnete sich die Tür zu Margit Schöns Büro. Sie winkte Sopran hinein.

Auf seinem Stuhl von vorhin saß ein älterer grauhaariger Mann mit verblüffend langen, zurückgekämmten grauen Haaren und einem ebenso grauen Kinnbart. Auf seiner Stirn klemmte eine Ray-Ban-Sonnenbrille. Er trug ein Polohemd von derselben Marke wie Soprans, nur in Lila. Dazu eine leichte weiße Sommerhose und hellbraune Slipper.

Als Sopran das Büro betrat, stand Langmeier auf. Er war etwas kleiner als Sopran, drahtig und sportlich.

Der spielt sicher Golf, war Soprans spontaner Eindruck.

Langmeier ging auf ihn zu und schüttelte ihm die Hand.

»So, Margit hat mich richtig neugierig gemacht. Sie suchen jemanden, habe ich das richtig verstanden? Haben Sie Probleme mit Ihrer Hand?«

Er setzte sich und zeigte auf den anderen Stuhl. Auf dem Tisch standen eine Flasche Wasser und zwei Gläser. Langmeier schenkte Sopran und sich ein.

»Ja, ich bin gestern gestürzt und auf die Schulter gefallen.« Sopran blickte fragend zu Margit Schön hinüber. »Sie haben es Herrn Langmeier noch nicht berichtet?«

Sie schüttelte den Kopf.

Sopran schilderte, warum er das Busunternehmen und die junge Frau suchte.

»Susi«, sagte Langmeier zu Soprans Überraschung, nachdem er seinen Bericht beendet hatte. »Die Merkle Susanne muss das sein, jetzt heißt sie Eberle. So heißt sie seit über dreißig Jahren schon.«

»Haben Sie sie gut gekannt?«

»Ja, schon, unsere Eltern waren ja Konkurrenten damals. Wir waren aber das größere Unternehmen, deshalb hat mein Vater den Merkle 1991 auch geschluckt. Der war froh, dass er seine Busse loshatte, er hat dann nur noch sein Reisebüro betrieben. Die Susi hat Reisekauffrau gelernt und bei den Eltern im Reisebüro gearbeitet, bis sie geheiratet hat und nach Ulm gezogen ist. Ich glaube, dort wohnt sie noch. Ihre Eltern haben das Reisebüro aus Altersgründen irgendwann auch aufgegeben. Soso, die Susi sollen Sie suchen. Wer ist denn Ihr Auftraggeber, wenn ich fragen darf?«

»Bitte seien Sie mir nicht böse, ich möchte erst mit Frau Eberle reden. Ich würde mich gern vergewissern, ob sie es überhaupt ist, die ich suche. Sie kann Sie ja dann anrufen, und wenn Sie wollen, kann ich ihr einen schönen Gruß von Ihnen ausrichten.«

»Ja, machen Sie das, schade, man hat sich ganz aus den Augen verloren.«

***

Seit den beinahe zwei Jahren, die er nun in Oberschwaben wohnte, hatte Sopran noch nie so viele Leute in so kurzer Zeit kennengelernt. Es wurde ihm erst jetzt richtig bewusst, dass er hier noch keinen einzigen Bekannten hatte. Zu Mariettas Ärztekollegen, mit denen sie sich öfter traf, fühlte er sich überhaupt nicht hingezogen, und auch sonst pflegte er sein Einzelgängertum, an das er sich in den vergangenen zwanzig Jahren gewöhnt hatte. Wenn das alles vorbei war, würde er es ändern müssen.

All das ging ihm durch den Kopf, als er hinter dem Steuer saß. Bisher war er immer bei den richtigen Leuten gelandet, von denen ein jeder Informationen geliefert hatte, die ihn ein kleines Stück weitergebracht hatten. Das Internet musste er dafür noch nicht einmal nutzen, diese persönlichen Informationen waren zielführender und produktiver.

Er hatte gerade den Motor gestartet, als das aufleuchtende Display seines Handys, das auf dem Beifahrersitz lag, seinen Blick auf sich zog. Es zeigte eine Mailboxnachricht von Christina aus Helsinki und erinnerte ihn daran, dass er ihr gestern Abend nicht, wie vereinbart, Bericht erstattet hatte. Das durfte er heute Abend nicht vergessen.

Er beschloss spontan, zur Basilika zu fahren. Es waren nur ein paar Minuten dorthin, und er hoffte, in den kühlen Mauern für einen Moment Ruhe finden und abschalten zu können.

***

Über ihm hing eine dunkle, regenschwangere Wolke, die ersten Tropfen fielen bereits auf das Autodach. Wenn er schnell die Treppen hochlief, konnte er es gerade noch trocken in die Basilika schaffen.

Als er die letzten Stufen zum Kirchenportal erklommen hatte, schüttete die Wolke einen heftigen Sturzregen über die Stadt unter sich.

Sopran schlüpfte schnell hinein und musste zuerst sein Augenlicht an das Dunkel gewöhnen. Er setzte sich in eine der hinteren Bänke und blickte sich um. Wann hatte er zum letzten Mal eine Kirche betreten? Er brauchte nicht darüber nachzudenken, es war schon eine Ewigkeit her. Sie war gar nicht so überfrachtet, wie er es vermutet hatte. Das Weiß der Säulen und Mauern ließ die Wand- und Deckengemälde erst so richtig zur Geltung kommen.

Wenn Marietta ihn hätte sehen können, wie er leicht gebückt in einer Kirchenbank saß, er, Carl Sopran, der aus seiner Ablehnung für kirchliche und religiöse Institutionen jeglicher Art nie ein Hehl gemachte hatte, hätte sie sich gewundert.

Nun versuchte er, einfach nur dazusitzen und an nichts zu denken, wie beim Yoga. Hier gab es allerdings nur drei mögliche Körperhaltungen: sitzen, stehen oder knien. Er entschied, sitzen zu bleiben. Seit Afghanistan hasste er es, zu knien, vor allem wenn dieser devoten Haltung zwanghafte, religiöse Motive zugrunde lagen.

Er schloss die Augen. Für wenige Augenblicke gelang es ihm, alles auszublenden. Dann musste er unweigerlich an den gestrigen Abend denken. War es Zufall oder Fügung, dass er lebend hier saß? Es war eindeutig Fügung, denn er war noch nicht fertig mit diesem Fall, den er mittlerweile sehr persönlich nahm – er wollte mehr denn je wissen, wer ihm ans Leben wollte.

Das Knarren der Kirchentür und ein leichter Luftzug unterbrachen seinen Gedankengang.

Das kurze Innehalten hatte ihm gutgetan. Er schob sich aus der Bank und verließ die Basilika. Seine linke Hand hatte er im Hosenbund eingehakt. Die eingeschränkte Bewegungsfreiheit war ihm lästiger als die allgegenwärtigen Schmerzen in der Schulter. An die hatte er sich beinahe gewöhnt. Dennoch wollte er sich zuerst eine Apotheke suchen und ein Schmerzgel holen.

Unter dem Portal musste er noch ein paar Minuten warten, bis sich die Regenwolke verzogen hatte und der Sonne Platz machte, bevor die nächste Wolke kam. Das Wetter war seit gestern ziemlich wechselhaft geworden.

Als er die Treppen zum Auto hinunterging, stellte er fest, dass es noch nicht einmal Mittagszeit war. Das war gut so. Ein Terminkalender war nicht nötig, er hatte im Kopf, was alles zu erledigen war. Er musste lediglich Prioritäten setzen.

Mariettas Cabrio sollte dringend in eine Werkstatt gebracht werden, es stand zu Hause mit der eingeschlagenen Scheibe in der Garage. Er musste in Finnland anrufen und diese Susi Eberle in Ulm auftreiben.

Noch vier Tage hatte er Zeit, seinen Auftrag zu erledigen, wenn er seinen eigenen Zeitplan einhalten wollte. Am liebsten hätte er die Sache geräuschlos beendet. Danach sah es leider nicht mehr aus. Eines hatte ihm dieser Fall aber gezeigt: Er fühlte sich wieder bereit für seinen alten Job.

Überraschend schnell fand er unweit der Basilika eine Apotheke. Die Schmerzen kamen und gingen, wie sie wollten. Kaum saß er hinter dem Steuer, waren sie wieder da. Das Gel lag glücklicherweise auf dem Beifahrersitz.

Beharrlichkeit und Überredungskunst waren nötig, um einen Mitarbeiter des Autohauses mit nach Hause zu nehmen, der den Golf anschließend in die Werkstatt fuhr. Wenn alles gut ging, sollte er den Wagen vor dem Wochenende holen können.

***

Mit eingeriebener Schulter und dem Geruch von ätherischen Ölen in der Nase saß Sopran am Schreibtisch seines Büros.

In Helsinki erreichte er Gustav Hellman, Christina hatte einen Gerichtstermin. Er teilte ihm mit, dass er weiterhin nach Kontakten suche, die ihm Informationen zu Ottos und Horgers gemeinsamer Studienzeit liefern konnten. Er hielt es für besser, nichts von dem Überfall zu erwähnen, solange er selbst nicht wusste, wie er einzuordnen war.

Die Kanzlei hatte Neuigkeiten zu Horgers und Forselius' geplanten Geschäftsbeziehung vor sechs Jahren: Es gab in Finnland durchaus einige Unterlagen und Handnotizen von Otto Forselius. Er hatte tatsächlich mit Horger über einen Zeitraum von zwei bis drei Monaten korrespondiert, aber nicht regelmäßig, nur sporadisch. Dabei hatte Forselius seinem ehemaligen Studienfreund ein gewisses Interesse an einem Investment an dessen Firma signalisiert. Die Summe war nicht unerheblich. Der Bruder hatte eine Notiz entdeckt, in der von mehr als einer Million Euro die Rede war, aber in der Korrespondenz der beiden hatte er keine weiteren Hinweise darauf gefunden.

Über die Gründe, wieso dieses Investment nicht zustande gekommen war, war nichts zu finden gewesen. Der von Horger erwähnte Rückzug Otto Forselius' geschah vermutlich telefonisch.

Sopran erinnerte sich daran, dass Horger im ersten Gespräch, als er mit Christina bei ihm gewesen war, erwähnt hatte, dass er sich von Forselius beim Import finnischer Holzhäuser hatte helfen lassen wollen. Von einem Investment in einer solchen Größenordnung war nicht die Rede gewesen. Beim zweiten Gespräch, tags darauf, als Sopran ihn noch einmal darauf angesprochen hatte, war Horger ausgewichen und hatte sofort das Thema gewechselt.

Das war einfach zu wenig, was Gustav Hellman ihm gerade als Neuigkeit verkauft hatte. Damit wollte er sich nicht zufriedengeben. Es konnte nicht sein, dass diese Sache sang- und klanglos beendet worden war. Horgers Schwester hatte immerhin von »Beschiss« gesprochen. So leicht sollten es sich die Freunde in Helsinki nicht machen, während er hier buchstäblich mit äußerstem Körpereinsatz an dem Fall arbeitete.

Er bat Gustav Hellman, nachzuforschen, ob über das Importgeschäft etwas zu finden war und das geplante Millioneninvestment damit in Verbindung gebracht werden konnte.

Plötzlich kam ihm ein ganz anderer Gedanke. Es ging damals

um Geld, sehr viel Geld. Was, wenn diese Summen wirklich geflossen waren, wofür auch immer? In den Firmenunterlagen war laut der Kanzlei außer einer Notiz nichts zu finden gewesen, bisher. Forselius war seit vier Wochen spurlos verschwunden. Horger konnte er dazu nicht mehr befragen.

Die Sache war heiß, sehr heiß.

Sopran bat Hellman, dringend danach zu forschen, ob auf Forselius' Privat- oder Firmenkonto seinerzeit eine Kontobewegung dieser Größenordnung zur besagten Zeit festzustellen gewesen war. Gustav Hellman versprach, sich darum zu kümmern.

23

Sopran hatte seit langer Zeit wieder einmal Sport gemacht, wenn man es so nennen konnte. Mehr als einen schnellen Spaziergang ließ sein Zustand nicht zu. Es hatte aufgeklart, und die Sonne hatte sich wieder gezeigt. Er hatte die Sportschuhe angezogen, um eine Runde auf dem Höhenweg hin und zurück zu »laufen«. Über die rechte Schulter hatte er einen Hosengürtel als Schlaufe gelegt und darin den linken Unterarm fixiert.

Auf halber Strecke legte er an einer Bank eine kurze Pause ein. Von hier hatte er einen traumhaften Blick über das Schussental. Unten lag Weingarten mit der Basilika im Mittelpunkt, weiter rechts konnte er einen kleinen Teil von Ravensburg und am Horizont die Gebirgskette von der Schweiz bis ins Allgäu sehen.

Und wenn er rechts neben sich schaute, fiel sein Blick auf einen Haufen Müll von bekannten Schnellrestaurants sowie leere Bierdosen, daneben einen halb leeren Abfallbehälter. Man sollte ihnen den Dreck zurück ins Maul stopfen.

Die Sache mit der Millionensumme ging ihm nicht aus dem Kopf. Er suchte nach dem Schlüssel zu diesem Fall. Er stand bildlich gesprochen vor der Tür und konnte nicht hinein. Der Schlüssel war dort unten zu finden. Die Vorkommnisse der letzten Tage ließen keinen anderen Schluss zu.

Unruhig schweifte sein Blick das Schussental hinauf und hinunter. Drüben auf der anderen Talseite erstreckte sich der Altdorfer Wald. Das Sägewerk war von hier oben nicht zu sehen. Im Süden, hinter den Hügeln, verbarg sich der Bodensee.

Haller hatte von der Clique am Bodensee, einem Segelboot und Frauengeschichten erzählt. Horger hatte nichts davon erwähnt, er hatte nur darüber gesprochen, dass Forselius ihn manchmal zu Hause besucht habe und sie sich später aus den Augen verloren hätten. Gab es einen Grund dafür? Hatten beide Dreck am Stecken? Hatten sich damals womöglich alte Seilschaften gebildet, die Jahrzehnte später wieder aktiviert worden waren? Aber zu welchem Zweck? Zu keinem guten, wenn es tatsächlich so war.

Hatte sich Horger aufgehängt, weil ihm etwas über den Kopf gewachsen war? War er in den Selbstmord geflohen, weil etwas Schlimmes bevorstand, das aufzufliegen drohte? War er, Sopran, der Auslöser, weil er seit ein paar Tagen in Horgers Umfeld herumschnüffelte?

Da kochte gerade definitiv etwas hoch, sonst wäre Forselius nicht verschwunden und Horger noch am Leben. Und er selbst hätte nicht mit einer lädierten Schulter hier herumgesessen.

Sopran blickte instinktiv um sich. Die Bank, auf der er saß, stand unter einem Sendemast an einem geteerten Fahrweg, der an einem Waldstück entlanglief. Weiter vorn sah er zwei Reiter aus dem Wald kommen, auf der Wiese unterhalb brachte gerade ein Bauer Gülle auf der frisch gemähten Wiese aus.

Er musste die restlichen Mitglieder der Clique finden. Mit kleinen, langsamen Laufschritten machte er sich auf den Weg nach Hause.

Nach einer einarmigen Dusche setzte er sich in seinem Arbeitszimmer vor das Notebook, rief im Onlinetelefonbuch noch einmal die Liste der Eberles auf, markierte alle Einträge, kopierte sie und druckte die Seite aus. Bei keinem davon war der Frauenname Susanne oder wenigstens ein »S« als Kürzel zu finden.

Beim ersten Anruf ging auch nach längerem Warten niemand ans Telefon, ein Anrufbeantworter meldete sich auch nicht. Bei zwei weiteren konnte man mit seinem Anliegen nichts anfangen, eine Susanne Eberle kannte man nicht.

Beim vierten Anruf ging niemand dran, den Anrufbeantworter ignorierte er, beim fünften meldete sich ein Kind.

»Mama und Papa kommen gleich nach Hause«, sagte es und legte auf.

Sopran ging nach unten in die Küche und holte sich eine Flasche kaltes Mineralwasser aus dem Kühlschrank. Das bisschen Sport und die Dusche hatten ihn durstig gemacht.

Er wählte die nächste Nummer aus der Liste und stellte das Telefon auf Lauthören.

»Eberle.«

»Guten Abend, Carl Sopran am Apparat, spreche ich mit Frau Susanne Eberle?«

»Noi, des isch mei Schwägerin, do hent Se die falsch Nummer«, hallte es in breitestem Schwäbisch aus dem Hörer, »wartet Se … i muass nachgucka … dia Nummer miassat Se aruafa …« Sie nannte ihm die erste Nummer, die er angerufen und bei der niemand abgehoben hatte.

Weitere Anrufe konnte er sich nun sparen. In einer halben Stunde würde er es noch einmal versuchen.

In der Zwischenzeit machte er sich zwei belegte Brote und setzte sich mit einem Pils auf die Terrasse. Es hatte gerade so über zwanzig Grad, und nach den vergangenen heißen Tagen empfand er es als richtig angenehm.

Um kurz vor sieben wählte er noch einmal die erste Nummer aus der Liste. Eine Frauenstimme meldete sich.

»Eberle?«

»Guten Abend, Carl Sopran am Apparat, spreche ich mit Frau Susanne Eberle?«

»Ja?«

»Herr Haller aus Konstanz und Herr Langmeier haben mir empfohlen, Sie zu kontaktieren.« Er setzte einfach voraus, dass Susanne Eberle wusste, von wem er sprach. Das schien der Fall zu sein.

»Aha? Sagen Sie mir doch bitte zuerst, worum es geht.«

»Ich suche Informationen über einen Mann, den Sie laut Herrn Haller früher gekannt haben.«

»Und wer soll das gewesen sein?«

»Otto Forselius aus Finnland. Es müsste Ende der siebziger Jahre gewesen sein.«

Er legte einen Köder aus, behauptete, er sei ein Freund der Familie Forselius und suche nach Bekannten aus dessen Studienzeit in Deutschland. Das war sogar sehr nahe an der Wahrheit.

Am anderen Ende war es kurzzeitig still. »Aha ... Sie machen mich neugierig.«

Jetzt brauchte er nur noch zuzupacken. »Könnten wir uns treffen? Falls es Ihnen passt, gern gleich morgen.«

»Hm ... das ist sehr kurzfristig. Haben Sie es so eilig?«

»Wenn ich ehrlich bin, ja. Ich komme gern nach Ulm.«

»Na gut. Ich arbeite in der Innenstadt in einem Reisebüro. Von eins bis zwei mache ich Mittag. Sie können gleich hinter dem Bahnhof parken. Bis zur Fußgängerzone sind's von dort nur ein paar Minuten.«

Sopran atmete innerlich auf. »Das ist prima, geben Sie mir doch bitte Ihre Handynummer, ich rufe Sie an, wenn ich am Parkplatz bin, dann können wir einen Treffpunkt vereinbaren.«

Er notierte die Nummer, beendete das Gespräch und hoffte, mit Susanne Eberles Hilfe endlich der Clique von damals auf die Spur zu kommen. Die »Legionäre« wollte er auch noch nicht ganz aus dem Auge lassen. Sollte es allerdings um dubiose Millionengeschäfte, möglicherweise sogar um Mord gehen, wäre das einige Nummern zu groß für die Jungs gewesen. Vielleicht hing aber auch alles irgendwie zusammen, in einer größeren Dimension, und die »Legionäre« waren ein Teil davon.

Er hatte den ganzen Tag unter Spannung gestanden und die Schmerzen in der Schulter kaum gespürt, nun waren sie wieder da. Er nahm eine Tablette, holte eine Chet-Baker-CD aus dem Regal und schob sie in den Player.

In Begleitung des sanften, coolen Jazz begann er, ziellos im Internet zu stöbern. Er klickte sich durch Langmeiers Reiseangebote und blieb bei einer Skandinavien-Rundreise hängen. Der Fall hatte ihn bereits so vereinnahmt, dass allein schon das Wort »Helsinki« einen Reflex in ihm verursachte. Busreisen waren etwas für Rentner, bis dahin hatte er noch ein wenig Zeit. Er verließ die Seite wieder und suchte nach Hallers Immobilienfirma.

Bei »Smoke Gets in Your Eyes« bekam er Lust auf die Zigarre. Aber die lag im Handschuhfach des Golfs, der in der Werkstatt stand.

Die Schmerzen und mehrere Tassen Kaffee hielten ihn die halbe Nacht wach. Nachdem er zu dem Schluss gekommen war, dass auf Hallers Immobilienseite keine zielführenden Informationen zu finden waren, arbeitete er erneut Christinas USB-Stick durch und sah sich zum wiederholten Mal die Websites von Forselius und Horger an. Anschließend nahm er sich noch einmal die »Legionäre« in Finnland und Deutschland vor und loggte sich in deren diverse Facebook-Accounts ein.

Er fand einfach nichts, was ihm weiterhalf. Er musste morgen auf die »Karte Eberle« setzen.

24

Das schöne, teure Notebook hatte seinen letzten Dienst getan. Die Antwort war da. Er wird kommen. Die Sache kann schnell zu Ende gebracht werden.

Er hatte im Internet genau verfolgt, was in Finnland vor sich ging. Eine seltsame Sprache, das hatte er vor Kurzem persönlich erleben können. Der Google-Übersetzer war aber ein Segen.

In letzter Zeit war es auf den Onlineportalen der finnischen Zeitungen ruhig geworden, das war gut so – und so würde es auch bleiben.

Nicht alles war glatt gelaufen. Er hätte den Finnen und das Notebook nicht aus den Augen lassen dürfen.

Dass der Sprit für den Jeep nicht bis Helsinki reichen würde, damit hatte er rechnen müssen, tanken war unmöglich gewesen, in diesem Land gab es Kameras an jeder Ecke. Als er die erste Verkehrskamera auf der Autobahn bemerkt hatte, hatte er sich das schwarze Basecap noch tiefer über die Stirn gezogen und sich während der ganzen Fahrt über das Lenkrad gebeugt, um so wenig wie möglich von seinem Gesicht preiszugeben. Das war anstrengend gewesen. Als er den Jeep schließlich am Sportzentrum abgestellte hatte, taten ihm Nacken und Rücken weh, er war ziemlich verspannt gewesen.

Die Tankanzeige hatte schon einige Zeit Reserve angezeigt, er war erleichtert gewesen, dass er es gerade noch geschafft hatte, von der Autobahn abzufahren und den Jeep um kurz nach acht vor einer Eishalle abzustellen. Um diese Zeit war hier noch niemand unterwegs gewesen. Keiner hatte ihn gesehen, erst auf dem Weg ins nahe Zentrum war er den ersten Leuten begegnet.

Er hatte ziemliches Glück gehabt. Der Ort war nur ein paar Kilometer vom Flughafen entfernt gewesen, und er hatte einen Bus gefunden, der direkt am Terminal gehalten hatte. Dort hatte er es geschafft, in der Anonymität unterzutauchen, dennoch immer mit einem wachsamen Blick für die allgegenwärtigen Kameras.

Er liebte Tierfilme. Tiere, die sich perfekt tarnen konnten, faszinierten ihn. Ein Gepard in der Savanne, unsichtbar im hohen Gras, reaktionsschnell, ausdauernd, immer auf der Hut, unerbittlich, so einer war er auch.

Nun fühlte er sich wieder besser, aber er durfte nicht übermütig werden. Gestern war ihm seine Beute entwischt, sie war jetzt waidwund und umso gefährlicher. Er musste sie im Auge behalten. Ab sofort musste er parallel arbeiten.

Was er nun vorhatte, war mit einem ungleich höheren Risiko behaftet als alles, was er bisher getan hatte. Er musste wahrscheinlich vorübergehend aus der Deckung, das machte der Gepard auch, wenn er erfolgreich Beute machen wollte.

Die Zeit des Auflauerns war bald zu Ende.

25

Sopran war alles andere als ausgeschlafen. Er hatte zwei beinahe schlaflose Nächte hinter sich. Der Überfall von vorgestern zerrte an seinen Nerven. Das war ihm erneut bewusst geworden, als er die Stelle im Altdorfer Wald passierte hatte. Er hatte kurz nach links geschaut, wo der Forstweg in den Wald hineinführte, und sich dann dabei ertappt, wie er anschließend sofort wieder im Rückspiegel die nachfolgenden Autos ins Visier genommen hatte.

Angespannt behielt er auch jetzt den Verkehr hinter sich im Auge. Aber auf wen oder was sollte er achten? Genau das war es, was ihn nervös machte. Das konnte er nicht gebrauchen.

Er war auf dem Weg zum Treffen mit Susanne Eberle und soeben zum Ulmer Hauptbahnhof und zum Parkplatz abgebogen. An der Schranke zog er ein Ticket und suchte nach einem Platz im Schatten. Dreimal fuhr er im Kreis, bis er es sein ließ, die wenigen Schattenplätze waren natürlich alle belegt.

Im Gehen wählte er die Nummer von Susanne Eberle. Es war fünf vor eins, ihre Mittagspause würde gleich beginnen.

Sie beschrieb ihm den Weg. Sie wollte vor dem Kaufhaus am Beginn der Fußgängerzone auf ihn warten.

Das Wetter hatte sich seit gestern Nachmittag gefangen, es war zwar nicht mehr so sommerlich warm, aber zum Draußensitzen schön genug.

Die Frau, die er schon von Weitem vor dem Kaufhaus stehen sah, konnte nur Susanne Eberle sein. Man merkte es den Leuten einfach an, wenn sie auf jemanden warteten.

Kurz blieb er hinter einem Kleiderständer am Eingang eines großen Sportgeschäfts so stehen, dass sie ihn nicht unmittelbar entdecken konnte. Wenn ihn der Ladendetektiv auf dem Schirm hatte, könnten sie ja ein Fachgespräch von Kollege zu

Kollege führen. Allerdings war es keine Observation, die er hier gerade anstellte. Er wollte sich nur ein schnelles Bild von Susanne Eberle machen, bevor er sie ansprach. Sie beobachtete offensichtlich ihrerseits die Vorbeigehenden und versuchte, ihn herauszufiltern.

Susann Eberle trug ein zitronengelbes Sommerkleid mit dezentem Muster. Über die Schultern hatte sie eine leichte weiße Strickjacke hängen.

Sopran ging auf sie zu. In diesem Augenblick drehte sie sich um, und ihre Blicke trafen sich.

Susanne Eberle war zurückhaltend geschminkt, und ihre dunkelblonden halblangen Haare hatte sie mit einem Stirnreif nach hinten fixiert.

Sopran spürte, wie sie ihn von oben bis unten musterte. Welche Vorstellung sie wohl nach ihrem Telefonat von ihm hatte? Mit Mühe widerstand er der Versuchung, an sich hinabzublicken.

»Sie sind Herr Sopran, oder?«

»Ja. Hallo, Frau Eberle.« Er streckte ihr die Hand hin, ihr Händedruck war überraschend kräftig. Sie wirkte sympathisch und offen.

»Wo gehen wir hin?«, fragte er. »Ich weiß, Sie opfern für mich gerade Ihre wertvolle Mittagspause, deshalb würde ich Sie gern zum Essen einladen.«

Sie führte ihn in eine Seitenstraße zu einem bistroähnlichen Restaurant, wo sie einen kleinen Tisch auf dem breiten Gehsteig fanden. Kaum hatten sie Platz genommen, musterte ihn Susanne Eberle herausfordernd.

»Wir haben eine halbe Stunde Zeit, um zehn vor zwei muss ich zurück ins Büro«, sagte sie. »Erzählen Sie mir bitte, worum es geht. Sie haben mich mit Ihrem Anruf gestern Abend regelrecht überfallen.«

Sehr gut, dachte Sopran. So hatte er sich das vorgestellt, der Köder zeigte noch Wirkung. Er suchte gerade nach dem passenden Einstieg in das Gespräch, da wurden sie von der Servicekraft unterbrochen. Das verschaffte ihm noch ein paar Sekunden Zeit. Er gab vor, schon gegessen zu haben, und bestellte nur eine große Apfelschorle. Susanne Eberle bestellte ein Wasser und einen mediterranen Salat.

Er hatte ihr gestern nur erzählt, dass er nach Bekannten von Otto Forselius suche, aber nichts über den Anlass seiner Recherche. Das musste er nun dringend korrigieren.

Susanne Eberles Anspannung stieg, das merkte er, als er über das unerklärliche Verschwinden von Forselius berichtete. Sie unterbrach ihn kein einziges Mal. Als der Selbstmord Horgers zur Sprache kam, schüttelte sie lange den Kopf. »Der Horger hat sich umgebracht, wirklich?«, fragte sie schließlich.

Sopran hätte allzu gern gewusst, was in ihr vorging.

Susanne Eberle holte einen Briefumschlag aus ihrer Handtasche. »Das Einzige, was ich gestern verstanden habe, war, dass Sie etwas über Georg und Forselius aus der alten Zeit wissen wollen«, sagte sie. »Ich hatte den ganzen Abend zur Verfügung, mein Erinnerungsvermögen zu überprüfen, und ich bin beruhigt: An Vergesslichkeit leide ich Gott sei Dank noch nicht. Ich erinnere mich noch sehr gut daran. Wir waren jung, und es war eine durchaus schöne und aufregende Zeit. Ich hatte damals gerade das Abitur gemacht und noch keine konkreten Pläne für die Zeit danach. Meine Eltern wollten unbedingt, dass ich Reisekauffrau lerne und in den elterlichen Betrieb einsteige … aber das hat ihnen der Langmeier – der war schon damals ein richtiger Schnösel – sicher schon erzählt, oder?«

Sopran war platt. Susanne Eberle ging mit keinem Wort auf die tragischen Vorfälle ein. Plötzlich war ihr Blick auch nicht mehr so gewinnend und fröhlich wie vorher.

»Ich habe damals vorübergehend in einer Disco in Friedrichshafen gejobbt, um Geld zu verdienen. Ich brauchte Zeit und wollte herausfinden, was ich wirklich wollte: studieren oder im Betrieb meiner Eltern arbeiten. Damals ging so was noch, heute sicher nicht mehr. Georg Horger habe ich vom Sehen gekannt, mehr nicht. Wir sind beide in Ravensburg aufs Gymnasium gegangen, er aufs Spohn-Gymnasium, ich aufs Welfen, allerdings eine oder zwei Klassen darunter. Er war zwei, drei Jahre älter als ich. Ich habe ihn erst so richtig wahrgenommen, als ich in der Disco gejobbt habe. Das war 1979, gleich nach dem Abitur. Die drei sind oft am Wochenende zu uns in die Disco gekommen. Sie haben, sofern ich mich erinnern kann, in München studiert.«

»Drei?«

»Ja, natürlich, da war noch ein Adliger aus dem Bayerischen, irgendwo aus dem Allgäu, dabei. Dem hat das Boot gehört oder seinen Eltern, ich weiß es nicht mehr genau. Mir ist bis heute noch nicht klar, was Georg an den beiden anderen gefunden hat, er hat einfach nicht dazu gepasst. Vor allem der Finne, das war ein Angeber. Der andere auch. Die haben es sich so richtig anmerken lassen, dass sie Geld hatten. Aber das war natürlich von ihren Eltern. Sie können es sich vorstellen, dass die Mädchen in der Disco darauf abgefahren sind. Wenn sie nicht schon weibliche Begleitung mitgebracht hatten, fanden sich in der Disco meistens welche, die anschließend gern mitgingen.«

»Verschwanden sie nach der Disco immer aufs Boot?«

»Sie sind gefahren, die Disco war nicht am Hafen. Damals war das noch möglich. Mir ist nichts bekannt, dass es jemals ein Problem mit der Polizei gegeben hat, aber kontrollieren hätte man sie auf keinen Fall dürfen. Die hatten immer ordentlich was intus, und ich bin mir sicher, die haben auch gekifft. Das Boot lag in Kressbronn im Yachthafen.«

»Waren Sie auch mal dabei?«

»Ja, aber nie nach der Disco, so vernünftig war ich damals Gott sei Dank. Einmal konnte mich Georg überreden, mitzusegeln. Er hatte ein Auge auf mich geworfen. Das war an einem Nachmittag für ein paar Stunden. Der Haller war an dem Tag auch dabei. Anschließend bin ich nach Hause gefahren. Ich musste am Abend zum Arbeiten wieder in die Disco. Die anderen sind später auch erschienen, ohne den Haller. Sie hatten eine Neue mitgebracht. Sie war am Nachmittag schon mit uns auf dem Boot gewesen. Der Graf hat sie an dem Tag zum ersten Mal dabeigehabt. An den Wochenenden darauf hatten sie sie öfter im Schlepptau. Entweder sie stand unter Drogen, oder sie war einfach so, wie soll ich sagen, komisch irgendwie. Mein Fall war sie jedenfalls nicht. Genauso, wie die ganze Gruppe übrigens. Ich habe es damals nie verstanden, was Georg bei denen zu suchen hatte. Er kam mir eher wie ein Mitläufer vor. Oder sagen wir es so: Er war der Chauffeur vom Finnen, so war's wahrscheinlich. Ich glaube, der Haller konnte auch nichts mit ihnen anfangen.«

Sie sah auf ihre Armbanduhr. »Georg war in Ordnung, ich konnte ihm damals keine Hoffnungen machen, er war zwar nett, aber … da gab's andere. Er hatte sich eingebildet, dass er ein Foto von unserem Segelausflug haben möchte, das hat dann jemand mit seiner Kamera von uns gemacht.« Susanne Eberle zog ein Foto aus dem Umschlag heraus und legte es vor Sopran auf den Tisch.

Sopran versuchte, sich seine plötzliche Anspannung nicht anmerken zu lassen. Schon der erste Blick auf das Foto versprach einen Lottotreffer. Es war ein Farbabzug, auf dem ein weißes, größeres Segelboot mit einer Kajüte zu sehen war, das in einem Yachthafen lag. Das Foto war so aufgenommen, dass man fünf Personen, die im hinteren Teil des Bootes nahe beieinandersaßen und -standen, sehr gut erkennen konnte.

»Das haben Sie aufgehoben?«, fragte er überrascht. »Und nach so langer Zeit wiedergefunden?«

»Wer eine schöne Jugend gehabt hat, erinnert sich eben gern daran, vor allem, wenn man älter wird. Auch wenn diese Leute damals nicht mein Fall waren, es war der einzige Segelausflug in meinem Leben, das habe ich nicht vergessen. Sonst war ich nur mit Kreuzfahrtschiffen unterwegs – von Berufs wegen.«

Sopran nahm das Foto in die Hand und betrachtete es aus der Nähe. »Darf ich raten? Das ist Georg Horger.« Er zeigte auf den jungen Mann ganz links auf dem Foto. Dunkle schwarze Haare, ein Oberlippenbart und die damals schon hagere Figur, das konnte nur er sein.

Susanne Eberle nickte.

»Und das neben ihm sind Sie.«

Sie nickte wieder.

»Der Blonde da könnte Forselius sein, und der da … dieser Adlige, dieser … Graf, oder?« Sopran deutete auf den jungen Mann ganz rechts, der ein weißes Polohemd und hellblaue Bermudahorts trug.

Susanne Eberle hob den rechten Daumen.

»Dann muss dies die junge Frau sein, von der Sie gesprochen haben.« Sopran zeigte auf die blonde, langhaarige Frau zwischen Forselius und dem Grafen, der ihr den rechten Arm um die Schultern gelegt hatte. Sie trug die Haare zu einem Pferdeschwanz gebunden, dessen langes Ende sie nach vorn geholt hatte und mit der rechten Hand festhielt. Als Einzige in der Gruppe trug sie keine Hose, sondern ein langes Kleid, was für einen Segelausflug eher ungewöhnlich war.

»Ich sehe nur fünf, ich dachte, Haller sei bei diesem Ausflug auch dabei gewesen?« Sopran schob das Foto über den Tisch.

Susanne Eberle warf einen kurzen Blick darauf. »Stimmt. Vielleicht war er da schon nach Hause gefahren. Ich weiß es nicht mehr.«

Nun hatte er Gesichter. Wenn Susanne Eberle auch noch die Namen der zwei anderen wusste, war das in der Tat wie ein Lottogewinn.

»Erinnern Sie sich noch, wie die beiden hießen?« Er zeigte auf den Grafen und die Frau daneben.

»Drehen Sie das Foto um«, sagte Susanne Eberle und sah sich ungeduldig nach der Bedienung um.

Da stand untereinander mit Kugelschreiber und in Druckbuchstaben geschrieben: »Georg – ich – der Finne – die Tussi – der Graf«.

»An den Namen von dem Grafen kann ich mich nicht mehr erinnern, die anderen sagten immer nur Graf. Sie …«, Susanne Eberle deutete auf die junge Frau auf dem Foto, »hat ihn zwar beim Vornamen genannt, ich habe ihn aber vergessen. Seine Eltern besaßen im Allgäu eine Brauerei. Er hat sich in der Disco wichtiggemacht, dass sie zu Hause ein besseres Bier brauen würden, als wir ausschenken würden. Den Vornamen von der hier weiß ich aber noch, weil er sehr gut zu ihr gepasst hat. Sie hieß Cosima. Mit dem Nachnamen tue ich mich gerade schwer … ich glaube … Kapinski, Kalinski, Kupinski … oder so ähnlich. Daran kann ich mich deshalb noch ganz gut erinnern, weil sie unbedingt mit mir Kontakt haben wollte. Jedes Mal, wenn sie in der Disco war, ist sie zu mir gekommen und hat mich von der Arbeit abgehalten. Ich habe an der Bar gearbeitet.«

Susanne Eberle hob kurz den rechten Zeigefinger.

»Im Herbst oder Winter hat sie mir einen Brief geschrieben. Da war es offensichtlich vorbei mit dem Segelsommer, und die Herren wollten anscheinend nichts mehr von ihr wissen. Ich sollte Georg fragen, ob er die Adresse von dem Finnen hat. Das habe ich natürlich nicht getan. Den Brief habe ich weggeworfen.«

Sie machte Anstalten, aufzustehen. Sopran gab ihr ein Zeichen, dass er die Rechnung bezahlen würde.

»Vielen Dank. So, jetzt muss ich aber wirklich. Das Foto können Sie vorläufig behalten. Wenn Sie es nicht mehr brauchen, schicken Sie es mir zurück. Meine Telefonnummer haben Sie, und hier ist auch meine Handynummer.« Sie legte eine Visitenkarte vom Reisebüro hin, auf deren Rückseite sie ihre Handynummer notiert hatte. »Nur eins noch: Was immer am Schluss bei Ihren Nachforschungen herauskommt, Sie rufen mich an und erzählen es mir, versprochen?«

»Versprochen.«

Sopran blieb noch eine Weile sitzen. Sein Blick fiel auf die Speisekarte. Seine Anspannung hatte sich gelegt, allmählich machte sich der Hunger bemerkbar. Auf Salat hatte er keine Lust, aber Salat als Garnitur zu einem Filetsteak und ein Bier dazu, das hatte er sich verdient.

26

Mit dem Steak hatte er die richtige Wahl getroffen. Nachdem er online einen Blick auf sein Konto geworfen hatte und darauf ein Zahlungseingang von fünftausend Euro ausgewiesen war, lehnte er sich entspannt zurück und bestellte noch einen Espresso.

Da er schon einmal online war, gab er die Schlagwörter »Brauereien« und »Allgäu« ein, um zu sehen, ob der Graf von damals noch aufzutreiben war.

Er scrollte die Seite bis zum Ende und zählte eine Reihe von Einträgen: Auf den ersten Blick fand er aber keinen, der einen Hinweis auf einen adeligen Besitzer gab. Wo sollte er da anfangen?

Die ersten zehn Namen und deren Rufnummern aus dem Telefonverzeichnis hatte er auf dem Kuvert notiert, das Susanne Eberle ihm dagelassen hatte. Es gehörte zu seinen Prinzipien, nicht zu lange zu warten, wenn es Perspektiven für neue Erkenntnisse gab. Er war nah dran an einem weiteren Mitglied der Clique. Falls er noch am Leben war, der Herr Graf.

Vor ihm lag das Foto. Er fuhr mit dem Zeigefinger von Gesicht zu Gesicht. Drei junge Männer und zwei Frauen – Cosima und Susanne Eberle. Sie hatte ziemlich abfällig über Cosima gesprochen. War hier Eifersucht im Spiel? Kaum. Nicht nach mehr als vierzig Jahren. Susanne Eberle wäre souverän genug gewesen, dies zuzugeben. Den Gedanken verwarf er sofort wieder.

Er nahm den Stift in die Hand und widerstand der Versuchung, die Gesichter von Forselius und Horger mit zwei Kreuzen zu markieren. Wo waren Cosima und der Graf abgeblieben?

Sopran steckte das Foto zurück ins Kuvert und wählte die erste Nummer von der Liste, die er auf der Rückseite notiert hatte. Einen Versuch war es wert.

»Hallo, grüß Gott, Carl Sopran mein Name, bitte entschuldigen Sie, ich habe eine Frage …« Er machte eine kurze Pause. »… ich suche im Allgäu eine Brauerei, die möglicherweise im Besitz einer Adelsfamilie sein könnte.«

Es dauerte eine Weile, dann war eine Frauenstimme zu vernehmen: »Tut mir leid, da kann ich Ihnen nicht helfen. Fragen Sie doch beim Brauer-Bund nach.«

Dann machte es »klack«, aufgelegt.

Er strich die Nummer von der Liste und drehte den Stift zwischen den Fingern. Der Graf und die Brauerei waren zweifelsohne ein konkreter Ansatz. Die Brauerei musste es geben oder gegeben haben. Es sei denn, dieser Graf war ein Hochstapler gewesen.

Sopran rührte in der leeren Espressotasse. Vermutungen und Spekulationen brachten ihn keinen Schritt weiter. Auf der Liste standen noch einige Telefonnummern. Möglicherweise war die Brauerei in der Zwischenzeit an einen großen Braukonzern verkauft worden. Oder es gab sie nicht mehr. Aber auch dann sollte doch noch jemand aufzutreiben sein, der etwas darüber wusste.

Er holte sich noch mal Google aufs Handy. Er fand den Deutschen Brauer-Bund und einen Verband von Privatbrauereien. Das war Arbeit für zu Hause.

Er malte Kreuze und Kreise neben die Brauereinamen und Telefonnummern und wollte gerade das Foto wieder aus dem Kuvert ziehen, da schoss es ihm durch den Kopf. Er schlug mit der flachen rechten Hand auf den Tisch, dass er wackelte. Warum war er nicht sofort darauf gekommen?

Unruhig scrollte er nochmals die Suchergebnisse auf seinem Handy durch – nichts zu finden. Egal, ein Anruf noch.

Er sah sich um, ob die Leute an den Nebentischen seine Telefongespräche mitbekommen konnten, und stellte erleichtert fest, dass er fast allein war. Nur ein älterer Herr saß ein paar Tische weiter vor einem Glas Weißwein.

Wieder meldete sich eine Frauenstimme.

»Hallo, Carl Sopran, grüß Gott. Ich möchte Sie gern um Ihre Hilfe bitten. Ich bin auf der Suche nach einer Brauerei, ich weiß aber nicht, ob es die noch gibt. Der Name der Inhaberfamilie könnte ›Graf‹ lauten.« Er winkte der Bedienung und gab ihr ein Zeichen, dass er noch einen Espresso wollte.

»Einen Augenblick bitte.« Im Hintergrund hörte er Stimmen, dann wurde er weiterverbunden.

»Strobel, die Kollegin hat mir gesagt, dass Sie nach einer Familie Graf fragen.«

»Ja, Carl Sopran ist mein Name. Ich suche für einen Bekannten aus dem Ausland nach ehemaligen Studienfreunden. Einer von ihnen soll seinerzeit im Allgäu gelebt haben und Sohn einer Brauereifamilie gewesen sein. Mittlerweile müsste er über sechzig Jahre alt sein.«

Die Pause am anderen Ende der Leitung war seltsam lang. Sopran ertappte sich dabei, wie er unruhig mit dem Stift auf den Tisch klopfte.

»Das kann nur der Florian Graf sein. Der Familie gehörte der Buchnerbräu. Den gibt's nicht mehr, der hat 2005 zugemacht. Nur den Brauereigasthof und noch zwei weitere Gasthöfe gibt's noch, aber mit neuen Besitzern.«

»Kannten Sie die Familie?«

»Na ja, wie man sich in der Branche halt so kennt. Früher gab es in der Region fast nur Familienbrauereien. Auch heute gibt es noch einige davon.«

»Wissen Sie, wie ich den Florian Graf finden kann?«

»Ich weiß nur, dass er …«, sie schien kurz nachzudenken, »vor gut zwanzig Jahren nach Kanada ausgewandert ist. Ich glaube, dass er in Kanada Blockhäuser vermietet. Für Angler und Jäger, wenn ich mich recht erinnere. Er hat mal Werbung dafür gemacht. Mein Mann hat sich vor Jahren mit ein paar Freunden sogar überlegt, zum Angeln hinzufliegen. Es ist ihnen aber zu teuer gewesen. Mehr kann ich Ihnen auch nicht sagen, hilft Ihnen das weiter?«

Sopran bedankte sich, drückte das Gespräch weg und griff zur Espressotasse, die ihm die Bedienung auf den Tisch gestellt hatte.

Was für ein Zufall. Die Welt war klein, und die Braubranche schien ein überschaubares Gewerbe zu sein, zumindest hier in der Region. Diesen Fortschritt, der ihm buchstäblich in den Schoß gefallen war, hatte er dringend nötig. Sein Zeitplan wurde immer enger. Die Sache durfte sich auf keinen Fall bis in die nächste Woche hineinziehen, ab Montag war Marietta zurück.

Blockhäuser, in Kanada. Weiter weg konnte der Graf nicht sein.

Sopran überdachte kurz seine Theorie von der Seilschaft aus früheren Tagen. Könnte er nicht schon längst wieder nach Deutschland zurückgekehrt sein? Auch diese Cosima könnte interessant sein, vielleicht lebte sie noch in der Nähe. Die musste er auftreiben – und zwar so schnell wie möglich. Die Einzige, die ihm dabei helfen konnte, war Susanne Eberle. Wenn Florian Graf in Kanada Blockhäuser vermietete, dann sollte es für eine Reisebüroangestellte keine große Herausforderung sein, ihn ausfindig zu machen. Und er konnte sich in der Zwischenzeit ganz auf Cosima konzentrieren.

Er holte die Visitenkarte des Reisebüros aus seiner Geldbörse, öffnete im Handy Google Maps und gab die Adresse ein. Es war beinahe um die Ecke, nur zweihundert Meter zu laufen.

Er bezahlte und machte sich auf den Weg. Vor dem Reisebüro angekommen, sah er durch das Schaufenster, dass Susanne Eberle gerade keinen Kunden hatte. Er ging einfach hinein und direkt auf ihren Schreibtisch zu.

»Sie schon wieder.« Sie glitt mit ihrem Stuhl vom Computerbildschirm weg und zeigte auf einen der beiden Stühle vor ihrem Arbeitsplatz.

Dass er soeben erfahren hatte, dass Florian Graf kein Adliger war, sondern einfach nur Graf hieß, löste bei Susanne Eberle spontan einen Lachkrampf aus. Sopran hingegen war nicht zum Lachen zumute. Er hoffte, dass sie sofort mit der Suche nach dem Ferienhausunternehmen begann.

Den Gefallen konnte sie ihm nicht tun, da Kundschaft den Laden betrat. Sie versprach ihm lediglich, sich so bald wie möglich um die Sache zu kümmern. Damit musste er sich zufriedengeben.

Auf dem Weg zum Parkplatz ließ sich Sopran bewusst Zeit und bummelte durch die Fußgängerzone. Er betrat ein Kaufhaus und probierte Schuhe an, obwohl er nicht die Absicht hatte, welche zu kaufen. Die Spiegel der Schuhabteilung nutzte er, um unauffällig seine Umgebung zu beobachten.

Er machte noch einen kleinen Umweg, lief durch den Hauptbahnhof und hielt sich eine Weile in der Bahnhofsbuchhandlung auf. Er wollte sicher sein, nicht verfolgt zu werden. Keinesfalls wollte er noch einmal in eine Situation wie vorgestern geraten.

Sechs Euro sechzig für gut zweieinhalb Stunden Parken. Nicht schlecht, dachte Sopran, als er schließlich am Parkplatz vor dem Kassenautomaten stand. Aber mit fünftausend Euro auf dem Konto war das zu verschmerzen.

Auf der Schnellstraße passte er den Tempomat an die vorgeschriebene Geschwindigkeit an und stellte das Radio laut. Er wechselte zwischen den üblichen Verkehrssendern, Klassikradio und Deutschlandfunk. Dann drehte er das Radio leise. Es störte ihn beim Nachdenken.

Ein unangenehmer Gedanke beschlich ihn. Womöglich war es keine gute Idee gewesen, Susanne Eberle nach Florian Graf suchen zu lassen. Er hatte einen wesentlichen Ermittlungsschritt einer Person überlassen, die er eigentlich gar nicht kannte. Das war nicht professionell. Die Frau war ihm sympathisch gewesen, ja, und sie hatte ihm einen entscheidenden Impuls gegeben. Ohne sie wäre er nie auf Florian Graf und Cosima gestoßen. War das dennoch fahrlässig gewesen? Susanne Eberle kannte die Hintergründe seiner Ermittlungen.

Es war nicht mehr zu ändern. Er konnte nur hoffen, dass Susanne Eberle vertrauenswürdig war und keine Dummheiten machte.

Zwei Briefe für Marietta waren im Briefkasten. Er legte sie zu den anderen auf die Garderobenablage, streifte sich die Schuhe von den Füßen und warf einen Blick in den Spiegel. Tiefe Falten, Ringe unter den Augen und eine seltsam graue Gesichtsfarbe zeigten Spuren, die die letzten beiden schlaflosen Nächte hinterlassen hatten.

Er trat vom Spiegel zurück und schnitt Grimassen, schlug sich auf die Wangen, rieb sich die Stirn und streckte die Zunge aus. Er fühlte sich keinen Deut besser.

***

Soeben war er aus der Dusche gestiegen, als es an der Haustür klingelte. Er riss den Bademantel vom Haken und lief barfuß und mit nassen Haaren nach unten. Es klingelte noch mal.

»Ja, ja …«, rief er und öffnete die Haustür.

Vor ihm stand Nachbarin Eisele, reichte ihm mit Blick auf seinen Bademantel verlegen ein Päckchen, das an Marietta adressiert war, und machte auf dem Absatz kehrt.

Sopran legte das Päckchen zu ihrer anderen ungeöffneten Post und ging nach oben, um sich anzuziehen.

Mit Susanne Eberles Informationen zu Florian Graf konnte er frühestens am Abend rechnen. Von Cosima kannte er nur den Vornamen, die zwei möglichen Nachnamen, an die sich Susanne Eberle hatte erinnern können, waren auf dem Kuvert notiert, ebenso wie die Brauereiadressen. In der Zwischenzeit waren Jahrzehnte vergangen. Wenn sie geheiratet hatte, hieß sie schon lange anders.

Langsam gewannen die neuen Lebensgeister in ihm wieder die Oberhand. Er schnappte sich das Notebook und machte es sich auf dem Sofa bequem. Zuerst checkte er seine Mails und stellte fest, dass seine Korrespondenz in der letzten Zeit auffällig überschaubar geworden war. Dann öffnete er den Browser und machte sich auf die Suche nach Cosima. Die beiden notierten Nachnamen begannen mit »K« und klangen polnisch.

Eine Seite mit gebräuchlichen polnischen Familiennamen hatte er schnell gefunden, unter dem Buchstaben »K« waren es allein beinahe einhundert.

Um sich die Arbeit zu erleichtern, stand er auf, ging nach oben in sein Büro und druckte die Liste aus. Mit dieser sowie einem Kugelschreiber und einem gelben Textmarker begab er sich wieder nach unten.

Er gab einen Namen nach dem anderen in die Suchmaske ein. Jeder einzelne brachte seitenweise Einträge, die er konzentriert durchsuchte. Vergeblich. Er fand keine Ergebnisse im Zusammenhang mit dem Vornamen Cosima.

Als es auf acht Uhr zuging, gab er schließlich auf. Seinen Arm konnte er zwar schon wieder etwas besser bewegen, aber der Schmerz war allgegenwärtig.

Er nahm eine Tablette, leerte eine halbe Flasche Mineralwasser und streckte sich lang auf dem Sofa aus.

Es musste doch einen Anhaltspunkt geben. Mit Horgers Tod hatte der Fall Forselius eine neue Wendung bekommen. Sopran fragte sich erneut, warum Horger bei ihrem letzten, sehr persönlichen Gespräch nur erwähnt hatte, dass er Forselius manchmal übers Wochenende mit nach Hause gebracht hatte, aber nichts davon, dass sie häufig mit Graf beim Segeln gewesen waren. Es musste einen Grund dafür geben. Oder hatte Horger dies nicht für erwähnenswert befunden, weil es nichts weiter gewesen war als ein Spaß, den ein paar junge Leute damals gehabt hatten? Vielleicht war ihm auch die Erinnerung daran unangenehm, weil es im Gefolge des Grafen und Forselius' nur eine gute Gelegenheit zum Feiern, Kiffen und Mädchenabschleppen gewesen war.

Hatte Susanne Eberle nicht erwähnt, dass sie der Meinung war, dass Horger irgendwie nicht zu der Clique gepasst hatte?

Sopran dachte daran, was er in jungen Jahren alles getrieben beziehungsweise nicht ausgelassen hatte. Im Vergleich dazu hatten diese Segelwochenenden in seinen Augen die Qualität von Kaffeefahrten. Zumindest erkannte er keinen Grund, warum Horger die Treffen hätte verschweigen sollen.

Spannend waren die Biografien der beiden in jedem Fall. Vor allem, wenn man sie im Licht ihrer aktuellen Schicksale betrachtete.

Die verdammten Schmerzen gingen einfach nicht weg. Sopran legte sich ein Kissen unter den Kopf und schloss kurz die Augen. Der Überfall ging ihm noch einmal durch den Kopf. Welchem Detail hatte er bisher keine Beachtung geschenkt? Gab es etwas, das noch nicht zutage getreten war, das aber drohte, aufzufliegen, wenn er nicht aufhörte und weitersuchte? Er sollte aus dem Verkehr gezogen werden, und das mit vollem Risiko. Hatte es mit Horgers Selbstmord zu tun? Die zeitliche Nähe war bedenklich.

Er überprüfte in Gedanken noch einmal jeden Schritt von Christinas Ankunft bis zum Treffen mit Susanne Eberle. Tag für Tag, Stunde für Stunde. Derjenige, der ihn aus dem Spiel nehmen wollte, konnte keine Gedanken lesen. Seinen PC hatte er sicher auch nicht gehackt. Allein durch seine, Soprans, Anwesenheit, durch sein Herumschnüffeln, hatte er ihn aufgescheucht. Er kam einfach noch nicht dahinter, wobei.

Florian Graf in Kanada ließ ihm keine Ruhe. Er war die nächste Unbekannte in der noch nicht aufgehenden Gleichung.

Sopran richtete sich auf und rieb sich den linken Oberarm. Er konnte ihn etwas besser bewegen. Mit leichten Schmerzen zwar, aber immerhin.

Der Gedanke, dass Susanne Eberle mit seinen Informationen bei der Suche nach Florian Graf Dummheiten machen könnte, beunruhigte ihn nach wie vor. Mit der rechten Hand zog er das Notebook zu sich heran und schrieb eine Mail an Christina Hellman. Er berichtete, er sei einige Schritte weitergekommen, eine Spur könne auch nach Kanada führen. Dazu bräuchte er dringend Informationen, welche Kontakte Forselius nach Kanada gehabt hatte und ob sich darunter ein Florian Graf finden ließ. Unbedingt sollten sie in diesem Zusammenhang schnellstens rückwirkend alle Kontobewegungen von Forselius zwischen Deutschland, Finnland und Kanada überprüfen.

Plötzlich fiel ihm etwas ein. Warum war er nicht schon früher darauf gekommen?

Er bat Christina, auch zu prüfen, ob Forselius über Vermögen neben seinen offiziellen Konten oder über Konten in der Schweiz verfügte. Auch andere Steuerparadiese wie zum Beispiel die Cayman Inseln schloss er nicht aus. In Finnland wollten sie Ergebnisse, da gab es für ihn keinen Grund zur Rücksichtnahme.

Die Schmerzen hatten endlich nachgelassen. Es war kurz vor Mitternacht, draußen war es stockdunkel.

Sopran schloss die gekippte Terrassentür und wankte erschöpft nach oben. Eine kurze Katzenwäsche, dann fiel er ins Bett.

27

Er ließ ihn gewähren. Der andere fuhr zwar ununterbrochen hektisch durch die Gegend, aber er war ihm einige Schritte voraus. Es war nicht nötig, ein weiteres Risiko einzugehen.

Nur noch ein Mal, ein letztes Mal würde er diese Jacke anziehen, dann sollte Schluss mit dem Spektakel sein.

Das Notebook würde er entsorgen, vorher die Festplatte ausbauen, diese mit einem Hammer kaputt schlagen, anschließend mit Spiritus übergießen und anzünden.

Er stellte sich das schöne bläuliche Feuerchen vor und glaubte, den beißenden Geruch des Rauches in der Nase zu spüren. Den verbliebenen verschmorten Rest und das Notebook würde er in die ehemalige und seit Jahrzehnten nicht mehr genutzte Sickergrube hinter dem Haus werfen.

Die auf Augenhöhe mit schwarzem Filzstift geschriebene Zahl auf der Tapete zog seinen Bick an. Sie war die Markierung, bis dahin hatte er die sich tausendfach wiederholenden Rautenmuster vom Fußboden nach oben gezählt: viertausendneunhundertachtundfünfzig – nur an dieser Wand. Die war an der Markierung noch nicht zu Ende, und es gab noch drei weitere Wände. Er würde es nicht mehr schaffen.

Das Smartphone, das er im Elektronikmarkt gekauft hatte, war billig gewesen. Er würde es nicht oft benötigen. Er hoffte sogar, nur für einen einzigen Anruf. Die Prepaidkarte würde er erst übermorgen aktivieren.

28

Sopran schreckte auf, griff neben sich auf den Nachttisch und tastete nach dem Handy. Doch das Läuten kam von der Haustür. Wer holte ihn am frühen Morgen aus dem Bett?

Er ließ sich auf das Kissen zurückfallen und sah auf die Uhr – Viertel nach acht.

Dann sprang er auf und lief hinüber ins Büro. Von dort konnte er auf die Garageneinfahrt hinuntersehen. Ein weißer Kombi mit der Aufschrift »Schornsteinfeger« verließ soeben die Hauseinfahrt.

Draußen regnete es. Die dichte Wolkendecke ließ auf ein länger anhaltendes Tief schließen.

Mit einer Tasse Kaffee und einem Toast, belegt mit Käse und Schinken, setzte er sich an den Esstisch. Auch der Blick aus der Terrassentür bot keine bessere Aussicht als auf einen grauen Regentag.

Sopran hoffte, dass sich Susanne Eberle bald melden würde. Er nahm die Liste mit den polnischen Familiennamen zur Hand. Die in Frage kommenden Namen waren weitgehend markiert und abgehakt.

Was wäre, wenn Cosimas Name gar nicht mit einem »K« begann und Susanne Eberle sich einfach nur verhört hatte oder sich nicht mehr richtig erinnerte? Es waren in der Zwischenzeit immerhin beinahe vierzig Jahre vergangen. Er mochte gar nicht daran denken.

Sopran verglich die Namen mit denen auf der neuen Seite und fand noch eine ganze Reihe, die in Frage kamen. Dann öffnete er die Terrassentür, um frische Luft hereinzulassen. Im Grau des Regentags hatte der Blick hinunter nach Weingarten und auf die Basilika seinen Reiz eingebüßt.

...inski, ...inski, Kinski, Klaus Kinski. »Fitzcarraldo«. Plötzlich hatte er die Bilder von Werner Herzogs Film vor Augen, wie dieser verrückte Fitzcarraldo versucht hatte, mitten im Urwald ein Opernhaus nach dem Vorbild des »Teatro Amazonas« in Manaus zu errichten, und damit dramatisch gescheitert war.

Auch Sopran gehörte zu den wenigen Privilegierten, die vor dem echten Opernhaus mitten im Urwald gestanden hatten. Damals, in Manaus, hatten ihn Gabriels Krämerladen, der Plastikstuhl davor, eine Regalia-Fina-Zigarre in der rechten und eine Dose eiskaltes Bier in der linken Hand mehr gereizt als eine Opernaufführung.

Oper. Richard Wagner. Cosima. So hieß doch Richard Wagners Frau. …inski.

Auf der anderen Seite des Hauses hörte Sopran ein Auto wegfahren. Er ging zur Haustür und streckte den Kopf nach draußen. Auf der Straße war kein Auto zu sehen, dennoch wurde er das Gefühl nicht los, beobachtet zu werden.

Er klemmte sich erneut hinter sein Notebook und nahm sich den nächsten Namen vor.

»Kasinski«. Wie bei allen anderen setzte er »Cosima« dazu und wartete, ob Google etwas ausspuckte.

Es waren diesmal nicht allzu viele Einträge. Er scrollte nach unten und stieß auf eine Meldung.

Aktuelle Ortsnachrichten aus Bad Schussenried
www.schwäbische.de/region
24.09.2009. Die kath. Kirchengemeinde ehrt ihren langjährigen Organisten Ludwig Kasinski zu seinem neunzigsten Geburtstag. Zur besonderen Freude des Jubilars wurde am Sonntag im Rahmen eines Festgottesdienstes von Chor und Orchester der Kirchengemeinde die Spatzenmesse von Mozart aufgeführt. Ludwig Kasinski, der schon viele Jahre im Pflegeheim wohnt, sich aber bester geistiger Gesundheit erfreut, hielt bei der anschließenden kleinen Feier eine ergreifende Rede. Er sieht sich zu seinem Leidwesen als

einziger Überlebender einer begnadeten Musikerfamilie. Er musste erleben, dass seine beiden Töchter, Isolde und Cosima, in relativ jungen Jahren vor ihrem Vater verstorben waren.

Sopran las den Artikel ein zweites Mal. Er konnte es nicht glauben: Er hatte Cosima gefunden, aber sie war nicht mehr am Leben – wie Forselius und Horger.

Er ertappte sich bei dem Gedanken, dass alle vier, auch Graf, nicht mehr lebten. Das konnte aber nicht sein, sonst hätte alles, was in den letzten Tagen und Wochen passiert war, keinen Sinn ergeben.

Wann war sie gestorben? Wie alt war sie, als sie starb? Das musste er wissen, sofort.

Im Online-Telefonbuch suchte er nach der Nummer der Pfarrgemeinde. Am Freitagvormittag sollte dort jemand zu erreichen sein.

Natürlich erinnerte sich die Frau vom Pfarrbüro noch an den alten Kasinski. Über seine beiden Töchter wusste sie leider nichts, außer dass beide schon lange vor ihm verstorben waren. Sie empfahl Sopran, es doch im Pflegeheim zu versuchen. Er notierte sich Namen und Adresse.

Cosima war das nächste Mitglied der Clique, das verstorben war. Was war mit Florian Graf? Sopran beschloss, Susanne Eberle umgehend im Reisebüro anzurufen.

Er hasste es, wenn er nicht vorankam, weil er von anderen abhängig war. Und er ärgerte sich maßlos. Nicht über Susanne Eberle, sondern über sich selbst. Gerade der Teil der Ermittlungen, den er ihr überlassen hatte, stellte sich nun als ungemein wichtig heraus.

Natürlich bekam er die Antwort, die er befürchtet hatte: Sie habe noch keine Zeit gehabt. Sie versprach ihm aber, ihn am Abend anzurufen, er könne sich darauf verlassen.

Noch vor Tagen hatte er lässig mit den Füßen auf dem Tisch

herumgesessen. Nun ertappte er sich zum wiederholten Mal dabei, wie er in der Wohnung auf und ab lief. Dann fasste er einen Entschluss. Schnell noch der Anruf im Pflegeheim, anschließend wollte er selbst nach Florian Graf in Kanada suchen. Er war des Wartens überdrüssig.

29

Im Pflegeheim war besetzt. Nach wenigen Minuten, die ihm wie eine Ewigkeit vorkamen, versuchte er es erneut. Dieses Mal hatte er einen Mann in der Leitung, der ihn mit der Verwaltung verbinden wollte.

»Kurz?«

Endlich, eine Frauenstimme. »Frau Kurz? Spreche ich mit der Verwaltung?«

»Ja, um was geht's bitte?«

»Carl Sopran aus Ravensburg am Apparat. Ich suche für jemanden aus dem Ausland nach Bekannten. Der Letzte, auf den ich gestoßen bin, hat in Ihrem Heim gewohnt und müsste 2010 verstorben sein. Diese Information habe ich soeben von der Pfarrei bekommen, wo er lange Jahre Organist gewesen ist. Er hieß Kasinski.«

Es war eine Weile still. »Ich glaube, ich weiß, wen Sie meinen. Einen Augenblick bitte.«

Das hörte sich gut an.

»So, hier haben wir ihn: Ludwig Kasinski, verstorben am 7. November 2010, genau.«

»Soviel ich erfahren konnte, leben seine beiden Töchter mittlerweile auch nicht mehr. Gab es da jemanden, der sich um die Beerdigung und den Nachlass gekümmert hat?«

»Das weiß ich nicht. In der Regel sind Namen und Adressen von Personen hinterlegt, die in solchen Fällen zu benachrichtigen sind. Ich weiß aber nicht, ob ich Ihnen dazu Auskunft geben darf.«

»Ich bitte Sie ja nicht um persönliche Daten. Ich möchte für meinen Bekannten nur in Erfahrung bringen, ob von der Familie noch jemand lebt.«

»Also gut. Eine Sibylle Kasinski-Thompson habe ich hier …

und eine Adresse in Melbourne in Australien. Und da ist noch … nein, mehr kann ich Ihnen wirklich nicht sagen.«

»Ich bin Ihnen sehr verbunden. Haben Sie vielen Dank«, sagte Sopran und beendete das Gespräch.

In diesem Augenblick meldete sich sein Handy, und die bekannte finnische Nummer blinkte ihn herausfordernd an.

Es war, wie er vermutet hatte. Die Hellmans wollten wissen, was es mit seiner Frage nach den Konten auf sich hatte und was er herausgefunden hatte. Er berichtete von der neuen Spur nach Kanada und davon, dass er daran zweifelte, dass damals kein Geld geflossen sein sollte.

Christina und Gustav Hellman waren sich aber sicher, dass Forselius weder in dubiose Geschäfte verwickelt gewesen war noch Schwarzgeldkonten unterhalten hatte. Auf seine Frage, wie sie das so schnell hatten feststellen können, verwiesen sie auf polizeiliche Ermittlungen auch in diese Richtung. Wieder war er aufgestanden und lief hin und her, wie in einem Käfig. Er musste kurz raus hier und unter Menschen.

Bevor er die Haustür hinter sich zufallen ließ, warf er einen kurzen Blick über die Straße, dann startete er den Audi und fuhr zum Einkaufen. Auf dem großen Parkplatz vor dem Supermarkt parkte er so nah wie möglich am Eingang. Es regnete, und er wollte nicht nass werden.

Mit dem Einkaufswagen lief er ziellos durch die Gänge und packte ein paar Kleinigkeiten für das Abendessen hinein. Anschließend machte er sich auf den Heimweg.

Während er die Einkäufe in der Küche verstaute, fasste er den Entschluss, die Suche nach Florian Graf nun doch Susanne Eberle zu überlassen. Er hatte eine neue Spur.

Zum wiederholten Mal tippte er einen Namen in die Browsersuchzeile, dieses Mal Sibylle Kasinski-Thompson.

Treffer!

Er klickte den Eintrag an und hatte eine Adresse in Freiburg vor sich, nicht in Australien. Sie lebte in Deutschland!

In welchem Verwandtschaftsverhältnis mochte sie zu Kasinskis Töchtern Isolde und Cosima stehen? Wenn sie als einzige Kontaktperson angegeben war, konnte sie nur unmittelbar verwandt sein.

Sopran fiel ein, dass es noch jemanden gegeben haben musste, dessen Namen Frau Kurz beinahe erwähnt hätte, ehe sie offenkundig Zweifel bekommen hatte, inwieweit sie ihm Auskunft erteilen durfte.

Er wählte die Nummer in Freiburg. Nach mehrmaligem Klingeln sprang der Anrufbeantworter an. Sibylle Kasinski-Thompson war nicht zu Hause. Er sprach ihr aufs Band und bat sie um Rückruf.

Plötzlich kam Bewegung in die Sache. Zu gern hätte er parallel zu seinen Fortschritten schon Susanne Eberles Ergebnisse gehabt.

Das Handy meldete sich, eine WhatsApp-Nachricht mit Bildern von Marietta. Auch aus Kanada. Die Niagarafälle, eine Weinprobe in einem Weingut in Niagara on the Falls und die Skyline von Toronto.

»Hallo, Carl, alles bestens, es ist nur viel Fahrerei, und es gibt viel zu sehen. Ich melde mich am Sonntag. Stirb mir nicht vor Langeweile! LG Marietta.«

Stirb mir nicht. Dass das beinahe der Fall gewesen war, durfte sie nie erfahren.

Der Regen hatte aufgehört, aber die dichte Wolkendecke hing tief und bleiern über dem Schussental. Sollte er noch einmal versuchen, in Freiburg anzurufen?

Das Klingeln des Telefons unterbrach seine Überlegungen. Sopran stand auf und nahm das Mobilteil vom Sofatisch.

»Carl Sopran?«

»Guten Tag, Kasinski, Sie haben mir auf die Mailbox gesprochen. Ich sollte Sie zurückrufen.«

Sopran erzählte seine Geschichte, die er in den vergangenen Tagen schon so oft zum Besten gegeben hatte. Am Ende seiner

Erzählung angekommen, fragte er Sibylle Kasinski-Thompson freiheraus, ob sie mit Cosima und Isolde Kasinski verwandt sei.

Nichts. Keine Reaktion.

»Hallo, Frau Kasinski? Sind sie noch da?«

»Ja, ich bin noch da. Auf so einen Anruf war ich nicht vorbereitet.« Wieder eine kurze Pause. »Ja, sie war meine Tante.«

Nun war es Sopran, der eine kurze Denkpause benötigte. Dass Cosima nicht mehr am Leben war, wusste er seit dem Anruf im Pflegeheim, aber wann und warum sie gestorben war, das wollte er unbedingt wissen.

Sibylle Kasinski kam seiner Frage zuvor. »Sie ist 1983 verstorben. Auf dem Friedhof in Bad Schussenried können Sie sie besuchen«, kam es trocken aus dem Hörer.

»Frau Kasinski, ich komme gern zu Ihnen nach Freiburg, wenn …«

»Das ist nicht nötig, sparen Sie sich den Weg. Fragen Sie mich einfach, was Sie wissen wollen, und ich erzähle Ihnen, was nötig ist. Dann haben wir beide Zeit gespart.«

Das hörte sich nüchtern und emotionslos an, aber nicht abweisend.

»Das mit Ihrer Tante tut mir aufrichtig leid«, sagte Sopran. »Darf ich Sie fragen, wie sie gestorben ist?«

»Da muss Ihnen nichts mehr leidtun, schon gar nicht nach fünfunddreißig Jahren. Mit dem Schlamassel, den sie uns damals eingebrockt hat, hatten wir lange genug zu tun. Vor allem meine Eltern.«

Sopran wusste nicht, wie er reagieren sollte. Mitgefühl, das hatte er gerade mitbekommen, war nicht gefragt. »Was ist denn damals passiert?«

»Sie hat sich umgebracht, Tabletten genommen. So, und jetzt wissen Sie Bescheid. Das muss reichen.«

Nein, es reichte ihm nicht. Da war noch mehr. Noch jemand, der sich umgebracht hatte. Er musste die Hintergründe erfahren. Er musste es schaffen, mit Sibylle Kasinski persönlich zu reden, schnellstens.

Bezirzen oder bitten war nicht sinnvoll, die Frau schien tatsächlich ziemlich emotionslos zu sein. Um Druck auszuüben, hatte er nichts in der Hand. Er könnte versuchen, ihre Neugier zu wecken, aber wie? Den Überfall hatte er ihr bislang verschwiegen, das war möglicherweise seine Chance, damit konnte er sie vielleicht packen. Es eilte, sie war noch in der Leitung, auf keinen Fall durfte sie das Gespräch beenden.

Er musste nicht einmal übermäßig dramatisieren, um sie zu überzeugen. Und die Verletzung, die ihn beinahe das Leben gekostet hatte, konnte sie hernach selbst begutachten, wenn sie wollte. Es funktionierte.

Kurze Zeit später saß er im Auto. Die Scheibenwischer verrichteten monoton ihre Arbeit. Der vorausfahrende Wagen ließ ihm auf der Einfädelspur keine Möglichkeit zum Überholen. Im Radio lief »End Game« von Taylor Swift und Ed Sheeran.

Soeben war er am Autobahndreieck Hegau auf die A 81 abgefahren. Das Navi zeigte an, dass er gegen halb fünf bei Sibylle Kasinski in Freiburg war.

Er kam der Sache immer näher. Die Lösung war beinahe greifbar. Sibylle Kasinski verfügte über Informationen, die ihn endlich weiterbringen würden – und die hatten ihren Preis. Er hatte mehr von seinen Ermittlungsergebnissen preisgeben müssen, als er es unter anderen Umständen getan hätte. Aber es hatte gewirkt. Es würde noch ein langer Abend werden.

Sopran war neugierig auf die Frau. Da musste irgendein Stachel tief sitzen, anders konnte er sich ihre Reaktion auf sein Anliegen nicht erklären.

Sopran war noch nie in Freiburg gewesen, aber er kannte Kollegen, die förmlich von der Stadt schwärmten. Was er trotz des schlechten Wetters aus dem Autofenster sehen konnte, war ohne Zweifel einladend. Er war vor dem Zentrum abgebogen, hatte linker Hand den Turm des Freiburger Münsters im Blick gehabt und fuhr soeben leicht ansteigend durch eine Allee mit wunderschönen Villen links und rechts. Sibylle Kasinski wohnte hier nur ein paar Straßen weiter.

Nachdem er mit dem Lift in den dritten Stock des Appartementhauses in einem noblen Freiburger Stadtteil gefahren war und an der Tür mit dem Schild »Dr. S. Kasinski« geklingelt hatte, wurde ihm von einer attraktiven, eleganten Frau, geschätzt um die fünfzig, geöffnet. Sopran konnte den Anblick nicht mit dem Bild, das er sich nach dem Telefonat von ihr gemacht hatte, in Einklang bringen. Sibylle Kasinski erinnerte ihn an Christina. Es war weniger ihr Äußeres als vielmehr ihr bestimmter und selbstbewusster Auftritt.

Sie führte ihn in einen großen, spärlich möblierten Wohnraum mit unendlich vielen Büchern und bat ihn, an einem kleinen runden Tisch mit zwei Stühlen an einem überdimensionalen Panoramafenster Platz zu nehmen. Während sie Tee aufsetzte, etwas anderes hatte sie nicht angeboten, blieb Sopran am Fenster stehen. Sein Blick wanderte nach draußen. Unter den tief hängenden Wolken musste man bei schönem Wetter hinunter nach Freiburg sehen können.

Mit zwei Tassen in der Hand kam Sibylle Kasinski zu ihm ans Fenster. »Bitte, setzen wir uns.« Sie stellte ihre Tasse auf den Tisch und rückte einen Stuhl für ihn zurecht.

Sopran musste sich nicht lange mit weiteren Erklärungen aufhalten. Dass er ihr am Telefon keine »Räuberpistole«, wie sie es nannte, aufgetischt hatte, hatte sie gemerkt. Sie wollte nicht einmal seinen Presseausweis sehen. Er legte ihn dennoch auf den Tisch, mit der Bemerkung, dass er auch ein Hochstapler sein könnte.

Sibylle Kasinski fand es ungewöhnlich und spannend, dass er sich als Journalist mit einer solchen Sache befasste. Weniger gut gefiel ihr, dass ihre längst verstorbene Tante in seinen Ermittlungen auftauchte.

Hier knüpfte Sopran wieder an. »Sie sagten vorhin am Telefon, sie habe sich mit Tabletten umgebracht.«

Sibylle Kasinski goss aus einer Glaskanne Tee in die Tassen und brachte die Kanne zurück in die Küche.

»Alles blieb an meinen Eltern hängen. Oma war schon tot, und Opa hatte nur seine Kirche und die Orgel im Sinn. Eine Tochter, die sich umgebracht hat, war mit seiner Weltanschauung nicht vereinbar«, erklärte sie, als sie wieder Platz genommen hatte. »Tja, und dann hatten wir ihren dreijährigen Simon im Haus. Ich war damals schon über fünfzehn, meine Mutter neununddreißig und mein Vater neunundvierzig, glaube ich. Cosima war sechzehn Jahre jünger als meine Mutter, sie war eine Nachzüglerin. Meine Mutter hatte von einem auf den anderen Tag ein kleines Kind aufzuziehen. Obwohl – Simon ist ja schon vorher immer bei uns gewesen. Cosima ist nie in der Lage gewesen, sich richtig um das Kind zu kümmern. Immer gab es Stress mit dem Jugendamt, dann mussten meine Eltern hin und das glattbügeln. Sie sollte unbedingt Musik studieren, am Konservatorium in München, Flöte. Opa hatte sich das eingebildet. An seiner Tochter, meiner Mutter, war er damit gescheitert. Ahnen Sie, warum meine Mutter und meine Tante *Isolde* und *Cosima* mit Vornamen hießen? Meiner Mutter brauchte man mit Richard Wagner nicht zu kommen.«

Sibylle Kasinski-Thompson machte eine Pause. »Ich habe den Faden verloren.«

»Dann muss ich Sie einfach direkt fragen«, sagte Sopran. »War Simon ein uneheliches Kind?«

»Ja, das war er. So, wie die gestrickt war. So verplant, wirr und problembehaftet. Sie war damals nur sechs, sieben Jahre älter als ich. Sie ist mir aber immer irgendwie unheimlich gewesen. Im Nachhinein betrachtet hat sie Verhaltensweisen an den Tag gelegt, die durchaus auf Drogenkonsum schließen ließen. Ich habe das alles, so gut es ging, von mir weggehalten. Damals war ich für mein Alter schon ziemlich vernünftig, und dieses Beispiel im unmittelbaren Familienkreis war abschreckend genug. Kurz bevor Simon zu uns kam und sie sich umbrachte, war sie sogar noch in der Anstalt.«

»In einer psychiatrischen Klinik?«

»Ja. Ganz schlimm wurde es, als sie schwanger wurde. Das hat sie lange verheimlicht, bis es nicht mehr möglich war. Ihren Freunden von der Wohngemeinschaft ging sie auch mehr und mehr auf die Nerven, deshalb kam sie immer öfter zu uns.«

»Wann kam das Kind auf die Welt?«, fragte Sopran.

»Im Frühjahr 1980 … im April oder Mai, glaube ich, hat Simon Geburtstag.«

Sopran rechnete in Windeseile nach. Segelausflüge Bodensee: Mai bis Juli 1979.

»Habe ich Sie richtig verstanden, dass Sie beziehungsweise Ihre Eltern den Jungen dann zur Pflege aufgenommen haben?«

»Ja, etwas anderes kam ja gar nicht in Frage.«

»Dann sind Sie mit ihm zusammen aufgewachsen?«

»*Zusammen* aufgewachsen kann man das nicht nennen. Er war drei Jahre alt, als er zu uns kam. Ich habe ein Jahr später Abitur gemacht und bin weg von zu Hause, zum Studieren. Ich habe einige Auslandssemester in Australien verbracht und bin nach meinem Examen dorthin zurück. Meine Mutter hatte ja den Buben, da war das nicht ganz so schlimm für sie. Vor fünf Jahren bin ich zurück nach Deutschland gekommen.«

Sopran hatte viel zu viele Fragen auf einmal, er musste versuchen, sie zu sortieren. »Und Ihr Vater?«

»Mein Vater ist bereits gestorben, als ich im zweiten Auslandsemester in Australien war …«

»Das heißt, Ihre Mutter war mit dem Buben von da an allein?«

»Ja, sie ist dann 2004 auch gestorben, da war Simon aber schon außer Haus. Ich habe ihn, seit ich in Australien lebte, aus den Augen verloren. Nur noch bei den Beerdigungen von Vater und Mutter habe ich ihn getroffen. Ich war so weit weg und mit meinem neuen Leben beschäftigt, dass ich kaum noch Kontakt nach Hause hatte. Meine Mutter hat sehr darunter gelitten … aber so ist das Leben.«

Simon. Cosimas Sohn. »Hatten Sie, seit Sie zurück in Deutschland sind, Kontakt zu Simon? Er ist immerhin Ihr Cousin.«

»Nein, warum auch?« Sie zögerte. »Bis vor ein paar Monaten, kurz vor Weihnachten war das. Da hat er sich plötzlich bei mir gemeldet.«

Sopran zwang sich, ruhig zu bleiben und abzuwarten.

»Herr Sopran, ich muss Ihnen eine Frage stellen.«

»Ja bitte, gern.«

»Sie haben mir bei unserem Telefonat von Ihrer Suche nach Otto Forselius erzählt. Sie suchen nach demselben Mann wie Simon. Dem Mann, von dem ich als einzigem von Cosimas früheren Freunden den Namen kannte. Und Sie stellen mir ähnliche Fragen zu Cosima wie Simon. Kann es sein, dass er Simons Vater ist und er es ahnt oder es vielleicht sogar weiß?«

Sopran verschlug es beinahe die Sprache. »Das kann ich Ihnen nicht sagen. Ich sollte einfach nur helfen, etwas über sein Verschwinden herauszufinden, weil ich passenderweise in dieser Region wohne. Aber nach dem, was ich gerade von Ihnen erfahren habe, ist der Gedanke nicht abwegig. Nur, Otto Forselius ist seit mehr als vier Wochen nicht mehr erreichbar. Seine Familie weiß nicht, wo er abgeblieben ist. Ich würde Simon gern treffen, falls er damit einverstanden ist.«

»Das wird schwierig sein.«

»Darf ich fragen, warum?«

»Weil ich nicht weiß, wo er ist. Er hat sich Ende April noch einmal bei mir gemeldet, erst hat er angerufen, und dann ist er persönlich zu mir gekommen. Ich wollte das gar nicht, hab mich aber dann doch überreden lassen. Man will ja nicht hartherzig sein. Er brauchte meine Hilfe.«

»Hilfe?«

»Ja, oder wie man es nennen will. Er hatte seine Arbeit und seine Wohnung gekündigt und wollte auf Reisen gehen. Wenn man so etwas macht, muss man einen neuen Wohnsitz angeben, und genau das wollte er von mir. Er hat mich gebeten, meine Adresse als vorübergehenden Wohnsitz benutzen zu dürfen. Im Juli wollte er wieder zurück sein, nicht mehr lange also.«

Sopran fiel noch etwas ein. »Sie sagten, er habe sich vor Weihnachten schon einmal bei Ihnen gemeldet.«

»Ja, und das ist es, was mich irritiert.«

»Inwiefern?«

»Er hat mir damals ähnliche Fragen gestellt wie Sie. Fragen zu seiner Mutter und ihren Freunden.«

»Darf ich wissen, was Sie ihm erzählt haben?«

»Im Wesentlichen das, was ich Ihnen gerade erzählt habe. In etwas abgemilderter Form, sensibler, würde ich sagen.«

»Auch das vom Selbstmord seiner Mutter?«

»Auch das. Er wollte alles über sie wissen. Er hatte offenbar eine Ahnung, dass mit ihrem Tod etwas nicht stimmte, woher auch immer. Er tat mir leid. Er sagte, er habe niemanden mehr, außer mir. Nur ich könne ihm noch über seine Mutter erzählen.«

»Was konnten Sie ihm zu den Freunden Ihrer Tante sagen?«

»Nicht viel. Ich kannte die nicht. Nur von Otto aus Finnland wusste ich.«

»Den kannten Sie?«

»Nein. Aber ein Jahr nach ihrem Tod kam ein Brief aus Finnland, von Otto Forselius. Ich habe damals schon studiert und bin manchmal am Wochenende nach Hause gekommen. Meine Mutter wollte mir den Brief zeigen, aber ich wollte nichts davon wissen. Keine von uns beiden wollte sich noch mit Cosimas Vergangenheit beschäftigen. Wir hatten alle zu sehr darunter gelitten.«

»An den Namen des Absenders können Sie sich nach so langer Zeit noch erinnern?«

»Ja. Mama hat wegen des Briefes einen ihrer Anfälle bekommen. Ich habe mir den Namen vermutlich deshalb unbewusst eingeprägt, weil er so ungewöhnlich war, vor allem aber, weil ich Otto Forselius und seinen Brief für Mamas schlechten Zustand verantwortlich gemacht habe. Ich glaube, den Brief hat sie anschließend vernichtet.«

»Sie haben also Ihrem Cousin von dem Brief und von Otto Forselius erzählt?«

»Ja, natürlich. Er wollte doch alles über die Freunde seiner Mutter wissen.«

»Nach seinem Vater hat er nie gefragt?«

»Stimmt, danach hat er nicht gefragt, seltsam ...«

»Hat er Ihnen keine Telefonnummer hinterlassen?«

»Nein, er wollte sowieso bald wiederkommen. Warum sollte ich mir Gedanken machen?«

»Eine Frage noch: Wie war das, als Sie ihn nach so vielen Jahren ... wie alt ist er?«

»Achtunddreißig.«

»... nach so vielen Jahren zum ersten Mal wiedergesehen haben, als er Sie besucht hat?«

»Eigenartig, und ich muss fast sagen, unangenehm. Anfangs hatte ich ein schlechtes Gewissen, weil ich beinahe dreißig Jahre nie was von mir habe hören lassen. Aber er tat ganz vertraut, als hätten wir nie den Kontakt verloren. Sein Auftreten war mir irgendwie so ... unheimlich, sodass ich ihn gar nicht fragen wollte, was er all die Jahre gemacht hat, welchem Beruf er nachgeht oder sonstige private Dinge. Ich war einfach nur erleichtert, als er weg war. Seinen vorübergehenden Wohnsitz kann er gern bei mir haben, aber wenn er zurück und dann schnell wieder verschwunden ist, bin ich froh. Ich glaube nicht, dass er die Absicht hat, sich bei mir einzunisten. Und ich sage Ihnen noch was: Äußerlich sieht er seiner Mutter nicht ähnlich, aber seine Art ... Ich weiß nicht, ich habe die Befürchtung, dass mit ihm auch etwas nicht ganz in Ordnung ist. Es ist nur so ein Gefühl ...«

Soprans Handy klingelte. Es war Susanne Eberles Nummer. Er ließ es klingeln.

»Wenn Simon zurück ist, sage ich ihm, dass er sich bei Ihnen melden soll. Ihre Telefonnummer habe ich ja«, sagte Sibylle Kasinski. »Ich will nicht unhöflich sein, aber ich muss jetzt dringend weg, wir können zusammen gehen.«

Gemeinsam nahmen sie den Lift nach unten. Sopran verließ den Aufzug im Erdgeschoss, während Sibylle Kasinski weiter in die Tiefgarage fuhr.

Er war eine knappe Stunde bei ihr gewesen und hatte sich eine Reihe von Notizen gemacht, das Wesentliche hatte er aber im Kopf.

Wenn Simon im April 1980 geboren wurde und er neun Monate zurückrechnete, landete er im Sommer 1979. Cosima hatte sich im Alter von nur dreiundzwanzig Jahren mit Tabletten umgebracht. Warum? Sie hatte doch ein fast dreijähriges Kind. Oder gerade deshalb?

Wie passte Georg Horgers Selbstmord in diesen Zusammenhang? Und hatte sich Forselius vielleicht doch selbst umgebracht? Warum geschah das alles jetzt? Beinahe vierzig Jahre später?

Was mochte damals vorgefallen sein, dass es erst nach Jahrzehnten solche Folgen nach sich zog?

Eine Möglichkeit hatte er noch gar nicht erwogen. Der Gedanke kam so plötzlich, dass er beinahe zu bremsen vergessen hätte, als das Auto vor ihm vor einem Tunnel die Geschwindigkeit reduzierte: Sowohl Otto Forselius als auch Georg Horger konnten genauso gut ermordet worden sein. Sopran spulte in Gedanken die Chronologie seiner Ermittlungen ab und kam zu dem Schluss, dass er sich zu sehr auf die Aktivitäten der Legionäre und die Spekulationen um Forselius' dubiose Geldgeschäfte versteift hatte. So, wie sich die Dinge seit gestern entwickelten, lief es mittlerweile auf eine sehr persönliche Geschichte hinaus – nur die Zusammenhänge waren noch nicht erkennbar.

Als er den Tunnel bei Döggingen verließ, klingelte sein Telefon. Susanne Eberle. Er berührte mit dem Zeigefinger das Display und nahm das Gespräch an.

»Ah, endlich erreiche ich Sie. Hallo, Herr Sopran, Eberle. Es gibt Neuigkeiten.«

»Das ist ja eine gute Nachricht. Haben Sie Herrn Graf gefunden?«

»Ihn persönlich nicht, das müssen Sie schon selbst machen, aber seine Firma.«

»Da bin ich aber gespannt.« Und das war Sopran in der Tat.

»Es war gar nicht so schwer. Ich habe mich mit dem deutschen Büro der Tourismusbehörde von British Columbia in Verbindung gesetzt. Die haben in der Regel alle relevanten Touristikunternehmen gelistet, die mit Deutschland zusammenarbeiten.«

»Und …?«

»Graf besitzt eine Firma, die unter drei verschiedenen Namen Unterkünfte und Aktivitäten anbietet: ›Earl River Lodges‹, ›Earl Lake Lodges‹ und ›Earl Mountain Lodges‹. Dämmert Ihnen etwas? Earl: englisch – Graf: deutsch. Davon gibt es einige Lodges, die meisten in British Columbia, aber auch in Alberta und eine in Ontario. Dort kann man bei gehobenem Standard angeln, jagen, bergwandern, reiten und auf der Lodge in Ontario im Winter auch Hundeschlitten- und Schneemobiltouren machen.«

»Da hat der Herr Graf aber was auf die Beine gestellt«, stellte Sopran beeindruckt fest.

»Das kann man wohl sagen. Das Head Office befindet sich in der Lodge am Harrison Lake nördlich von Vancouver. Wenn Graf noch aktiv in der Firma arbeitet, sollten Sie versuchen, ihn dort zu erreichen. Den Link zur Website der Lodges habe ich Ihnen bereits gemailt.«

»Sie haben etwas gut bei mir. Ich bin noch unterwegs und setze mich gleich hin, wenn ich zu Hause bin. Vielen Dank! Sie können sicher sein, von mir zu hören.«

»Ist schon in Ordnung«, hörte er sie noch gönnerhaft sagen, als sie das Gespräch beendeten.

***

Auf der Fahrt von Freiburg zurück nach Hause hatte er alles noch einmal von unten nach oben gedreht. Nun wanderte er im Wohnzimmer auf und ab, ging zum Tisch, machte sich Notizen und setzte anschließend seine Wanderung fort, wie ein Tiger im Käfig.

Tagelang war er herumgefahren, hatte mit Leuten gesprochen, im Computer recherchiert, bis ihm die Augen getränt hatten. Er hatte schlecht geschlafen und geträumt, hatte ein schlechtes Gewissen Marietta gegenüber, und nun …?

Er glaubte, einige Fäden in der Hand zu haben, er wusste nur noch nicht, wie er sie verbinden und an welchem er zuerst ziehen sollte.

Über Florian Graf musste er sich noch schlaumachen. Vor allem brauchte er die Gewissheit, dass er sich noch in Kanada aufhielt. Den Gedanken, dass Graf etwas mit dem Tod von Georg Horger und mit dem Verschwinden von Otto Forselius zu tun haben könnte, verdrängte Sopran sofort wieder.

Vor dem Notebook auf dem Esstisch blieb er stehen, öffnete das Mailprogramm und suchte nach der Nachricht von Susanne Eberle mit dem Link zu den Lodges in Kanada. Dann rief er die Startseite der »Earl Lodges« auf.

Hätte er andere Absichten gehabt, Urlaub und Verreisen zum Beispiel, hätte ihn der Inhalt der Seite durchaus zum Weiterlesen gereizt. Doch er interessierte sich nur für das Impressum, um möglichst schnell Kontakt zu Florian Graf aufnehmen zu können. Wie spät mochte es an der Westküste Kanadas sein?

Die Weltzeituhr auf seinem Handy half ihm: In Vancouver war es Mittagszeit.

Die Website gab es auch auf Deutsch. Er konnte zwar sehr

gut Englisch, aber so war es einfacher. Er klickte sich zur Kontaktseite durch und notierte die Telefonnummer und Mailadresse. Dann wählte er die Nummer.

Er hörte den fremdartigen Freizeichenton. Kurz darauf meldete sich eine englisch sprechende Frauenstimme.

Sopran stellte sich als Journalist vor – sie durfte ruhig denken, dass er einen Bericht über die Lodges schreiben wollte – und fragte direkt nach Florian Graf.

Sie konnte ihm nicht weiterhelfen. Der Seniorchef sei nicht erreichbar, ob sie ihn mit dem Juniorchef verbinden dürfe.

Der Alte war also doch noch am Leben und der Junior auch im florierenden Unternehmen. Sopran hatte den Gedanken noch nicht zu Ende gebracht, als sich eine Männerstimme meldete. Er stellte sich noch einmal als Journalist aus Deutschland vor, der eigentlich mit Florian Graf reden wollte.

»Lassen Sie uns Deutsch sprechen, ich benutze so die Möglichkeit, mein Deutsch zu bessern. Sie wollen mit meinem Dad reden? Aber der fliegt doch heute nach Deutschland. Sind Sie der Mann, den er dort, wie sagt man auf Deutsch … kontaktet?«

Sopran war schlagartig hellwach.

»Ah, er ist bereits unterwegs. Das ist perfekt«, sagte er geistesgegenwärtig. »Ich bin Journalist, wir wollten uns treffen, haben aber noch keinen Termin und Treffpunkt vereinbart. Wie kann ich Herrn Graf in Deutschland erreichen?«

»Das kann ich Ihnen nicht sagen, aber meine Mom vielleicht weiß das. Sie ist zu Hause, ich kann einen Telefon-Link machen. Wollen Sie?«

»Oh ja, gern. Vielen Dank, *thank you so much*!«

Auf dem Weg nach Deutschland? Heute? Das konnte kein Zufall sein. Was ging hier vor?

»Hello?«

»Mrs. Graf? Sie sprechen Deutsch?«

»Ja, natürlich. Mein Sohn sagt, Sie möchten meinen Mann in Deutschland treffen.«

»Ja, ich bin Journalist. Ich habe von Ihrem Sohn gehört, dass Ihr Mann bereits heute nach Deutschland geflogen ist.«

»Er ist schon unterwegs. Es war so eilig, er hat mir nicht viel erzählt. Nur dass er zur Beerdigung eines Jugendfreundes fliegt.

In Soprans Gehirn arbeitete es fieberhaft. »Wir hatten auch vereinbart, uns zu treffen, sobald er in Deutschland ist. Ich wusste nicht, dass er heute schon fliegen wollte«, log er.

»Er wollte sich dort mit einem alten Studienfreund treffen. Er hat meinen Mann benachrichtigt, soweit ich es verstanden habe. Der Flug müsste mittags von Vancouver International abgehen. Er fliegt nach Frankfurt und von da weiter an den Bodensee.«

»Können Sie mir bitte seine Mobilnummer geben? Ich möchte ihn gern kontaktieren, wenn er in Deutschland angekommen ist.«

»Ja, einen Moment bitte.«

Es dauerte eine Weile, er hörte es im Hintergrund rascheln.

»Es wird schwer sein, ihn zu treffen. Er wollte nur drei Tage bleiben. Ich habe nun den Flugplan vor mir liegen. Er fliegt von Frankfurt weiter nach Friedrichshafen, wo er um zehn Uhr zwanzig ankommt. Er wird dort vom Sohn des Verstorbenen abgeholt.« Sie gab ihm Grafs Mobilnummer.

»Dann werde ich versuchen, ihn zu erreichen. Vielen herzlichen Dank und auf Wiederhören.«

Horgers Sohn Stefan sollte Florian Graf vom Flughafen abholen, zur Beerdigung seines Vaters? Horger konnte unmöglich morgen beerdigt werden, das hätte er mitbekommen. Doch warum sollte Florian Graf seine Frau anlügen? Warum war er wirklich auf dem Weg hierher? Mit einem alten Studienfreund wollte er sich treffen. War da noch einer außer Forselius und Horger? Was hatte er übersehen?

Auf keine dieser Fragen fand Sopran eine schnelle Antwort, noch nicht. Er stützte sich mit beiden Händen auf dem Küchenherd ab. Seinen linken Arm konnte er inzwischen wieder voll belasten.

Horgers Sohn … Ruhig und konzentriert verfolgte er den Gedanken. Florian Graf war der Dritte der Seglerclique. Otto Forselius war verschollen, Georg Horger tot. Horgers Sohn Stefan holte den letzten Lebenden des Trios morgen vom Flughafen ab.

Der Gedanke explodierte förmlich in seinem Kopf. Ein schrecklicher Verdacht keimte in ihm auf. Es war Freitagabend, Wochenende. Wenn Stefan Horger und seine Legionäre ihre Abendspaziergänge in Ravensburg und Friedrichshafen machten, musste er sofort runter zum Sägewerk. Wenn sie schon weg waren, konnte er ihn stellen, wenn er zurückkam.

Er schlug die Haustür hinter sich zu, warf sich in den Audi und schoss vom Hof, dass die Reifen quietschten.

Welches Spiel wurde hier gespielt? Warum machte er das? Das war doch vollkommen irrsinnig.

Es hatte aufgehört zu regnen. Die schweren Wolken, die am Himmel hingen, ließen es schneller dunkel werden als an den schönen Tagen davor.

Sopran hatte die Strecke in Rekordzeit zurückgelegt. Als er in die Zufahrt zum Bauernhof einbog, stand der A6 nicht vor dem Haus, aber es brannte Licht im Erdgeschoss.

Er gab noch einmal Gas und bremste danach so abrupt, dass er auf dem Kiesweg rutschte und zwei Meter vor dem Haus zum Stehen kam. Er mahnte sich zur Ruhe, mit Hektik kam er nicht weiter.

Langsam stieg er aus, schloss die Autotür und ging auf die Haustür zu. Das geräuschvolle Bremsmanöver musste man im Haus gehört haben, denn im selben Augenblick wurde die Tür geöffnet, und Stefan Horger stand im Türrahmen.

Sopran war größer als sein Gegenüber, der jedoch muskulöser und durchtrainierter. Aber eine körperliche Auseinandersetzung sollte das hier keinesfalls werden, nicht mit einer lädierten Schulter.

»Ich muss Sie sprechen, es ist dringend.«

Stefan Horger bekam den Mund nicht mehr zu. Sopran setzte noch einen drauf. Er fuchtelte mit seinem Journalistenausweis, den er aus seiner Geldbörse gezogen hatte, vor Horgers Nase herum. Aber so, dass er nicht sehen konnte, um welche Art von Ausweis es sich handelte. Sollte der doch glauben, was er wollte. Am besten, dass er von der Polizei oder vom Verfassungsschutz war. Hauptsache, der Trick zeigte Wirkung. »Wollen wir hineingehen?«

Stefan Horger hatte noch kein Wort von sich gegeben. Seine Starre löste sich zwar merklich, aber er machte keinerlei Anstalten, Sopran ins Haus zu lassen.

»Was haben Sie mit Otto Forselius zu tun? Was ist mit Ihrem Vater wirklich passiert? Warum kommt Florian Graf morgen hierher?« Mit jeder seiner Fragen, die Sopran ihm ins Gesicht schleuderte, näherte er sich Horger ein Stück mehr. »Los! Raus mit der Sprache!« Dann wich er etwas zurück und ließ ihm Zeit, zu antworten.

Stefan Horger starrte Sopran verständnislos an. Schließlich hob er die rechte Hand, fixierte ihn mit den Augen und bohrte ihm den rechten Zeigefinger genauso entgegen, wie es Soprans Vater, der Herr Offizier, immer getan hatte. »Was soll der Scheiß? Wer bist du eigentlich? Was bist du für ein Spinner?«

»Ich bin ein Bekannter Ihres Vaters.« Sopran versuchte, die Situation zu entschärfen. »Ich habe vorhin mit Florian Grafs Frau in Kanada gesprochen. Sie hat mir gesagt, Sie würden ihren Mann morgen vom Flughafen in Friedrichshafen abholen. Warum?«

Er bemerkte ein Funkeln in Stefan Horgers Augen, dessen Gesichtsausdruck von Überraschung hin zu spürbarer Aggression wechselte.

»Jetzt hör *du* mir mal zu. Wir machen das andersrum. Ich frage: Noch mal, was willst du von mir? Ich kenne keinen Forselius, ich kenne keinen Graf. Also, was … willst … du?«

»Sie kennen keinen Otto Forselius aus Finnland und keinen

Florian Graf aus Kanada? Beide waren vor vierzig Jahren Studienfreunde Ihres Vaters.«

»Herrgott noch mal! Hast du was auf den Ohren? Nein!«

»Dann müssen wir erst recht reden, dringend. Können wir reingehen?«

Stefan Horger machte nicht die geringsten Anstalten, dem zu folgen. Er steckte die Hände in die Taschen seines Lonsdale-Kapuzenpullis und baute sich mit hochgekrempelten Ärmeln vor Sopran auf.

»Wer sagt das? Wer sagt, dass wir reden müssen? Worüber?«

»Carl Sopran sagt das!« Sopran deutete mit dem rechten Zeigefinger auf seine eigene Brust. »Wenn Sie die Wahrheit sagen, und davon gehe ich aus, dann wird hier nicht nur ein Spielchen gespielt, sondern ein Mordsspiel. Ein Spiel mit Ihnen, mit mir und anderen … und ein Spiel mit Toten. Einer davon ist Ihr Vater! Also, wollen wir reingehen?«

Stefan Horger stand herausfordernd vor Sopran und musterte ihn mit zusammengekniffenen Augen. Langsam, Sekunde für Sekunde, löste sich seine Anspannung, dann drehte er sich plötzlich um und ging ins Haus.

Sopran folgte ihm.

Sie betraten einen dunklen Hausgang mit Steinboden, wie Sopran ihn von Bauernhäusern aus seiner Kindheit kannte. Alles war blitzsauber renoviert, die Wände, die Deckenbalken und auch die alten Holztüren, die vom Gang abgingen, in die anderen Räume im Erdgeschoss. Ganz hinten am Ende des Ganges nahm Sopran eine Holztreppe mit Geländer wahr, die ins Obergeschoss führte.

Stefan Horger öffnete die erste Tür rechts und ging vor Sopran hinein. Es war die Küche. Altes Haus, moderne Küche, aber alles passte verblüffend gut zusammen. Da hatte jemand bei der Renovierung Geschmack und Geschick bewiesen.

Nie würde man auf die Idee kommen, dachte Sopran, dass dies die Küche eines … ja, was war Stefan Horger eigentlich? Ein

Rechtsradikaler, ein Nazi sogar? Ein Rassist, ein Irregeleiteter oder einfach nur ein junger Mensch mit Ansichten, die er mit der Zeit wieder ändern würde?

Zumindest sah hier alles ganz normal aus, bis auf das schmutzige Geschirr auf dem Herd und in der Spüle, aber so etwas gab es auch in anderen Haushalten. Was hatte er eigentlich erwartet?

Während Stefan Horger in einer Schublade etwas zu suchen schien, spielte Sopran in Windeseile gedanklich das Szenario durch, das ihm gleich bevorstand. Er musste die leidige Geschichte erneut zum Besten geben. Aber wenn der Kerl wirklich unwissend war, musste er die Hintergründe für Soprans Auftritt kennen.

Doch was, wenn er ein begnadeter Schauspieler war und Sopran nur aushorchen wollte? War das denkbar? Eher nicht.

Stefan Horger kam mit einer Schachtel Zigaretten an den Küchentisch. Sie setzten sich gleichzeitig. Sopran ließ Stefan Horger nicht aus den Augen. Er hoffte, dass sonst niemand im Haus war.

Dennoch fühlte er sich unwohl. Sollte hier etwas schieflaufen, wusste niemand, wo er war.

Seit sie das Haus betreten hatten, hatten sie kein Wort gewechselt. Sie saßen sich gegenüber und fixierten sich schweigend, wie zwei Boxer.

Stefan Horger holte eine Zigarette aus der Schachtel, zündete sie an und lehnte sich im Stuhl zurück. Provozierend blies er den Rauch in Soprans Richtung.

Der ignorierte es, es amüsierte ihn sogar. Der Junge konnte nicht wissen, dass er schon ganz andere Typen geknackt hatte als diesen Pseudomacho.

»Du willst mit mir reden?«, fragte Stefan Horger in das Schweigen hinein. »Also … ich höre.«

»Okay, dann …«

Horgers Handy klingelte. Er holte es aus der Hosentasche und nahm das Gespräch an.

»Ich hab's dir doch gesagt! Schreib's dir halt auf, wenn du es dir nicht merken kannst. ... Ja ... scharf, den Döner. ... Macht nichts, ich hab eh grad Besuch, das dauert noch. ... Nein, kein Problem, es geht nur um meinen Vater. ... Nein, ich sag doch, alles paletti!« Er unterbrach die Verbindung, legte das Handy auf den Tisch und lehnte sich wieder zurück.

Sopran beobachtete ihn genau, während er seine Geschichte zu Ende erzählte. Er konnte nicht einschätzen, ob Stefan Horger gelangweilt war oder über das nachdachte, was ihm Sopran auftischte. Er hätte gern gewusst, was in dem jungen Mann vorging.

»Also noch mal: Graf kommt angeblich morgen zur Beerdigung Ihres Vaters. Und Sie«, er sah Stefan Horger durchdringend an, »Sie sollen ihn vom Flughafen abholen. Ist das so oder nicht?«

»Ich?«, fragte Horger überrascht. »Ich kapier überhaupt nichts. Was erzählst du da für einen Mist, Mann!«

Sopran beschloss, auch zum Du überzugehen: »Jetzt hör mir mal gut zu: Glaubst du, ich saug mir so eine Story aus den Fingern? Glaubst du, dass ich vor lauter Langeweile hierherkomme, um dir Märchen zu erzählen? Noch mal: Dies ist eine verdammt ernste Angelegenheit. Also denk nach. Warum hat sich dein Vater aus heiterem Himmel umgebracht? Bist du dir sicher, dass es Selbstmord war? Ich glaube nicht daran. Und morgen sollst du in Friedrichshafen angeblich einen Mann abholen, wovon du aber nichts weißt. Klickt's bei dir endlich?« Sopran klopfte sich mit dem rechten Zeigefinger an die Stirn.

»Ich kapier das einfach nicht, Mann.«

»Klasse, aber Hauptsache ist, dass ich es kapiere oder, besser gesagt, dass ich es verstehen möchte.« Sopran schlug mit der rechten Handfläche auf den Tisch. »Pass auf ... Stefan heißt du, oder?«

»Ja.«

»Hier läuft seit knapp fünf Wochen eine ganz dubiose Geschichte ab. Und ich befürchte, dass sie morgen ihren Abschluss findet. Wenn du es nicht bist, will *ich* verdammt noch mal wissen, wer Florian Graf hierherbestellt hat.«

Stefan Horger wollte etwas sagen.

»Warte … wann wird dein Vater beerdigt?«

»Das, das … ist noch gar nicht organisiert. Den hat die Polizei noch, der wird noch untersucht.«

»Siehst du? Und was soll der Graf morgen hier, wenn es gar keine Beerdigung gibt?«

In Stefan Horgers Hirn arbeitete es, das sah man. Dann stand er auf, ging zum Kühlschrank und holte zwei Flaschen Bier heraus.

»Magst du auch eins?« Er hielt Sopran eine Flasche hin.

»Danke.«

Er öffnete eine Schublade, ließ den Kronkorken von seiner Flasche schnallen und warf Sopran den Öffner zu. »Mann, ist das eine krasse Story. Was hast du nun vor?«

Sopran öffnete seine Bierflasche, schob den Öffner über den Tisch zurück und stieß mit Stefan Horger an. »Wir.«

»Wie – wir?«

Sopran nahm einen kräftigen Schluck, setzte die Flasche ab und betrachtete das Etikett. »Mach dir deine eigenen Gedanken, wenn ich hernach wieder weg bin. Aber sprich mit niemandem drüber, ist das klar? Halte dich morgen früh ab acht bereit. Graf landet gegen acht in Frankfurt und fliegt dann weiter nach Friedrichshafen. Zuerst hatte ich die Absicht, ihn zu warnen. Ich wollte ihm eine SMS schicken. Aber das lasse ich sein. Wir beide spielen das Spiel mit. Wir fahren gemeinsam runter zum Flughafen und dann werden wir sehen, wer dieser Sohn ist, der Graf abholt. Wie wir das genau machen, überlege ich mir noch.«

»Mann, das ist ja cool. Ich kann ja noch ein paar von meinen …«

»Bist du wahnsinnig? Niemand kommt sonst mit. Was habe ich dir gerade gesagt, und was hast du mir versprochen? Herrgott noch mal, kein Wort, zu niemandem. Hast du das nicht kapiert? Und was deine Freunde betrifft, lass das mit den Legionären, das ist unnützer Zeitvertreib. Euch ist doch nur langweilig. Morgen gibt es echten Stress – und wenn wir das erledigt haben, kümmerst du dich um die Firma deines Vaters. Hast du mich verstanden?« Er hob die Flasche und prostete Stefan Horger zu.

Der nahm Sopran gar nicht richtig wahr. Er nickte nur gedankenverloren und prostete zurück. Sie leerten ihre Bierflaschen fast gleichzeitig.

»Bleib heute zu Hause und sprich mit niemandem mehr, okay?«

Mit leichtem Unbehagen stieg Sopran ins Auto. Im Rückspiegel sah er, dass Stefan Horger in der Haustür stand und sich eine neue Zigarette anzündete. Im Licht der Hofbeleuchtung war zu erkennen, dass an den niedrigen Bäumchen in der Plantage jede Menge kleiner Äpfel hingen.

Sopran fuhr so langsam wie schon lange nicht mehr. Dass es so kommen würde, hätte er nie gedacht. Er war auf alles vorbereitet gewesen, aber dass er in Stefan Horger am Ende einen Verbündeten gewinnen würde, darauf nicht. Er hoffte nur, dass der Kerl bis morgen die Klappe hielt, aber als Einfaltspinsel schätzte Sopran ihn nicht ein. Er hatte ihn mit dieser unglaublichen Geschichte einfach nur überrumpelt, vielleicht auch überfordert.

Ein unangenehmes Gefühl kam in ihm hoch. Mit der Kanzlei war vereinbart, dass er parallel zur Polizei arbeiten sollte, aber nicht an ihr vorbei oder gar gegen sie. War das aber nicht schon längst passiert?

Den Gedanken, zur Polizei zu gehen, hatte er neulich verworfen. Möglicherweise war das ein Fehler gewesen. Wenn sie inzwischen bei Horger ebenso von einem Mord ausgingen, dann hätten seine Erkenntnisse erheblich zur weiteren Ermittlung beigetragen. Hatte er den Zeitpunkt, aus der Deckung zu kommen, längst verpasst?

Ihm wurde auf unangenehme Weise bewusst, dass er den Job falsch eingeschätzt hatte. Bei seinen früheren Recherchen hatte er keine Zwischenberichte abliefern müssen. Er hatte bei niemandem in der Verantwortung gestanden, war nie jemandem Rechenschaft schuldig gewesen. Entscheidend war das Ergebnis gewesen – und das hatte hieb- und stichfest zu sein, exakt und sauber recherchiert, mit glaubwürdigen Quellen unterlegt, jederzeit nachvollziehbar.

Der Job hier war anders. Hier hatte er unterschrieben, relevante Erkenntnisse mitzuteilen – der Kanzlei und, falls nötig, der Polizei. Das hatte er irgendwann ausgeblendet. Noch steckte er zu tief in seiner alten Arbeitsweise, alles erst dann zu präsentieren, wenn es fertig war.

Die Sache hier hatte bereits eine Eigendynamik entwickelt, die er nicht mehr bremsen konnte und auch nicht mehr bremsen wollte. Das alles war seine Arbeit gewesen. Was auch immer die Polizei in der Zwischenzeit ermittelt hatte, wusste er sowieso nicht. Sollten sie noch keine Fortschritte gemacht haben, konnte er ihnen morgen einiges zum Fall Forselius vorlegen.

Er hoffte nur, ohne größere Schäden und sauber aus der Nummer herauszukommen.

30

Stefan Horger ging in die Küche zurück, holte sich noch ein Bier aus dem Kühlschrank und setzte sich an den Tisch.

Was war das für eine unglaubliche Geschichte. Es hatte lange gebraucht, bis er einigermaßen verstanden hatte, was ihm dieser Sopran erzählt hatte.

Es war für ihn unbegreiflich, in was für eine Sache sein Vater da verwickelt gewesen war. Sein Vater, der ihm schon seit Jahren auf die Nerven ging mit seinem Wald, seiner Jägerei, mit seinem Kirchenchor und überhaupt mit seiner ganzen Firma, die ihm nichts als Arbeit und Sorgen brachte.

Er konnte es einfach nicht fassen.

Was hatte er damals getrieben mit seinen Kumpels, dass nach vierzig Jahren so ein Mist zum Vorschein kam und dermaßen hochkochte? Hatte der Idiot sich deshalb umgebracht? Er konnte ihn nicht mehr zur Rede stellen.

Stefan Horger griff zum Handy, das noch auf dem Tisch lag, und wählte eine Nummer aus dem Speicher. Niemand hob ab. Er blieb sitzen und wippte mit seinem kräftigen Oberkörper hin und her.

Noch einmal ging er in Gedanken durch, was er von der Geschichte noch im Kopf hatte. Er war nicht dumm. Er war zwar nicht aufs Gymnasium gegangen und hatte nicht studiert wie sein Vater und sein Bruder, aber er war nicht dumm.

Dann stand er auf, ging hinüber in die Stube zum alten Bauernschrank, der schon an diesem Platz stand, seit er sich erinnern konnte, öffnete eine Schublade und holte aus einer kleinen Schachtel einen Schlüssel heraus. Damit lief er hinaus auf den Gang und die Treppe nach oben.

Das Haus war groß. Nicht alle Zimmer im Obergeschoss waren renoviert, sie hatten noch die alten Türen mit Schlüssellöchern, durch die man hindurchsehen konnte. In einem der Zimmer ließ er ihn wohnen.

An der Tür zum letzten hinten rechts bückte er sich und spähte durchs Schlüsselloch. Drinnen war es dunkel, er konnte nichts erkennen.

Dann steckte er den Schlüssel ins Loch, drehte ihn einmal um und drückte die Klinke nach unten. Die Tür war noch zu. Nach der zweiten Umdrehung ging sie auf. Er zog den Schlüssel ab und steckte ihn in die Hosentasche.

Vorsichtig öffnete er die Tür, warf einen Blick in das dämmrige Zimmer und knipste das Licht an.

***

Langsam bewegte er sich durch die Apfelplantage, Baumreihe für Baumreihe näherte er sich dem Hof. Sicherheitshalber wartete er noch, ob der Mann noch einmal zurückkam.

Das Auto hatte er sofort erkannt, als er in die Hofeinfahrt einbiegen wollte. Stefans Audi hatte er schnell hinter der Hecke beim Sägewerk geparkt und sich zwischen den Apfelbäumen versteckt.

Sie hatten in der Küche gesessen, nur der Mann hatte gesprochen, unaufhörlich hatte er auf Stefan eingeredet. Er hatte es durch das Küchenfenster gesehen. Die Apfelplantage reichte nah ans Haus heran, seine Deckung brauchte er dabei nicht zu verlassen. Sie hatten zusammen ein Bier getrunken.

Er bekam Gänsehaut, wenn er daran dachte. Der Mann war gefährlich, er hatte ihn unterschätzt. Warum hatte er ihn in den letzten Tagen aus den Augen gelassen? Er spürte es, wenn man ihm Böses wollte. Der Mann wollte ihm nichts Gutes. Er war nicht ziellos durch die Gegend gefahren, er hatte ihn endgültig aufgespürt. Warum sonst wäre er hier gewesen. Er hatte etwas herausgefunden und Stefan davon berichtet.

Die Apfelbäume hatte er noch nicht gezählt. Zählen half,

zählen half immer. Dabei konnte er abschalten und sich konzentrieren. Danach ging es ihm wieder besser. Aber nicht jetzt. Ein anderes Mal. Nur die Reihen hatte er gezählt, von der Straße bis zum Hof waren es siebenundfünfzig. Als sie in der Küche aufgestanden waren, hatte er sich zurückgezogen bis zur Reihe zwölf.

Er hätte längst zurück sein sollen. Er musste das Auto holen und sich eine Ausrede einfallen lassen, warum er so spät kam und das Essen kalt war.

Er durfte nicht nervös werden. Mit dem Mann hatte er nicht gerechnet. Worüber hatten sie gesprochen?

Reihe drei, er war nahe am Hof. In der Küche brannte das Licht, er konnte die Deckenleuchte von hier sehen.

In diesem Augenblick wurde auch im ersten Stock das Licht eingeschaltet – in seinem Zimmer.

Stefan! Stefan, warum bist du in meinem Zimmer? Was machst du da? Du darfst das nicht!

***

Beim Eintreten kickte er mit der Fußspitze einen kleinen Holzspan beiseite, der am Boden lag, dann schloss er die Tür hinter sich und sah sich im Zimmer um.

Es war eine alte Bude, noch aus Opas Zeiten, aber alles war sauber und aufgeräumt. Das Bett war gemacht, auf der Ablage über dem Waschbecken war außer einem Plastikbecher mit einer Zahnbürste und einer Tube Zahnpasta nichts zu sehen.

Wo hatte der seine persönlichen Sachen?

Er schaute in den Schrank. Ein paar Hemden und T-Shirts, Unterhosen, eine Jeans, eine Fleecejacke und noch ein paar weitere Kleidungsstücke lagen gewaschen und gebügelt da. Wann hatte der Kerl Wäsche gewaschen und gebügelt? Er hatte das nie gesehen.

Unter dem Bett fand er eine Reisetasche. Er zog sie hervor

und öffnete sie. Außer einem Paar schwarzer Sportschuhe mit silbergrauen Streifen war sie leer. Auch die Schuhe waren sauber und kaum getragen.

Als er sich aufrichtete, entdeckte er auf der Tapete über dem Bett eine mit Filzstift geschriebene Zahl – 4958 – und einen Pfeil, der nach links zeigte.

4958? Was hatte das zu bedeuten? Stefan Horger schüttelte ratlos den Kopf.

Auf dem alten Esstisch vor dem Fenster lagen ein Tablet-PC, ein Kugelschreiber, ein gelber Textmarker und ein schwarzer Filzstift. Er öffnete die Besteckschublade. Es war weiter nichts darin als ein Buch. Er nahm es heraus und blätterte es durch. Er hielt einen Gedichtband in der Hand. Wer las denn so was?

Nicht ein einziges der Gedichte verstand er. Wie konnte man nur so etwas schreiben und vor allem auch noch lesen? Wenn man ein Gedicht für die Schule auswendig lernen musste, vielleicht, aber freiwillig?

Er wollte das Buch schon zurücklegen, als er entdeckte, dass ein paar Zeilen eines Gedichts gelb markiert waren:

Jägerruf und Blutgebell;
Hinter Kreuz und braunem Hügel
Blindet sacht der Weiherspiegel,
Schreit der Habicht hart und hell.

Er ließ die Seiten durch seine Finger gleiten. Da war noch ein Gedicht markiert.

Beim Tageslicht drunt' im Kellerloch
Der Tote malt mit weißer Hand
Ein grinsend Schweigen an die Wand.

Stefan Horger blätterte zwischen den beiden markierten Gedichten hin und her und versuchte, den Text und den Zusammenhang zu verstehen. Beim Zuklappen stieß er auf Zahlenreihen, die auf die Innenseite des hinteren Buchdeckels notiert waren. 62°52'13"N 25°49'15"O. Dann legte er das Buch in die Schublade zurück.

Er hatte sich diesen Magi, wie sie ihn nannten, weil er so mager war, ins Haus geholt, nein, er war vor drei Wochen plötzlich hier erschienen. Er hatte erzählt, dass er längere Zeit in Finnland gewesen sei und mit den Gründern von Wotans Legionären besprochen habe, wie man in Deutschland die wenigen bereits existierenden Gruppen besser vernetzen könne. Er wolle von Gruppe zu Gruppe fahren und sie beraten, das sei in anderen Ländern zur selben Zeit auch so gemacht worden. Anschließend solle ein Konzept für alle europäischen Länder ausgearbeitet werden.

Alles hatte er ihm geglaubt und diesen Kerl sogar noch bei sich wohnen lassen.

Er sah sich im Zimmer um, es war das Zimmer eines Irren.

Er hatte einen Irren im Haus.

Er schaltete das Licht aus, öffnete die Tür, trat auf den Gang hinaus, griff nach dem Zimmerschlüssel in seiner Hosentasche und schloss hinter sich ab.

Den Luftzug spürte er noch und das kurze Stöhnen auch, dann traf ihn der wuchtige Schlag in den Nacken.

31

Er war neben dem Toten, dessen Kopf im rechten Winkel zu den Schultern hing, auf den Boden gesunken. Er hatte ihm das Genick gebrochen, der Schlag war hart gewesen. Dieses Mal hatte er es besser gemacht.

Durch das Schlüsselloch hatte er ihn beobachtet. Warum hatte er in seinem Buch gelesen, das ging ihn nichts an! Das durfte er nicht! Es war sein Buch und das Buch seiner Mutter. Er hatte es beschmutzt mit seinen dreckigen Sägewerkerhänden. Nichts von dem, was in dem Buch stand, hatte er verstanden. Durch das Schlüsselloch hatte er es an seinem Gesicht gesehen.

Das hatte er nicht gewollt. Stefan war selbst schuld, warum schnüffelte er hinter ihm her?

Der Mann vorhin, er wollte *ihn* haben, er hatte es immer gewusst, er hatte Stefan zu seinem Komplizen gemacht.

Es gelang ihm nicht, dem Toten ins Gesicht zu sehen. Bei den anderen beiden konnte er das. Es hatte ihn sogar befriedigt, als er in ihre starren Augen gesehen hatte.

Er musste ihn wegschaffen, aber wohin?

Langsam stemmte er sich an der Wand hoch, ging zum Lichtschalter, schaltete das Ganglicht ein und untersuchte den Fußboden neben und unter dem Toten. Nirgends fand er Blut, er hatte ihn nur im Genick getroffen, auch das Nageleisen, mit dem er zugeschlagen hatte, war sauber. Das war gut.

Das Licht in der Küche brannte noch. Er lief nach unten und machte es aus. Es musste aussehen, als sei niemand zu Hause.

Wie sollte er den schweren Körper aus dem Haus bekommen und wohin damit?

Er sank auf den Boden und hielt sich die Hände vors Gesicht. Er musste nachdenken.

Die Güllegrube! Sie war nicht weit vom Fenster entfernt,

unter dem der tote Stefan lag. Doch wie sollte er ihn nach unten bekommen? Einfach aus dem Fenster fallen lassen?

Bluteten Tote noch? Es war ihm zu unsicher. Wenn der Körper mit dem Kopf auf dem Betonboden aufschlug, konnte das der Fall sein.

Vorsichtig öffnete er das Fenster. Die dunklen Wolken am Himmel machten die Nacht noch finsterer als sonst um diese Jahreszeit.

Das Fenster ging auf die Rückseite des Hauses. Rundherum war nur die Apfelplantage zu sehen. Unter dem Fenster lag der betonierte Hof mit einem alten, gemauerten Misthaufen und der aufgelassenen Güllegrube daneben. Dort stand auch sein Opel Astra.

Auf drei bis vier Meter schätzte er die Höhe vom Fenstersims bis zum Boden. Wenn er ein Seil gehabt hätte, hätte er ihn ablassen können. Bis zur Güllegrube waren es dann nur ein paar Meter.

Er lief hinunter in den Hausgang und durch die Tür hinter der Treppe in die alte Werkstatt, schaltete das Licht an und sah sich um. Einen Strick fand er keinen, aber eine große Rolle Schnur, wie man sie zum Verschnüren von Strohballen verwendete. Wenn er sie doppelt oder dreifach nahm, müsste sie halten.

Mit der Schnurrolle und einem alten Messer, das auf der Werkbank lag, lief er zurück nach oben, zog ausreichend Schnur von der Rolle, nahm sie doppelt und verknotete den leblosen Körper damit so, dass er nicht aus der Verschnürung rutschen konnte. Es war nicht schön anzusehen, wie der Kopf des Toten hin- und herpendelte wie an einem Gummiband.

Es war ein mächtiges Stück Arbeit, den Körper auf den Fenstersims zu hieven, sodass die Beine bereits nach draußen hingen.

Da fiel ihm ein, dass er ihn nicht mit bloßen Händen abseilen konnte. Er hätte von der Schnur schon nach dem ersten Meter aufgescheuerte und blutige Hände gehabt.

Er überlegte kurz, dann zog er den Kapuzenpulli aus, den

er sowieso nie gemocht hatte, wickelte ihn mehrfach um seine Hände, packte damit, so gut es ging, die doppelt gefasste Schnur, wickelte diese auch um seine Hände und begann langsam, Zentimeter für Zentimeter, den toten Stefan Horger abzulassen. In diesem Augenblick dachte er an den Finnen, den er fast auf die gleiche Weise aus dem Boot und in den See hatte gleiten lassen.

Der Tote verschwand langsam aus seinem Blickfeld und wurde schwerer und schwerer. Er stemmte sich mit beiden Füßen gegen die Wand. Lange konnte er die Schnur nicht mehr festhalten. Sie zog sich viel zu schnell durch seine Hände. Der Pulli darunter wurde so heiß, dass er es nicht mehr aushielt und loslassen musste.

Er stürzte rückwärts auf den Boden und hörte draußen ein dumpfes Geräusch. Seine Hände schmerzten und hatten rote Striemen, als er sie aus dem Pulli zog.

Der nicht benutzte Teil der Schnurrolle lag noch auf dem Boden, der andere hing aus dem Fenster. Er raffte sich auf und beugte sich über den Sims. Dort unten lag er, krumm und verrenkt sah er aus.

Mit einem kurzen Schnitt trennte er die Schnur durch. Der äußere Teil glitt nach draußen und fiel neben den Toten. Im hölzernen Fensterbrett hatte sie eine Kerbe hinterlassen.

Dann packte er alles zusammen, Schnur, Nageleisen und Messer, und ging nach unten, um die Leiche zu entsorgen.

32

Um halb acht klingelte der Handywecker. Sopran kroch aus dem Bett, schlurfte zum Schlafzimmerfenster und zog das Rollo hoch. Die Bewölkung war über Nacht lockerer geworden, wenn die eine Wolke weggezogen war, konnte vielleicht sogar die Sonne ins Schlafzimmer scheinen.

Morgen war es an der Zeit, das Bett neu zu beziehen, die Wäsche zu waschen und das Bad zu putzen, sonst würde er Marietta am Montag nicht erklären können, was er die ganze Zeit getrieben hatte.

Mit der Morgentoilette hatte er keine Eile, es war noch Zeit bis zu Grafs Ankunft. Während er unter der Dusche stand, stellte er sich noch einmal die entscheidende Frage, der er bisher immer ausgewichen war: Wann hatte er den Zeitpunkt verpasst, da er die Polizei hätte einschalten müssen?

Vor allem in den letzten beiden Tagen hatte er eine Menge herausgefunden, aber war sein Herumstochern in der Vergangenheit von Forselius und Horger relevant für die Polizei? Was er gestern Abend erlebt hatte und was er heute noch vorhatte, war allerdings grenzwertig.

Er sollte den jungen Horger ins Auto packen und mit ihm zur Polizei statt zum Flughafen fahren. Doch er hatte einen anderen Plan. Sie mussten auf dem Flughafen nur Graf in die Finger bekommen, dann war das Schlimmste schon verhindert.

Er trocknete sich ab, putzte die Zähne und zog sich an. Ehe er sich einen Kaffee machte, beschloss er, das nachzuholen, was er gestern aus Rücksicht hatte sein lassen. Er würde Sibylle Kasinski aus dem Bett klingeln. Er benötigte schnellstens eine Beschreibung ihres Cousins. Sollte er es sein, wie er vermutete, der Graf am Flughafen abholte, musste er ihn identifizieren können. Bereits vor dem Ankunftsgate.

Er ging nach unten und wählte mit dem Handy die Nummer in Freiburg. Es klingelte dreimal.

»Kasinski.«

»Guten Morgen, Frau Kasinski, hier ist noch einmal Carl Sopran. Bitte entschuldigen Sie, dass ich so früh anrufe. Hoffentlich habe ich Sie nicht geweckt.«

»Guten Morgen. Nein, Sie haben Glück, ich bin Frühaufsteherin und schon auf dem Sprung. Was gibt's noch?«

»Können Sie mir bitte beschreiben, wie Simon aussieht? Er war doch vor ein paar Wochen bei Ihnen.«

»Warum wollen Sie das wissen?«, fragte Sibylle Kasinski überrascht.

»Ich habe eine Vermutung, wo er sich aufhalten könnte. Ich kann auch völlig falschliegen, aber einen Versuch ist es wert. Ich glaube, er macht gerade Dummheiten. Ich könnte ihn davor bewahren, noch Schlimmeres anzurichten, wenn ich wüsste, wie er …«

»Ich habe mir gleich gedacht, dass der Knabe nicht ganz koscher ist. Dann rufen Sie doch die Polizei, ich will nichts damit zu tun haben. Es reicht schon, dass er auf meine Adresse gemeldet ist.«

Sopran spürte, wie Sibylle Kasinski mit sich kämpfte.

»Also gut: Er ist ziemlich groß, sehr schlank, hat ein längliches, hageres Gesicht und dunkle, leicht wellige Haare, oben am Kopf etwas länger. Und er hat große Füße, größer als Schuhgröße fünfundvierzig. Er geht ein bisschen komisch, ungelenk, würde ich es nennen. Sonst …«

Sopran fiel es wie Schuppen von den Augen. Er hatte den Kerl schon seit Tagen in seiner unmittelbaren Nähe gehabt. Seit gestern Abend hatte er eine Ahnung und nun die Gewissheit.

»Das genügt mir, vielen Dank!«

»Hören Sie, machen Sie, was Sie wollen, aber halten Sie mir ihn und auch die Polizei vom Leib, ich muss los«, sagte Sibylle Kasinski und beendete das Gespräch.

Warum nur hatte er sie nicht letzte Nacht noch aus dem Bett geholt? Dann wäre seine Vermutung schon eher bestätigt worden, dass ihr Cousin Simon, Cosimas Sohn, auf einem Rachefeldzug war, den er sich noch nicht erklären konnte. Was hatte er nach Jahrzehnten herausgefunden, das ihn dazu trieb, die ehemaligen Jugendfreunde seiner Mutter umzubringen?

Einer von ihnen lebte noch. Er musste dringend Stefan Horger anrufen.

Er ging nicht ans Telefon. Sopran sprach auf die Mailbox: »Stefan, verdammt, was ist los? Wir hatten ausgemacht, dass du dich ab acht Uhr bereithältst. Wir müssen um neun runter zum Flughafen. Melde dich!«

Er ließ alles stehen und liegen, steckte das Handy in die Hosentasche, schlüpfte in die Schuhe, schnappte sich die Autoschlüssel und schmiss die Haustür hinter sich zu.

Mit Karacho schoss er vom Hof. Die Bluetooth-Verbindung zu seiner Freisprechanlage war von gestern noch aktiv. Erneut wählte er Stefan Horgers Nummer. Wieder sprang nur die Mailbox an.

Da war etwas gründlich schiefgelaufen. Schlimmstenfalls hatte er einen jungen Burschen auf dem Gewissen. Er mochte schreien vor Wut auf sich selbst. Warum hatte er Stefan Horger mit hineingezogen? Vor lauter Ehrgeiz und Überheblichkeit hatte er den Überblick verloren. Die Sache lief gewaltig aus dem Ruder.

Auf der Bundesstraße überholte Sopran einen Kleintransporter mit hundertvierzig, obwohl es höchstens noch zwei Kilometer bis zur Abfahrt zum Sägewerk waren. Entlang der Siedlung drosselte er das Tempo. Er wollte keines der Kinder überfahren, die weiter vorn mit ihren Rädern unterwegs waren.

Er bog zum Bauernhaus ab, bremste davor, stürzte aus dem Auto und lief zur Haustür. Eine gefühlte Ewigkeit drückte er auf den Klingelknopf, rüttelte an der Tür und schlug mit der Faust dagegen. Nichts rührte sich.

Er lief die Hauswand entlang, von Fenster zu Fenster, klopfte auch dort und rief nach Stefan Horger – nichts.

Er rannte auf die Rückseite des Hauses: Auch hier kein Lebenszeichen, nur ein paar nicht mehr benutzte landwirtschaftliche Geräte standen auf dem betonierten Platz. Beinahe wäre er über einen Betondeckel gestolpert, dessen Kante etwas über den Boden ragte.

Neben einem Schuppen stand ein dunkelblauer Opel Astra Kombi. Sopran blieb wie versteinert davor stehen. In seinem Gehirn arbeitete es fieberhaft. Das war der Wagen, der auf der Rückfahrt von Konstanz hinter ihm trotz Gegenverkehrs versucht hatte, einen Lastwagen zu überholen. So früh war der Kerl ihm schon auf die Spur gekommen!

Die Tür zum Hintereingang war verschlossen. Auch auf der anderen Hausseite versuchte er es. Klopfte an die Scheiben und rief nach Stefan – nichts, kein Laut, keine Menschenseele.

Sein Auto stand noch mit weit geöffneter Fahrertür vor dem Haus. Er schwang sich hinter das Steuer, warf die Tür zu, startete den Motor, wendete und drückte aufs Gas, um nach fünfzig Metern schon wieder heftig zu bremsen.

Der schwarze Audi war vor dem Büro geparkt, das konnte er schon von Weitem sehen. Der dunkelblaue Opel stand hinter dem Bauernhof. Mit welchem Auto war der Kerl zum Flughafen gefahren? Der müsste doch längst unterwegs sein, wenn er Graf abholen wollte.

Sopran stellte den Motor ab, stieg aus und blieb neben seinem Auto stehen. Er schaute auf die Uhr, auch für ihn wurde es nun zu knapp, um Graf eventuell am Gate noch abfangen zu können, er hatte zu Hause doch zu viel Zeit verloren.

Im Sägewerk war alles ruhig, soweit er es erkennen konnte. Hinter ihm bog ein kleiner Lieferwagen in die Zufahrt zum Wohngebiet ab, ein Pizzaexpress. Sopran schaute dem Wagen hinterher.

Herrgott und verdammt noch mal!, dachte Sopran. Stefan

Horger hatte gestern mit jemandem telefoniert, den er kannte, und einen Döner bestellt. Er war mehr als eine halbe Stunde bei ihm gewesen, aber niemand war mit dem Essen gekommen. Der Kerl, und der war Simon, dessen war sich Sopran sicher, musste beim Essenholen gewesen sein, deshalb hatte der Audi nicht vor dem Haus gestanden. Er musste mitbekommen haben, dass Sopran dort gewesen war. Deshalb war er nicht mit dem von Stefan bestellten Döner erschienen.

Wieder ließ Sopran seinen Blick über das Sägewerksgelände streifen, nichts rührte sich. Mit verschränkten Händen stand er da und ließ die Fingergelenke knacken. Eine alte Gewohnheit, wenn er unter besonderer Spannung stand.

Er durfte jetzt keinen Fehler machen. Wenn Simon den Wagen gestern genommen hatte, konnte er noch die Schlüssel haben. Den Opel, der offensichtlich Simons eigener Wagen war, hatte Sopran vorhin hinter dem Hof entdeckt. Es sah nicht danach aus, als sollte er spontan benutzt werden.

Stefan war nicht zu erreichen und nirgendwo zu finden. Warum sollte sein Wagen vor dem Büro stehen? Wo war Simon Kasinski, wenn er nicht am Flughafen war? Was oder wer würde Graf erwarten, wenn er in den kommenden Minuten landete? Sopran verstand plötzlich überhaupt nichts mehr.

Langsam ging er in Richtung Sägewerk. An der Hecke zur Einfahrt blieb er stehen und beobachtete eine Weile das Bürogebäude. Wenn sich Simon auf dem Gelände oder im Gebäude befand, hatte er ihn längst entdeckt.

Als er nichts Ungewöhnliches feststellen konnte, näherte sich Sopran vorsichtig dem Audi und inspizierte durch das Fenster das Wageninnere. Es war nichts zu sehen außer ein paar leeren Energydrink-Dosen auf dem Fußboden vor dem Beifahrersitz und einer zerknüllten Papiertüte auf dem Rücksitz.

Sopran zog am Griff der Fahrertür, der Audi war offen. Er beugte sich über den Fahrersitz ins Innere, der Zündschlüssel war abgezogen. Wonach suchte er eigentlich? Da war nichts.

Er trat ein paar Schritte zurück und musterte das Bürohaus. Alle Fenster waren geschlossen, und im Erdgeschoss waren die Jalousien heruntergelassen. Es war Samstag.

Dann griff er nach dem Türknauf und drehte ihn nach links. Die Tür ließ sich öffnen. Sopran drückte sie einen Spalt auf und wartete.

Langsam schob er die Tür ganz auf, trat ein, ließ sie aber hinter sich offen stehen. So fiel etwas Tageslicht in den abgedunkelten Raum, und er konnte sich umsehen.

Es war alles so, wie er es von seinem Besuch mit Christina, auf den Tag genau vor einer Woche, in Erinnerung hatte. Schreibtische mit PC-Bildschirmen, Zeichentische, Papierrollen mit Konstruktionszeichnungen, aber keine Menschenseele.

Wenn Stefan im Haus gewesen wäre, hätte er sich längst bemerkbar gemacht.

Aber warum war das Büro nicht abgeschlossen?

Sopran drehte sich um, ging zur Tür hinaus und blickte ums Eck in Richtung Sägewerk. Das Rolltor der Halle war zu. Nichts war zu hören. Niemand war zu sehen.

Was auch immer hier ablief, es beunruhigte ihn zutiefst. Er ahnte es, wollte es aber einfach nicht wahrhaben, dass dieser Simon außer Kontrolle geraten war. Mit nichts anderem war dies hier zu erklären.

Zum wiederholten Mal machte er sich denselben Vorwurf: Hätte er doch nur gestern schon reagiert und eingegriffen. Dann tat Sopran, was er schon lange hätte tun sollen. Er zog sein Handy aus der Hosentasche und wählte Christina Hellmans Mobilnummer.

»Guten Morgen, Christina«, sagte er leise und mit vorgehaltener Hand, nachdem sie sich gemeldet hatte. »Es ist wichtig, es muss jetzt ganz schnell gehen. Gestern Abend hat sich alles überschlagen: Ich weiß, wer Forselius und Horger möglicherweise umgebracht hat, aber ich kenne den Grund noch nicht. Ich bin im Sägewerk. Er ist hier. Bitte sorgen Sie dafür, dass die Polizei schnellstens hier auftaucht. Sie sind Anwältin, Sie können denen das besser vermitteln als ich. Ich warte hier.« Dann legte auf.

Er beschloss, sich noch kurz in Georg Horgers Wohnbüro umzusehen, und versuchte, so geräuschlos wie möglich die Treppe hinaufzugehen. Auch hier oben war die Tür nur angelehnt. Er gab ihr einen leichten Schubs.

Auf der Schwelle stehend, betrachtete er die stattliche Sammlung an Hirschgeweihen. Dann explodierte sein Kopf. Jemand schlug auf ihn ein, immer wieder, mit einem Holzbrett, nur auf seinen Kopf. Jedes Mal, wenn er ihm einen Schlag versetzte, stöhnte Sopran laut auf.

Er konnte seinem Angreifer ins Gesicht sehen. Die Augen hatte er weit aufgerissen, die Haare hingen ihm in die Stirn, Spucke lief ihm in langen Fäden aus den Mundwinkeln. Sopran blickte blankem Hass in die Augen.

In der Rückwärtsbewegung nahm er noch die Treppe wahr, spürte ein Rütteln im Körper und hörte ein Poltern. Er sah ein abstürzendes Flugzeug auf sich zukommen … dann war Stille.

33

Eine Tür fiel ins Schloss, erst hörte er Schritte und dann Stimmen. Diese unsäglichen Kopfschmerzen, sie bohrten unaufhörlich gegen Stirn und Schädeldecke, er musste dringend eine Tablette nehmen.

Er versuchte, die Augen zu öffnen, doch beim geringsten Zucken der Augenlider schoss ihm ein weiterer Schmerz durch den Kopf, als würde er seine Stirn auf eine heiße Herdplatte legen.

Er konnte kaum richtig atmen, nur durch die Nase war es möglich. Er musste würgen, es zerriss ihm beinahe den Kopf. Etwas steckte in seinem Mund, er konnte die Zunge nicht bewegen.

Wieder peinigte ihn ein Würgeanfall, die Kopfschmerzen waren unerträglich.

Langsam kam Sopran zu sich. Er hielt die Augen geschlossen und spürte, dass er auf einem harten Boden lag. Er glaubte, den Geruch von Holz wahrzunehmen. Hände und Füße steckten fest, wie in einem Schraubstock. Er war gefesselt, seine schmerzenden Handgelenke pulsierten.

Beide Schultern taten so weh wie sein Kopf. Er wusste nicht, welcher Schmerz schlimmer war. So gut es ging, versuchte er, durch die Nase zu atmen.

Es war jemand da, er hörte Stimmen ganz in seiner Nähe.

»Mit dem Taxi ging es ganz schnell. So sieht es hier also aus. Ich war noch nie in Georgs Firma. Und Sie sind sein Sohn. Schön, Sie kennenzulernen. Zu Hause im Allgäu war ich auch schon seit Jahren nicht mehr.«

Dann fiel eine Tür zu, und Schritte näherten sich. Er hörte die Bodendielen knarzen.

Das musste Florian Graf sein, den er reden hörte. Wie lange lag er hier schon in diesem Zustand? Sopran zwang sich, die

Schmerzen auszublenden. Sollte er es wagen, sich zu bewegen, irgendwie auf sich aufmerksam zu machen?

»Mir wäre es lieber, der Anlass wäre ein anderer.«

Sopran hörte es poltern und scharren, als würden Stühle hin und her geschoben. Er vernahm aus dem Hintergrund eine andere Stimme, die etwas sagte, aber von den Geräuschen übertönt wurde. Er versuchte, sich in eine bequemere Position zu rücken, was ihm nur unter größten Schmerzen gelang.

Die Stimme, von der Sopran annahm, dass es die von Florian Graf war, war plötzlich weiter weg. Sie hatten den Platz gewechselt, oder er drehte ihm den Rücken zu. Er glaubte, verstanden zu haben, dass Graf nach Otto Forselius gefragt hatte.

»... hat geschrieben, ich solle unbedingt zur Beerdigung kommen, Georg habe etwas hinterlassen, worüber er dringend mit mir persönlich reden müsse. Ich habe ihm zurückgeschrieben, weil ich mir überhaupt nicht vorstellen konnte, was er damit meinte. Er hat nur kurz geantwortet, Georg habe sich das Leben genommen und das ginge nur unter vier Augen. Ich solle mich ins Flugzeug setzen und herkommen. Er würde schon ab Freitag hier sein. Warum sagen Sie nichts? Sie sind doch Georgs Sohn. Wissen Sie, worum es sich handelt?«

»Ich weiß es nicht.« Die andere Stimme war ganz nah. Das musste Simon Kasinski sein.

Wenn er die Augen vorsichtig öffnete, sah Sopran schemenhaft ein Möbelstück, das ein Schreibtisch sein konnte, und dahinter zwei Hosenbeine und Füße in sehr großen Schuhen. Er durfte sich auf keinen Fall bewegen, vielleicht behielt Simon ihn im Auge.

Der rechte Schuh begann leicht zu wippen. »Wie war das denn früher so? Ihr wart doch zusammen oft am Bodensee beim Segeln, habe ich gehört.«

Ein erneuter Würgereiz plagte Sopran, Schweißperlen standen ihm auf der Stirn. Nur mit Mühe konnte er dem Gespräch folgen.

»Was hat Georg Ihnen erzählt?«

»Nicht von Georg, von Forselius weiß ich das«, sagte Simon Kasinski, während Sopran angestrengt versuchte, ganz ruhig durch die Nase zu atmen.

»Ich verstehe gar nichts mehr, wie meinen Sie das?«

»Wie ich's gesagt habe. Forselius hat es mir gesagt und dass ihr viel Spaß hattet auf dem Boot, mit Frauen zum Beispiel.«

Plötzlich herrschte Totenstille.

»Was ist hier los? Wer sind Sie? Sie sind doch Georgs Sohn, oder?« Graf war kaum zu verstehen, er flüsterte beinahe.

Sopran hörte ein Poltern hinter dem Schreibtisch. Er sah, wie sich die großen Schuhe seitwärts drehten. Dann überschlug sich Grafs Stimme:

»Tun Sie das Gewehr weg und sagen Sie mir auf der Stelle, was hier los ist! Sie sind doch verrückt!«

»So verrückt wie meine Mutter?«

»Ihre Mutter? Was habe ich mit Ihrer Mutter zu tun? Sagen Sie mir endlich, worum es geht! Wer sind Sie?«

»Simon Kasinski, geboren am 28. April 1980. Meine Mutter hieß Cosima Kasinski.«

»Mein Gott! Wo ist Otto?«

»Ihr habt meine Mutter vergewaltigt und sie danach alleingelassen. Und weißt du, wo sie anschließend gelandet ist? Weißt du's? Nein? Im Irrenhaus. Und es kommt noch schlimmer. Sie hat sich umgebracht.« Simon Kasinski sprach ruhig und gefasst, dennoch spürte Sopran den unendlichen Hass in seiner Stimme.

»Wo ist Otto? Der soll doch hier sein! Wo ist Otto?«

»Zweiundsechzig Grad, zweiundfünfzig Minuten, dreizehn Sekunden Nord. Fünfundzwanzig Grad, neunundvierzig Minuten, fünfzehn Sekunden Ost. Finnland. Päijännesee. Da liegt er, ganz tief unten.«

Sopran hatte augenblicklich realisiert, dass dies Koordinaten waren. Emotionslos wie ein GPS-Gerät hatte Kasinski sie heruntergebetet. Kein Wunder, dass Forselius nicht aufzufinden gewesen war.

Er war zu sehr mit seiner misslichen Lage beschäftigt, als dass er sich auch nur eine der Koordinaten hätte merken können.

»Wir haben deine Mutter nicht vergewaltigt, sie …«, dann war nur noch ein unverständliches, leises Flüstern und Schluchzen zu hören.

Sopran war klar genug, um wahrzunehmen, dass er Zeuge eines Tribunals geworden war. Er hatte Georg Horger vor Augen, wie er um sein Leben bettelte, da fing Graf wieder lauter an zu jammern:

»Hören Sie … es war nicht so, wir … wir hatten wirklich Spaß, wir waren in der Disco, wir hatten was getrunken und auch was geraucht … alle … wir …«

Mit einem letzten Rest an Wahrnehmungsvermögen hörte Sopran draußen ein lautes Motorengeräusch, wie von einem Traktor.

Plötzlich fing Graf an, laut zu brüllen und um Hilfe zu rufen. Seine Stimme überschlug sich beinahe.

Der Traktor wurde abgestellt, im selben Augenblick vernahm Sopran einen dumpfen Laut. Dann war es plötzlich still. Der Traktor war nicht mehr zu hören und Graf hatte abrupt aufgehört zu schreien.

Es klingelte an der Bürotür, einmal, zweimal. Erst rüttelte jemand an der Tür, dann klopfte er ans Fenster.

»Stefan … Stefan! Bist du da? Ich würde gern die Balken abholen, für den Schuppen! Stefan?«

Nach einer Weile wurde der Traktor gestartet und fuhr weg. Es herrschte wieder Ruhe. Bis ein ohrenbetäubender Knall die Stille beendete.

Sopran wusste nur zu gut, was das war – ein Schuss. Direkt neben ihm. In seinen Ohren hallte und knisterte es, er war beinahe taub, aber die Polizeisirene drang noch durch das Chaos in sein Gehör.

Er fühlte, wie jemand über ihn hinwegstieg. Die leisen Schritte entfernten sich, er hörte, wie die Tür zum Hinterausgang geöffnet wurde und sogleich leise zufiel. Dann fiel noch ein Schuss.

Sopran konnte sich nicht bewegen. Er lag da wie in Beton gegossen. Jede kleinste Kopfbewegung riss ihm beinahe den Schädel entzwei, und im Mund hatte er den unappetitlichen Lumpen stecken.

Langsam dämmerte er weg.

34

Er spürte, dass jemand in seiner Nähe war. Seine Zunge fühlte sich trocken an, und er hatte einen metallischen Geschmack im Mund.

Er versuchte, die Augen zu öffnen. Ein stechender Schmerz schoss ihm zwischen die Augenbrauen und hörte nicht mehr auf, gegen die Stirn zu pochen.

Langsam, ganz langsam hob er die Augenlider und blickte in einen grauen Schleier. Dahinter sah er etwas Rundes, Schwarzes. Er wartete, bis das Bild klarer wurde, dann öffnete er vorsichtig erst das rechte, dann das linke Auge. Allmählich fokussierte sich das Runde, Schwarze von trüb auf scharf, wie bei einem Fernglas.

Es war Marietta.

»Hallo, Carl.«

Er wollte den rechten Arm ausstrecken, es war unmöglich, er war an seinen Körper gegipst. Vorsichtig versuchte er, den Kopf nach links und nach rechts zu drehen.

Er lag schon wieder in einem Krankenhaus, das konnte er erkennen, so klar war er wieder. Aber warum? Warum lag er hier, hatte elende Kopfschmerzen und konnte sich nicht bewegen?

Er versuchte, etwas zu sagen, aber es ging nicht. Mund und Kehle waren zu trocken, um schlucken zu können.

Unter dem Aufgebot all seiner Kräfte gelang es ihm, zu flüstern: »Was ist passiert?«

»Das würde ich auch gern wissen, Carl«, sagte Marietta.

»Ich will … hier weg«, flüsterte er mühsam.

»Das wird noch lange dauern.«

»Warum?«, hauchte er kaum hörbar.

Marietta nahm ihre Handtasche auf den Schoß, kramte einen Taschenspiegel daraus hervor und hielt ihn Sopran vors Gesicht.

Was er sah, war grauenhaft.

Marietta steckte den Spiegel wieder ein.

»Das ist ein wirklich schöner Empfang, Herr Sopran. Ich komme nach Hause, du holst mich nicht, wie vereinbart, am Flughafen ab. Mein Auto ist weg, und wo finde ich dich? In meiner Klinik, in meiner Abteilung. Und das in einem Zustand, dass ich eigentlich gar nicht wissen will, was du während meiner Abwesenheit angerichtet hast. Das erzählst du am besten der Polizei, wenn du dazu in der Lage bist. Die warten schon draußen. Nur so viel, falls du Gedächtnisverlust hast: Man hat dich gestern gefunden, im Büro eines Sägewerks. Du hast eine Gehirnerschütterung, eine gebrochene Schulter und Prellungen von oben bis unten. Und der Vollständigkeit halber … du warst gefesselt und geknebelt. Weil es aber offensichtlich nicht reicht, Herr Sopran: Im selben Büro lag ein Toter. In den Kopf geschossen. Und vor dem Haus lag noch einer, der hat sich selbst erschossen, sagt die Polizei. Kannst du dir vorstellen, was meine Kollegen da draußen gerade reden? Kannst du dir vorstellen, wie peinlich mir das Ganze ist? Kannst du das?«

Soprans Augen flackerten. »Ich will heim«, hauchte er.

»Eigentlich sollte ich mir Sorgen um dich machen. Das habe ich anfangs auch. Aber nachdem ich weiß, dass du bald wieder auf die Beine kommst und anschließend sowieso wieder dein eigenes Ding machen wirst, lasse ich es sein. Nach Hause darfst du in ein, zwei Wochen vielleicht. Spätestens dann haben wir Gesprächsbedarf. Hier hast du was zum Lesen, falls du dazu in der Lage bist. Bis morgen. Ich muss nach Hause, ich habe einen langen Nachtflug hinter mir.«

Marietta legte ihm die Tageszeitung auf die Bettdecke, stand auf und verließ das Zimmer.

Sopran griff mit der rechten Hand nach der Zeitung, die so gefaltet war, dass sein Blick auf einen Artikel fiel. Mühsam und mit leicht zittriger Hand konnte er lesen:

Schwäbische Zeitung, Montag, 2. Juli
Tödliche Schüsse in Sägewerk bei Ravensburg
Drama mit einem Schwerverletzten und zwei Toten

Ravensburg. – In einem Sägewerk nördlich von Ravensburg kam es am Samstagvormittag zu einer folgenschweren Schießerei. Wie die SZ erfahren konnte, hatte sich ein Mann mittleren Alters im Hof des Anwesens mutmaßlich selbst erschossen, kurz bevor die Polizei eintraf. Man geht davon aus, dass er eine andere Person mit derselben Waffe, einem Jagdgewehr, getötet hat, denn im Bürogebäude des Sägewerks wurden daraufhin zwei weitere Personen aufgefunden: ein bisher noch Unbekannter mit einer tödlichen Schussverletzung und ein bewusstloser Schwerverletzter, der ins Krankenhaus gebracht wurde. Es handelt sich offensichtlich um einen im Kreis Ravensburg wohnhaften Mann. Sobald er vernehmungsfähig ist, erwarten sich die ermittelnden Behörden von ihm nähere Erkenntnisse zum Tathergang.
Einen Zusammenhang mit dem tragischen Tod des Sägewerkbesitzers Georg Horger, wir berichteten am vergangenen Montag darüber, wollte die Polizei vorläufig nicht bestätigen. Der Fall wirft aber dennoch weitere Fragen auf. Es konnte eindeutig nachgewiesen werden, dass die Tatwaffe Horger gehörte. Bei den Ermittlungen zu dessen Tod wurde aber festgestellt, dass er die Waffe weder bei sich hatte, als er in seinem Revier aufgefunden wurde, noch konnte sie zu Hause in seinem Waffenschrank registriert werden. Wie die SZ aus dem Umkreis der Familie erfuhr, kann der ältere Sohn Horgers, der in dem an das Firmengelände angrenzenden Anwesen seine Wohnung hat, zu keinem der Vorgänge befragt werden. Er ist offensichtlich seit dem Wochenende nicht auffindbar. Auch hierzu konnte die Polizei bisher noch keine Auskunft geben. Nach

Horgers Sohn, der bekanntermaßen in einer rechtsorientierten Gruppe aktiv war …

Sopran ließ die Zeitung auf das Bett sinken. Er hatte es klar vor Augen, warum er hier lag. Er brauchte nicht mehr weiterzulesen.

Epilog

Carl Sopran saß auf dem Friedhof in Bad Schussenried auf einem Steinsockel und sah auf das Grab vor sich. Eigentlich waren es zwei. Ein altes, ungepflegtes Grab, das von Efeu überwuchert war. »Cosima Kasinski * 14.03.1961 † 23.09.1983«, stand auf dem schlichten Grabstein aus hellgrauem Granit. Daneben ein erst kürzlich aufgeschütteter Grabhügel mit einem kleinen Holzkreuz, darauf lag ein verwelktes Blumenbouquet mit weißer Schleife mit der Aufschrift: »Ruhe im Frieden, den du im Leben nicht hattest, Sibylle«.

Er hatte nur einen Blumenstrauß mitgebracht und sich entschieden, ihn dazwischenzulegen.

Von der alten Frau, die nur zwei Gräber weiter auf den Knien Unkraut zupfte und immer wieder zu ihm herüberblickte, weil sie seine Haltung als ungebührlich empfand, nahm er keine Notiz. Seine Gedanken waren da, wo sie auf einem Friedhof hingehörten: bei Toten und Verstorbenen.

Die Konfrontation mit dem Tod war bei seiner bisherigen Arbeit unvermeidlich gewesen, wenn er in Kriegsgebieten unterwegs gewesen war, wie zuletzt in Afghanistan. In solchen Fällen hatte er immer versucht, es nicht an sich heranzulassen. Er musste das tun, um unvoreingenommen, sachlich und realistisch berichten zu können. Gefühle hatten da selten Platz. Wenn er welche hatte, die aber seiner Arbeit hinderlich waren, hatte er sie abgelegt. Irgendwo in seinem Inneren in einer Schublade, die die Aufschrift »Verdrängung« trug.

Das hier aber konnte er nicht verdrängen. Zu viel war in den vergangenen Wochen passiert. Auch wenn auf dem nüchternen Holzkreuz kein Name stand, so lag darunter doch ein noch junger Mann, der hier einfach nicht sein sollte. Sopran hatte ihn kaum gesehen und nie mit ihm gesprochen. Er war eine Woche sein unsichtbarer Gegner gewesen, in dem er erst am letzten Tag einen Mörder erkannt hatte. Da war es schon zu spät gewesen, und er hatte ihn nicht mehr aufhalten können. Nie hätte er gedacht, dass er auf der Suche nach dem verschollenen Finnen in ein Familiendrama mit solch schwer wiegenden Folgen geraten würde.

Sopran stand auf und zog die Schleife, die ein leichter Windhauch verdreht hatte, gerade. »Ruhe im Frieden ...«, es hörte sich beinahe zynisch an.

Lange hatte er gebraucht, sich von dem Gedanken zu lösen, dass es seine Ermittlungen gewesen waren, die den Tod von Stefan Horger und Simon Kasinskis Selbstjustiz provoziert hatten. Dass sich Simon selbst erschossen hatte, nachdem er die mutmaßlichen Vergewaltiger seiner Mutter beseitigt hatte, war in Soprans Augen aber nur konsequent gewesen. Denn ebendiesen Frieden hätte er auch danach nicht finden können. Er war von seinem Rachefeldzug so besessen gewesen, dass er vermutlich noch mehr Menschen getötet hätte, wenn sie ihm in die Quere gekommen wären. So wie Stefan Horger, den die Spürhunde der Polizei in einer aufgelassenen Güllegrube hinter dem Hof aufgespürt hatten, nachdem er nach Tagen nicht aufgefunden worden war.

Sopran blieb noch eine Weile stehen und beobachtete aus dem Augenwinkel die alte Frau. Sie hatte mittlerweile einen kleinen Kübel mit Wasser neben sich stehen und putzte mit einer Bürste einen Grabstein. Während er sich fragte, ob Sibylle Kasinski die Gräber der beiden pflegen würde, verließ er den Friedhof.

Seine gebrochene Schulter schmerzte, als er die Autotür öffnete. Er startete den Wagen und machte sich auf den Weg zum Flughafen nach München, um Christina Hellman und einen deutschen Anwaltskollegen abzuholen. Morgen Vormittag hatten sie einen Termin bei der Polizei in Ravensburg.

Den Auftrag der finnischen Kanzlei hatte er erfüllt. Man hatte Otto Forselius oder, besser gesagt, seine Wasserleiche sogar gefunden. Die Polizei entdeckte in Simons Zimmer auf dem Bauernhof einen Gedichtband mit eigenartigen Markierungen und einem handschriftlichen Zahlencode. Es waren die Geokoordinaten, die Kasinski erwähnt hatte, als er Graf im Sägewerksbüro zur Rede gestellt hatte. Sie hatten exakt zu der Stelle geführt, an der Forselius unweit seines Sommerhauses in fünfzehn Metern Tiefe im See versenkt worden war.

Die Anwesenheit der beiden Anwälte war dringend erforderlich. Fünf tote Männer waren zu verzeichnen, er hätte der sechste sein können. Laut den Ermittlungen hatte Simon nur noch eine Patrone in der Waffe gehabt. Hätte er sich nicht entschieden, sich unmittelbar selbst zu erschießen …

Sopran verdrängte den entsetzlichen Gedanken und konzentrierte sich auf den Verkehr.

Der Polizei war seine Rolle in diesem Fall nach wie vor suspekt, und sie war nicht überzeugt von seiner Darstellung, dass er unvermutet in dieses tödliche Chaos im Sägewerk geraten war. Damit lagen sie nicht ganz falsch, aber das musste er ihnen nicht auf die Nase binden. Die Zweifel zu zerstreuen und seinen Anteil an diesem Fall ins rechte Licht zu rücken war morgen Sache der Anwälte. Mit ihrer Hilfe würde er das schon regeln, er war ja kein Verdächtiger. Schlussendlich war er es gewesen, der wesentlich zur Aufklärung des Falles beigetragen hatte.

Erst jetzt fiel Sopran auf, dass auf dem Weg zur Autobahn in vielen Ortschaften Neubaugebiete zu sehen waren. Das war das nächste Problem, das er zu lösen hatte. Kaum war er aus dem Krankenhaus entlassen worden, hatte Marietta ihn vor vollendete Tatsachen gestellt. Er hatte es zu akzeptieren, dass sie in ihrer Beziehung nun doch keine Perspektive mehr sah. Es sei ein Versuch gewesen, hatte sie gemeint, aber sie habe keine Lust, ihr Leben mit einem dauerhaften »Pflegefall«, wie sie ihn bezeichnete, zu teilen. Er war Realist genug, um einzusehen, dass er sich eine neue Bleibe suchen musste.

Sopran bog auf die Autobahn ein und drückte auf das Gaspedal, bis sich die Tachonadel Tempo zweihundert näherte. Sicher, er hatte schon wieder mit einer vorübergehenden körperlichen Beeinträchtigung zu kämpfen, aber ein Pflegefall war er deshalb noch lange nicht. Er passte nur einfach nicht in ein geregeltes Leben und in ein Reihenhaus mit kleinem Garten.

Den Mietvertrag für das schicke Appartement in der neuen Wohnanlage, das ihm der nette Kollege von der »Schwäbischen Zeitung« vermittelt hatte, würde er diese Woche noch unterschreiben. An den Blick hinunter ins Schussental – und bei schönem Wetter in die Berge – hatte er sich gewöhnt. Es gefiel ihm hier, hier wollte er bleiben.

Wo sollte er auch sonst hin.

Dank

Ohne den Ansporn und die Unterstützung meiner Frau und meiner beiden Töchter hätte ich dieses Buch nicht geschrieben. Der erste Teil der Geschichte spielt in Finnland. Auch wenn Otto Forselius, eine der Hauptfiguren, dabei nicht gut wegkommt, ist dies dennoch eine Liebeserklärung an die Heimat meiner Frau.